U0737527

散文的神髓

古耜 著

中国言实出版社

图书在版编目（CIP）数据

散文的神髓 / 古耜著 . -- 北京：中国言实出版社，
2019.11

　ISBN 978-7-5171-3237-0

　Ⅰ.①散… Ⅱ.①古… Ⅲ.①散文—文学研究—中国
—当代 Ⅳ.① I207.67

中国版本图书馆 CIP 数据核字（2019）第 252576 号

出 版 人	王昕朋
总 监 制	朱艳华
责任编辑	赵　歌
出版统筹	冯素丽
责任印制	佟贵兆
封面设计	刘　云

出版发行　中国言实出版社
　　　　　地　址：北京市朝阳区北苑路 180 号加利大厦 5 号楼 105 室
　　　　　邮　编：100101
　　　　　编辑部：北京市海淀区北太平庄路甲 1 号
　　　　　邮　编：100088
　　　　　电　话：64924853（总编室）　64924716（发行部）
　　　　　网　址：www.zgyscbs.cn
　　　　　E-mail：zgyscbs@263.net
经　　销　新华书店
印　　刷　北京温林源印刷有限公司
版　　次　2020 年 4 月第 1 版　　2020 年 4 月第 1 次印刷
规　　格　710 毫米 ×1000 毫米　1/16　17.25 印张
字　　数　263 千字
定　　价　58.00 元　　ISBN 978-7-5171-3237-0

目 录

第一辑　绿色文心

散文背后那只"手"　　　　　　/ 003

散文大厦的三条基石　　　　　　/ 011

散文的边界之争与观念之辨　　　　/ 020

散文史、散文生态与全民写作　　　　/ 025

散文向传统要什么?　　　　　/ 030

散文语言的审美特质　　　　/ 034

略说现当代中国散文的外来影响　　　　/ 037

散文的"随便"与不随便
　　——读鲁札记　　/ 048

也谈散文写作的"易"与"难"　　　　/ 055

散文，深入而新颖的"现代性"　　　　/ 059

散文理论建设何以步履蹒跚　　　　/ 062

第二辑　文海纵横

沉雄而瑰丽的爱国主义旋律
　　——共和国散文的一种读法　　　　/ 071

在扬弃与拓展中执着前行

  ——我看近五年来的散文创作 / 080

召唤天人共生的未来

  ——生态随笔阅读札记 / 085

历史回望与时代深思

  ——2011 年散文随笔的一种观察 / 094

根系大地的持守与拓展

  ——2012 年散文随笔创作态势简说 / 097

追 "梦" 路上的心灵交响

  ——2013 年散文随笔创作的主旋律 / 101

大地上唱响人民之歌

  ——2014 年散文随笔创作漫评 / 106

散文：怎样使精短成为可能

  ——读《红豆》精短散文征文作品所想到的 / 111

呼唤作为流派的江西散文 / 115

新松自应高千尺

  ——读第八届 "白鹭洲文学大赛" 获奖和入围作品 / 121

第三辑 佳作品赏

历史潮流的时代玄览

  ——《明斯克钩沉》读赏 / 127

面对人类文明的沉思与发现

  ——《忘不了的泰姬陵》读赏 / 131

探寻中华文明的深层魅力

  ——《走进〈敕勒歌〉》读赏 / 136

忧患而强健的精神远行

    ——读雷达散文　　　　/ 140

忧乐总系苍生梦

    ——读王巨才"退忧室"系列散文　　　/ 151

人生如诗也如歌

    ——读《高洪波文集·散文随笔卷》　　　/ 155

激活传统风韵　谱写时代弦歌

    ——读《充闾文集》　　　/ 159

回望传统的"有我之境"

    ——读王充闾的《国粹——人文传承书》　　　/ 163

只缘胸次有江湖

    ——读李舫散文　　　/ 167

诗思茶念两缱绻

    ——读潘向黎的两本散文新著　　　/ 171

且将文心作虹桥

    ——读李元洛的"古典流连"系列　　　/ 175

点亮现代人"回家"的心灯

    ——读《郭文斌精选集》　　　/ 178

鸿飞何须计东西

    ——读王必胜散文集　　　/ 183

幽思邈邈，逸趣翩翩

    ——说王彬的散文　　　/ 187

从容咀嚼缭乱的风景

    ——读彭程《在母语的屋檐下》　　　/ 192

书海探奥，可作金针度人

    ——读彭程的《纸页上的足印》　　　/ 196

且将千年窑火，化作瑰丽诗章

    ——读江子的《青花帝国》　　　　/ 199

乡恋无边，且歌且思

    ——读简心散文集《被绑架的河流》　　　/ 203

让青春因伤痛而强健

    ——读陆梅的散文　　　/ 208

生命之河里的爱与痛

    ——丘晓兰散文读感　　　　/ 211

第四辑　序跋选粹

散文与时代

    ——《新世纪散文随笔精品文库》前言　　　　/ 217

走向经典：当代散文的高端追求

    ——"走向经典，走进校园"书系代前言　　　/ 221

东风吹水绿参差

    ——"悄吟文丛"总序　　　/ 225

散文：该把什么留给童心

    ——《给儿童美的阅读·散文卷》代前言　　　/ 230

活着的传统　身边的国粹

    ——"国粹文丛"总序　　　/ 235

散文长廊里的中国梦

    ——《百年沧桑——中国梦散文读本》序言　　　/ 238

热血写成的民族心史

    ——《浴血的墨迹——中国抗战散文选》代前言　　　/ 241

胸中秉正气，腕下化清风

    ——《乾坤正气——廉政文化读本》代序　　　/ 246

纵横自有凌云笔

　　——《最是文人伤心处》代序　　　　/ 249

轻叩历史的性灵之门

　　——《在楚地的皱褶间转还》序　　　/ 255

独对岁月的精神珍藏

　　——《在时光中流浪》代序　　　　　/ 260

诗神：在散文大地上舞蹈

　　——《天边晨岚无语》序言　　　　　/ 263

第一辑

绿色文心

散文背后那只"手"

究竟如何看待和评价 21 世纪以来的散文创作？这是近年来散文界同人关注和议论较多的一个话题。然而，评论家围绕这一话题做出的种种盘点、描述和评说，却因为日趋浩瀚的散文产量与一向含混的散文理念的双重解构，最终化为见仁见智，莫衷一是的扰攘——不同的论者从不同的立场、观点和材料出发，自会得出不同的结论，而结论与结论之间，常常是南辕北辙，无法通约，以致很难构成与散文创作的有效对话或潜对话。眼看着这一番乱花迷眼而又异象丛生的散文景观，我虽然依旧保持着探求事物本相和规律的愿望与兴致，但却不想再延续人们所习惯的行文方法，一味做由点到面、由博而约的分析与归纳，因为那种努力的结果，除了让原本纷纭的话题再添纷纭之外，恐怕未必有太多的建设意义。为此，我尝试着换一种目光和思路，走进当下宏观的散文世界，以求会有别样的发现与收获。

1776 年，英国经济学家亚当·斯密在《国富论》一书中，提出了"一只看不见的手"的命题。其中包含这样的意思：市场是一只"看不见的手"，它在价格机制、供求机制和竞争机制的相互作用下，推动着生产者和消费者按照各自的利益做出选择和决策，进而决定着社会经济的发展与繁荣。一个时代的散文创作与一个社会的经济运行自有根本的区别，但是，作为不同事物都有的一种发展过程，前者有一点却又是与后者相通的，这就是：在散文发展的背后，也有"一只看不见的手"于冥冥中起着关键性和决定性的作用；或者干脆说，是"那只手"的健康状况和运动态势，最终制约着一个时代散文创作的兴衰沉浮与潮起潮落。

那么，散文背后那只"手"，即决定散文发展的根本条件是什么呢？找到了它，我们庶几就找到了审视和评价 21 世纪散文创作的新坐标与新途径。

应当看到，对于这一问题，现代文学史上的名家巨擘虽然不曾做过专门的宏论，但是，他们在言及普遍的散文和文学现象时，还是有意或无意地留下了一些很有意义也很值得关注的见解。譬如，周作人在为《中国新文学大系·散文一集》撰写"导言"时就曾断言："小品文是文学发达的极致，他的兴盛必须在王纲解纽的时代。"他还说："在朝廷强盛，政教统一的时代，载道主义一定占势力……一直到了颓废时代，皇帝祖师等等要人没有多大力量了，处士横议，百家争鸣，正统家大叹其人心不古，可是我们觉得有许多新思想好文章都在这个时代发生。"

在周作人看来，散文的发展繁荣需要以统治者的大厦将倾、自顾不暇为前提。因为只有在这样的前提下，才会出现一个相对自由、开放与宽松的思想和舆论环境；也只有在这样的环境中，散文家才可能率真、大胆、无拘无束地表达自己的意志与感情，从而推动创作的兴盛。毫无疑问，周作人揭示了散文发展繁荣的一个重要条件，而这种揭示所包含的一定程度的真理性，是可以在中国散文发展史上找到证明的。譬如：春秋战国的"礼崩乐坏"，孕育了诸子百家的万象纷呈；东汉末年的动荡时局，造就了魏晋文章的通脱不羁；晚明小品的勃然成风，联系着程朱理学的弱化和封建末世的降临；而"五四"之后一段时间，散文创作能取得"几乎在小说戏曲和诗歌之上"（鲁迅语）的成绩，更是与当时的历史更迭，个性昭彰互为因果。

不过，对于周氏论断的真理性含量，我们又不能估计过高，尤其不能将其极端化和绝对化。因为中国散文史上还有足够的事实，可以说明另一种现象和规律的存在：散文的兴盛与发展固然离不开"王纲解纽"、思想开放的社会条件，但是，"王纲解纽"、思想开放的社会条件，却并非必然带来散文创作的繁荣与兴盛；相反，它倒可能沿着由"王纲解纽"而精神失范而人性迷茫的逻辑，最终使散文创作陷入犬儒主义和形式主义的泥淖。齐梁以降，大批文人的"竞采浮艳之词，争驰迂诞之说，骋末学之博闻，饰雕虫之小技"（魏征《群书治要序》），以及晚唐五代整体文风的浮靡雕琢，无病呻吟，恰恰可作如是观。唯其如此，中国文学史上才有了分别以韩愈、柳宗元和欧阳修、梅尧臣为代表的唐代与宋代的两次古文运动。由此可见，至少在逻辑学的意义上，"王纲解纽"是散文发展与繁荣的必要条件，但却不是它的充分条件，即根本条件。换言之，它不是决定着散文兴衰沉浮的那只"手",而我们要找到那只"手",还需要另觅途径。

1935年,在有关小品文的热议和论争中,郁达夫发表了《小品文杂感》一文,其中写道:"我只觉得现在的中国,小品文还不算流行,所以将来若到了国民经济充裕、社会政治澄明,一般教育进步的时候,恐怕小品文的产量还要增加,功效还要扩大。"这里,郁达夫不经意地谈到了散文发展的动力和条件,其中要素有三,即国民经济的充裕、社会政治的澄明和一般教育的进步,而国民经济的充裕则居于三要素之首。郁达夫的观点使我很自然地联想起七八年前一位名教授的说法,大意是:文学的繁荣,有待于经济的进一步发展,以及由此产生的全民受教育水准的提升,因为届时人们自然会出现对精神文化的强烈需求,文学作为一种精神生态,自然会得以复归。善良而乐观的教授甚至将这令人欣慰和振奋的一天,确定在了当时还略嫌遥远的2010年,即我国人均GDP达到3000美元之日。

郁达夫的观点当然不能说全无道理,名教授的预测也不属于信口开河,事实上,散文乃至整个文学事业的繁荣兴盛,确实与社会的经济发展、政治进步以及国民受教育水平的提升,有着千丝万缕的联系,后者在很大程度上影响并最终制约着前者。我们必须看到和承认二者之间存在的这种关系,但是,对于这种关系,我们同样不能做胶柱鼓瑟或如影随形式的机械理解。因为这当中还有复杂、微妙且多见的变数,而以下两点则是我们首先要予以正视的。

第一,马克思在著名的《巴黎手稿》的"导言"中,曾指出过物质生产和精神生产之间的"不平衡关系",即所谓:"关于艺术,大家知道,它的一定的繁荣时期绝不是同社会的一般发展成比例的,因而也绝不是同仿佛是社会组织的骨骼的物质基础的一般发展成比例的。"后来,恩格斯在写给恩斯特的信中,援引挪威大工业落后而文学繁荣的例子,表达了相似的意见,亦认为,艺术生产的高度发达,并不总是与经济繁荣、物质丰富相同步,有时甚至刚好相反。马克思主义经典作家的此种观点,虽然不属于文艺生产必然如此、只能如此的规律性阐释,但它确乎揭示了艺术发展史上不时发生、一再重复的重要现象。这种现象在中国散文史上同样不乏实例:魏晋之际,社会动荡,经济凋敝,而魏晋文章却波澜壮阔，溢彩流光，成为中国文学史上极为灿烂的一页；20世纪二三十年代，中国经济和社会相当落后，但却出现了鲁迅这座迄今仍难以超越的散文高峰；新中国成立后的最初十年，经济总体呈上升态势，而当时的散文创作在今天看来却未免有些虚浮、单调，难见真正的精品力作。此类现象的存在分明提醒我们，社会经济、政治和教育的进步，同样不会必然地、直接地导致散文的振兴和繁荣。在这方面，我们要避免那些过于简单的推理和有失天真的想象，而坚持以综合、辩证的思维和实事求是的态度，来看待散文的创作与发展。

　　第二，对西方人文科学有所涉猎者大都知道，英国著名的哲学家、思想家以塞亚·柏林，曾以狐狸和刺猬为喻比，区分并描述过19世纪俄国知识分子及其精神活动方式。在柏林看来，狐狸是追求学问的一群，他们只关心也只知道一件事情，在这件事情的框架内，他们覃思笃悟且渊赡深邃，而对除此之外的事情则往往不太关心也不甚了然；刺猬则是善于思想的另一类，他们关心和知道很多事情，尽管这种"关心"和"知道"在深度与精度上，常常达不到"狐狸"的水准，但他们却能够把这很多事情联系起来和打通开来，就中抽象出某种理念和体系，从而回答更多的问题。对于柏林有关狐狸与刺猬的说法，当代学者朱学勤联系中外历史上动态的社会环境，做了进一步的引申与阐发。他的《狐狸当道与刺猬得势》（收入作者专著《书斋里的革命》，长春出版社1999年12月版）一文，就表达过这样的意思：狐狸型的学问家以解释世界见长，他们凭借体制和专业的庇护，足以持续稳健地增加社会的文化积累，同时和不同的社会环境保持大致的无争与和谐；而刺猬型的思想家则以改造世界取胜，其本质上的探索性与实践性，决定了他们是在与社会环境的矛盾冲突中，获得并呈现自身价值的。正因为如此，在大多数社会环境特别好或特别不好的情况下，一般来说是"狐狸"当道；而只有在社会环境不是特别好也不是特别糟，但变革之风极为强劲的时代，"刺猬"才可能有用武之地，才可能得势。柏林的说法以及朱学勤的阐发，虽然只是知识分子研究的一家之言，但却无形中为我们考察和判断散文创作的态势，提供了重要的和有益的参照。因为真正的优秀的散文家，必然也是清醒的深沉的思想者，所以"刺猬"的命运也大抵是散文家的命运。关于这一点，西方散文随笔的行进轨迹，仿佛就是某种印证：

在文艺复兴和启蒙运动的强力震撼与感召下，16世纪以降的三四百年间，欧洲及美国社会充盈着变革与突进的活力，于是，散文领域出现了以蒙田、培根、孟德斯鸠、卢梭、兰姆、爱默生等为代表的一大批散文家，形成了群星辉耀的生动局面。这样的局面自然不会出现在愚昧黑暗、万马齐喑的中世纪，而经济发达的现代社会却也未能让其得到有效的延续与发展。借用饱饮欧风美雨的余光中先生的话说："散文一道，在西方的现代文坛似已趋沉寂，18、19世纪大师辈出的盛况，已经淹没于大众传播的新闻报道和杂文政论了。"（《李清照以后》，收入作者评论集《连环妙计》，上海文艺出版社1999年版）由此可见，对于散文的繁荣兴盛而言，郁达夫所说的经济、社会和教育的进步，仍然不具备直接的决定性的意义，而更多属于或然的性质。

那么，究竟什么才是推动散文繁荣与发展的根本条件？才是躲在散文背后，但对其命运起着决定作用的"那只手"？窃以为，要寻找这个问题的准确而精当的答案，恐怕还得要进入鲁迅的精神世界和思想宝库。1908年，鲁迅发表了早期重要文章《文化偏至论》，其中有这样文字："是故将生存两间，角逐列国是务，其首在立人，人立而后凡事举；若其道术，乃必尊个性而张精神。"后来，在写于1927年的《革命文学》一文里，鲁迅又强调指出："我以为根本问题是在作者可是一个'革命人'，倘是的，则无论写的是什么事件，用的是什么材料，即都是'革命文学'。从喷泉里出来的都是水，从血管里出来的都是血。'赋得革命，五言八韵'，是只能骗骗盲试官的。"诚然，这些论述都不是专谈散文的，有些语词也不尽适合当今的写作环境，但是，它们所表明的观点和思路，却在实际上揭示了散文创作的要义与散文发展的关键：散文作品的质量最终取决于人的质量，特别是取决于人的思想水准与精神高度，因此，一个民族、一个时代整体的散文繁荣与兴盛，必然以人的思想解放和精神提升为前提，必然同这个民族与时代思想解放和精神提升所达到的程度相呼应且成正比，正所谓"首在立人，人立而后凡事举"。从这一意义讲，一个民族和时代的思想状态与精神水准，才是决定散文创作盛衰与否的根本条件，才是散文背后那只手。

现在，我们可以立足思想视角与精神层面，来观察和评价21世纪的散文创作了。而在这一维度上，体现着辩证思维的两面观和两点论显然必不可少。一方面，正如国人所经历和所感知的，从 1978 年起步的改革开放，给中国社会带来了日趋宽松、自由与丰富、多元的思想文化环境。在此环境中，中华民族的精神生态尽管带有除旧布新时的种种眩惑与不适，但在整体上还是沿着人的全面发展的健康合理的大向度，艰难但却执着地行进着。而作为一个民族灵魂沉吟者与精神代言人的散文作家，亦呼应着时代的气息与律动，呈现出前所未有的思想活跃与表达热情。反映到创作上，便是顺理成章地促成了 20 世纪最后十年以人的觉醒和解放为基本主题的散文热潮。这种热潮在进入 21 世纪之后，虽然因为电声传媒和大众文化的异军突起，而呈现出众声喧哗和泥沙俱下的复杂局面，但其中的精神血脉与人文追求并没有全然中断和彻底失落。这里，一个无法否认的事实是：一批经历了新时期全过程的散文作家，如蒋子龙、韩少功、王充闾、张承志、梁衡、南帆、张炜、鲁枢元、周国平、梁晓声、肖复兴、蒋子丹、筱敏，以及更年轻的彭程、郭文斌、凸凹、冯秋子、王开岭、耿立、祝勇、迟子建、熊育群、叶多多等，立足于自己特有的生活和思想储备，不仅依旧坚持着叩问历史，烛照现实，探究终极，呵护灵魂的深度写作，而且在同时尚和世俗大潮的深入对话中，自觉选择了守望者的立场和态度，顽强传递出怀疑、反思、探询乃至批判的声音，从而有力亦有效地矫正和反拨着一个时代的流行意趣。诚然，相对于铺天盖地的时尚性和世俗化书写，这类作品或许并不具备音量和数量上的优势，但是，它们却凭借内容的深邃性、独异性和丰富性，交织成当今文坛一道奇崛而绚丽的风景，同时映现出一个民族在变革时代必须拥有的精神高度和深度——这是 21 世纪散文的亮色与光彩所在！也是我们大致肯定 21 世纪散文创作态势的根本理由。正因为如此，那些完全无视 21 世纪散文的创作成就，只管对其一味贬低和否定的说法，是缺乏充分依据的。

然而，另一方面，我们也必须看到，与 20 世纪八九十年代的散文创作相比，21 世纪以来的散文创作在思想和精神维度上，也确实暴露出一些程度不同的新问题，这集中表现为：为数不少的作家失去了关注历史和现实重大问题的热情与兴趣，而情愿让笔墨沉溺于庸常琐碎的生活流程与"杯水风波"，结果是一个个小场景与小事件尽管妙趣横生，但重叠连缀在一起，却总给人无骨少钙，一地鸡毛之感；有的作品不再从生活和生命的真实出发，不再关注人类生存的痛点与难点，而是更多考虑如何制造噱头，吸引眼球，并为此而不惜破坏文体规范与审美底线，无前提也无限制地虚构离奇的故事和雷人的场面，从而使创作变成了文字戏法；有的作家在题材和文体出新上惨淡经营，煞费苦心，其展示的形象和修辞也确有一些新意，只是这种努力始终未能同精神攀缘和意义追询相同步，以致让作品无形中落入了技巧炫耀和语词堆砌的陷阱；还有一些作家和作品面对现实，丧失了起码的忧患意识与悲悯情怀，文思伴着时尚行，笔触跟着感觉走，字里行间充斥着小资味、贵族味甚或遗老气、脂粉气，这样的作品有时读起来仿佛很舒服，但却难以真正进入并打动人的心灵。至于那些或粗制滥造，或低俗恶趣的文字，原本就算不上真正的文学创作，所以不说也罢。

　　毋庸讳言，诸如此类的创作问题之所以出现，同样联系着当下国人的精神生态以及相应的社会氛围；或者干脆说，是 21 世纪以来国人所面临的一种社会氛围以及所发生的一些思想变化，曲折地投射到散文创作上，最终导致或加剧了以上问题的发生。这里，至少有两方面的情况不容忽视：第一，进入 21 世纪以来，伴随着中国经济的快速发展，全社会的物质欲望持续上升，生活和精神领域的消费主义、享乐主义、犬儒主义盛行一时，且有愈演愈烈之势，这种风气必然要影响到一部分散文作家，使他们在未必自觉的状态下放逐对文学使命和散文本质的追求。因此，当下散文创作中大面积的人格矮化和思想缺席，说到底是人性的弱点和盲点在作祟，即处于商业语境的现代人，因为沉溺于感官的享乐和欲望的宣泄，而在很大程度上丧失了精神自省和灵魂言说的能力。这无疑事关重大，很值得散文家予以高度警惕。第二，在全球化浪潮的裹挟和中国社会融入世界的双向运动中，一些植根于西方经济理念和货币规律的经验、方法、标准、程序、规范等，正在迅速成为国内相关领域和国人公共空间的价值取向与行为圭臬，甚至成为一种气壮如牛的体制与机制。这种机械而急切的横向移植，对于中国社会而言，或许不无提高效率和强化秩序的作用，但它也带来了显而易见的负面的东西，其中极突出的一点，就是在数字逻辑和量化法则以及其背后所包含的物质利益的强力挤压下，日常生活中的诗性被忽略、被消解，人的情感、个性被遮蔽、被抑制，人的全面发展和创造精神变得无从谈起也无足轻重。正如德国哲学家西美尔在《货币哲学》中所哀叹的：个体文化中的灵性、情致和理想正在日益萎缩，现代货币制度下，再也容不得一个尼采，甚至也容不下一个歌德（参见鲁枢元的《诗性的消解与西美尔的货币哲学》，收入作者的《生态批评的空间》，华东师大出版社2006年版）。这样一种社会风气和惯性，当然不利于散文的繁荣与发展，因而也亟待于我们加以扬弃和改善。

行文至此，我们或许已经抓住了散文背后那只手，进而看清了这只手是在怎样潜移默化地影响着21世纪的散文创作，同时也认清了面对这只手的有规律的运动，我们应当做出怎样的选择。

原载《黄河文学》2011年第1期,《文艺评论》2011年第1期

散文大厦的三条基石

散文是什么？它有没有属于自己的文体特征？关于这个问题，文坛一直存在肯定与否定两种意见。其中持肯定意见者认为：散文既然是文学基本样式之一，那么，它就应当和小说、诗歌、戏剧一样，拥有相应的文体个性。为此，他们一再呼吁散文的文体意识，反复梳理散文的概念范畴，潜心探索散文的艺术规范，试图通过一系列分析、归纳与概括，完成散文文体的标准化建构，以此作为散文创作的参照乃至遵循。而持否定意见者则指出：散文无拘无束，随物赋形，无论意旨抑或手法均表现出巨大的自由性与无限的可能性，这成为它独特的优势，但同时也赋予它排斥文类划分和解构文体规范的功能，直至酿成了它拒绝理论约束与抵制逻辑定义的习性。在这种情况下，我们没有必要对散文文体做胶柱鼓瑟的阐释与界定，而只需记住将其他文体不便于表达的内容，统统交给散文就可以了。

以上两种意见哪一种更符合散文文体的实际？在我看来：它们各有各的合理之处，亦各存各的偏颇之点，单取其一界定散文文体，难免有简单武断之嫌，而对它们加以辩证扬弃与有机整合，则有可能找到认识和把握散文文体的正确态度与科学路径。应当看到，在"五四"以降的文学园林里，散文虽然与小说、诗歌、戏剧比肩而立，都是文学的一种，但实际上却有很大不同。其中小说、诗歌、戏剧形态纯粹，要件鲜明，边界清晰，优劣昭然，因而在艺术形式上很自然地呈现了具有标志性和稳定性的外部特征，即一种文体的质的规定性。相比之下，散文包含了韵文、论文和公文之外几乎所有的文章，其宽泛的外延、驳杂的文本，以及自身任意适情、变幻不羁的行文特点，决定了它的叙述文体，很难留下可以辨识的印记和可供抽象的通则，以致缺少形式和技术维度的纲领性特征。正因为如此，一些研究者按照小说、诗歌、戏剧的模式，致力于散文文体的描摹，尽管用力勤勉，但却收效甚微。

不过，话还得说回来，笔者断言散文缺乏形式和技术层面的文体特征，并不意味着它原本不存在属于自己的个性质地与处世原则，更不等于承认它最终的不可体察和无法把握。事实上，作为一个洋洋大观的文章门类，散文在"各显命脉各精神"的同时，仍有一些共同的价值、伦理和规律，或隐或显地贯穿于大量作品之中，既可察可循，又可品可鉴。这里，我们庶几用得上金人王若虚的说法："或问：'文章有体乎？'曰：'无。'又问：'无体乎？'曰：'有。''然则果何如？'曰：'定体则无，大体须有。'"（《文辨》）窃以为，散文的文体问题，大抵可作如是观。

那么，什么才是散文的"大体"？按照我的理解，散文的"大体"要端凡三：一曰自我；二曰真实；三曰笔调。这是散文之所以为散文的核心要素和根本条件——如果把散文比作一座大厦，这三种要素和条件，就是支撑这座大厦的三条重要基石。其中无论哪一条基石出了问题，整座散文大厦都将发生倾斜乃至垮塌。

先说自我。就文学叙事而言，与小说的优势在于其客观性与再现性迥然不同，散文的肌体内明显蛰伏了更多的主观性与表现性。如果说这种主观性与表现性在中国古代文学的长河里，曾经被"宗经""载道"的传统所抑制、所遮蔽；那么，当历史承载着人的发现与解放的宏大主题而进入现代社会时，它立即化作高扬"自我"的崭新主张，进而成为散文家高度认同的创作纲领和普遍追求的艺术境界。譬如，朱自清坦言："我意在表现自己，尽了自己的力便行。"（《背影·序》）郁达夫认为："现代的散文之最大特征，是每一个作家的每一篇散文里所表现的个性，比以前的任何散文都来得强。"（《中国新文学大系·散文二集·导言》）冰心倡导：创作要"发挥个性，表现自己"。（《文艺丛谈·二》）巴金更是郑重宣告："我的任何一篇散文里面都有我自己。"（《谈我的散文》）唯其如此，笔者把自我称作散文大厦的重要基石，并非独出心裁，而是代表了文坛的一种共识。

对于散文家而言，在观念上确立自我并不困难，但要把这种观念付诸创作实践，并转化为应有的精神与艺术价值却殊非易事。这里一个不容忽视的问题是：在优秀的散文作品里，作家的自我总是传递出积极、健康、清洁、丰富的心灵之声，并以此展开与社会现实和历史存在的诚挚对话，进而构成有益于人类进步的正能量。然而遗憾的是，这种理想化的自我状态，从来就不是水到渠成或一劳永逸地出现在所有散文里。相反，在很多时候，由于复杂多变的社会和历史原因，一些散文中的自我，常常会自觉或不自觉地流露出不同程度的扭曲、倾斜、异化、变质，以致沦为一个时代精神症候的消极投影。譬如，曾几何时，一部分作家不再崇尚以人为本的深入思考与独立判断，也全不看重真切的社会调查与生命体验，而是习惯用经过剪裁和过滤的生活片段，来图解流行的政治口号，配合短期的时政需要，以致使自我无形中陷入了假大空的泥淖。近些年来，一部分作家倒是很注重自我的在场与个性的释放，但其基本的叙事表达却往往沉溺于犬儒化、平庸化、粗鄙化的琐碎感觉与世俗欲望，有的作品甚至掺杂了对物质主义和享乐主义的崇拜与趋鹜，结果是大大降低了自我的水准，同时也深深伤害了文学的质地。凡此种种说明，在散文创作中，真正的、理想的自我确立与彰显，需要以作家不断的灵魂自省与人格磨砺为前提，因此，它将是一项长期的，甚至与作家创作生命相始终的艰巨任务。

再说真实。在今天的语境里，把真实说成是散文大厦的又一条重要基石，需要花费一些笔墨。因为近些年来，关于散文的生命在于真实，其基本内容不能虚构的固有观点，正不断经历着多种质疑与挑战。持异议者认为，虚构是文学的本质属性与普遍规律，散文既然是文学的一种，它就应当拥有并体现这种属性与规律。认定散文必须写实，不能虚构，岂不等于限制乃至取消了它作为文学的资质与权利？更何况中国散文创作古往今来的事实与经验已经证明，不少优秀篇章乃至经典作品，都包含了某些虚构成分，有的甚至干脆就是虚构的结果。譬如：世间本无桃花源，然而，陶渊明无中生有写成的《桃花源记》，却分明千古流传，令人心驰神往；范仲淹不曾到过洞庭湖，但他笔下的《岳阳楼记》，硬是打动了一代又一代的读者，成为不朽的名篇；莫言坦言"咱家从来没去过什么俄罗斯"（《人一上网就变得厚颜无耻》），可是一篇《俄罗斯散记》依旧流光溢彩，妙趣横生；以《一个人的村庄》饮誉文坛的刘亮程，则一再宣称自己的作品完全出于虚构。至于茅盾、冰心、巴金、何为、峻青等作家，在自己的散文里对一些相关事实所进行的增减、调整与概括，亦即局部有限的虚构，更是近乎文学史上的常识，为许多读者所熟知。

应当承认，以上质疑与挑战，猛地看来，仿佛具有相当的冲击力，只是仔细研究即可发现，构成这种质疑与挑战的全部理由和证据，并不足以撼动真实之于散文的基石作用。这里，有几个理论和实际问题，需要进一步辨析与厘清：

第一，虚构是一部分文学作品的重要特征与基本手段，但却不是一切文学作品的必要条件和身份证明。无论中国抑或国外，也无论古代抑或现代，纪实或曰非虚构都是文学表现的合法存在与有机元素。在某些文学体裁，如传记文学、报告文学、新闻小说中，艺术形象的本真原则，更是背负着至关重要、不可或缺的核心意义。具体到散文而言，它对客观真实的执着强调，一方面是文学传统在起作用——纵观中国散文发展演进之脉络，史传文学是其最重要的源头，后者对前者潜移默化，影响深远，其中最直接最明显的血缘性遗产，就是班固在评价《史记》时所指出的"其文直，其事核，不虚美，不隐恶"的"实录"品格。另一方面则出于文体本身的伦理要求。试想：一个以自我为重心，为支点，旨在敞开主体世界的文学样式，如果丧失了心灵镜像与社会景观的真实性，它将怎样安身立命？又将如何展开同历史与现实的有效对话？由此可见，那种将文学的虚构特征夸大化、绝对化，进而反证散文作为文学作品可以放开和仰仗虚构的说法，实际上是站不住脚的。

第二，我们所推重和强调的散文的真实，是一种基本内容或曰整体书写的真实，它并不完全否定和绝对排斥散文家在取材大致真实的基础上，从讲究艺术效果出发，对某些局部事实进行合理的发挥、取舍、整合，乃至有限的虚构。关于这点，散文史上的成功经验告诉我们：在作家那里，场景、时序可以适当调度，但情感褒贬不能弄虚作假；细节、氛围可以适当点染，但情节关系不能无中生有；次要人物可以适当增减，但主要人物不能随意捏造。请看多年之后冰心对于名篇《小橘灯》的一点说明："'我的朋友'是个虚构的人物，因为我只取了这个故事的中间一小段，所以我只'在一个春节前一天的下午'去看了这位朋友，而在'当夜，我就离开那山村'。我可以'不闻不问'这故事的前因后果，而只用简朴的，便于儿童接受的文字，来描述在这一个和当时重庆政治环境、气候，同样黑暗阴沉的下午到黑夜的一件偶然遇到的事，而一切黑暗阴沉只为了烘托那一盏小小的'朦胧的橘红的光'。"（《中学现代散文分析》）这段表述明确告诉读者的，正是作家所秉持的散文虚构的条件、理由、原则，以及它的局部性和陪衬性。类似的例证还可举出另一名篇《背影》。1947 年夏天，朱自清在回答《文艺知识》编者的提问时写道："我写《背影》，就因为文中所引的父亲的来信里的那句话。当时读了父亲的信，真的泪如泉涌。我父亲待我的许多好处，特别是《背影》里所叙的那一回，想起来跟在眼前一般无二。"显然，在《背影》里，作家感情与所述事件都是高度真实的，这种真实奠定了作品因为源于生活和人性所具有的感人程度，同时也酿成了它超越时空、历久不衰的艺术魅力。至于曾经被有的作家所质疑的某些细节，如旅馆的茶坊究竟到没到车站之类，我们大可不必深究，因为那属于作家可以自由驱使的地方。

第三，《桃花源记》和《岳阳楼记》具有被史料所证明的虚构性或非亲历性，只是对于这点，我们仍须做深入细致的分析。你看，在《桃花源记》和《岳阳楼记》中，桃花源情境和洞庭湖气象，固然生动而直观，但它们本身却不是全篇的意图与旨归所在，而只是作家精神憧憬的曲折性外化与人格理想的写意性寄托。换句话说，这两篇作品是凭借诗性沛然的客观情境或自然物象，来呈显一种由衷的希冀或高蹈的情怀，亦即一种深切而强大的主体真实。在这种情况下，客体情境与自然物象的描绘主要是为表达主体真实烘云托月，增光添彩，提供形象的铺垫和意境的支撑，至于其自身是否符合生活实际与历史本真，已变得无关紧要。正因为如此，那种仅仅依据《桃花源记》和《岳阳楼记》的景观描写具有虚构性和非亲历性，便推导出所有散文都可以随意虚构的观点，是肤浅、草率和片面的，自然不足为训。

第四，莫言、刘亮程坦言自己的某些作品纯属虚构，这固然是实话实说，毋庸置疑。但笔者在读过这些作品之后却又觉得，它们的虚构用心良苦，状况复杂，在很多时候，不过是自觉或不自觉地表现了另一种真实。先看刘亮程的《一个人的村庄》。在这个锁定了西部农村景观的散文系列里，作家有意识地避开了复杂多面的社会历史元素，坚持让笔墨紧扣人与自然的维度展开。而其中的具体描述，亦巧妙地避开了清晰、准确的时间、地点和环境，放弃了事件性、因果性和照相式的写实，而代之以灵动自由、跅踱不羁的大写意，于是，一个扛着铁锹"闲逛"的主人公，连同浸透了他思想、感受、情绪、想象的旷野、村庄、农人和牲畜等，构成了一个个不乏象征、隐喻和诗性色彩的画面，最终化作一个陌生而奇异的艺术空间。显然，此时此处的作家已经超越了对经验世界的刻录和对生活实相的摹写，而进入了自觉且自由的精神创造状态——其中包含的相对于生活本真的某种虚构自不待言。不过，笔者仍要申明的是：从《一个人的村庄》所提供的全部艺术形象和审美情境看，不管其中融入了怎样的无中生有、移花接木或遗貌取神，它们最终并未摆脱作家特定的生存环境和已有的生命亲历，更不曾背离文学对自然神性的追询，从这一意义讲，它们的虚构依然倒映出生活的真实。只不过这种真实，更多是一种记忆的真实，存在的真实，当然也是本质的真实。相比之下，莫言的《俄罗斯散记》有所不同。这篇作品在讲述"我"的俄罗斯旅行观感时，似乎寄寓了作家对某些社会现象与民众心理的曲折针砭与深度反讽，其精神意味已不是真实或不真实可以估衡。只是倘若单就作品所着力展现的俄罗斯草原与边城风光看，与其说是作家大胆的虚构，不如说是他依据较充足的文学储备所实施的小说家的合理想象。关于这点，作家在文本叙事中有意或无意地给我们留下重要提示——"俄罗斯草原沉重缓慢的呼吸我已经感觉到了，托尔斯泰、屠格涅夫、契诃夫、果戈理、肖洛霍夫等俄国伟大作家的身影也依稀可辨了。因为我读过他们的书，曾被他们书中描写过的草原感动，所以我的心中有一种特殊的感觉。尽管他们笔下的草原未必是我脚下的草原，但我宁愿这草原是那草原。是的，这草原就应该是他们的草原，而他们的草原就是全人类的草原。"（《俄罗斯散记》）引述至此，我们完全可以稍加引申和补充：由于莫言写出的是被普遍的文学经验所接受、所认可的俄罗斯草原，所以这个草原最终是真实的草原，是对俄罗斯草原风光生动传神的书写。

综上所述，不难看出，时至今日，取材源于经见，内容基本真实，仍然是散文的"大体"所在，是散文家必须恪守、不可逾越的创作圭臬。关于此中道理，笔者还想做点题外的枝蔓，以求让问题的讨论更深入一步。20世纪八九十年代，孙犁在致两位散文作家的信里写道："所有散文，都是作家的亲身遭遇，亲身感受，亲身见闻。这些内容，是不能凭空设想，随意捏造的。散文题材是主观或客观的实体，不是每天每月，都能得到遇到，可以进行创作的。一生一世，所遇也有限。更何况有所遇，无所感发，也写不成散文。"（《散文的虚与实》）这里，孙犁提出了一个重要观点：散文因为写实而无法高产。应当承认，按照孙犁心中理解和认定的散文范围，他的观点是有道理的，而且可以得到创作实践的有力证明。只是这一观点一旦进入信息时代的文学语境，它的"不合时宜"便随即昭然凸现：面对众声喧哗，遮天蔽日，但又各领风骚三五天的创作风气，许多散文家因为担心被潮流所淹没而感到空前焦虑。为此，他们常常选择不断增加创作数量和频率作为抗衡与自救，又焉能顾忌散文因为写实而无法高产的客观规律？而值得注意的是，斯时，为散文家违背规律的创作大跃进提供理念抓手与技术支持的，恰恰是大面积、无限制的虚构。近年来，散文领域虚构而成的篇章屡见不鲜，几成常态。这些作品粗粗看来，倒也差强人意，其中有的甚至不乏精彩或感人之处，只是其虚构的情况一旦被披露和证实，其结果不但是读者有遭受欺骗的感觉，而且通篇作品的社会和艺术价值都要大打折扣。这说明，虚构带给散文作品的负面影响迄今不容忽视。对此，我们必须予以足够的警惕，而不宜盲目倡导和草率认同。

最后来说笔调。笔调（Tone；Style）是源自西方文论的一种说法，指的是文学作品从叙事层面透显出的一种属于作家的情绪、心态与趣味，即作家思想、个性与心境的语言外化。将笔调与中国现代散文联系起来的，是学贯中西的林语堂。林氏《发刊〈人世间〉意见书》认为：小品（亦即散文——引者），不是一种文体，而是一种笔调，一种个人的笔调，闲适的笔调，或称"闲谈体""娓语体"。而在《论小品文笔调》一文里，林氏又指出：小品文"无形式，文之中心由内容而移至格调，此种文之佳者，不论所谈何物，皆自有其吸人之媚态。今日西洋论文，此种个人笔调已侵入社论及通常时论范围，尺牍演讲，日记，更无论矣。除政社宣言，商人合同，及科学考据论文之外，几无不夹入个人笔调，而凡足称为'文学'之作品，亦大都用个人娓语笔调"。

在我看来，林语堂把"个人笔调"通约为"闲适笔调""娓语笔调"，难免有些牵强、生硬和自以为是。因为笔调作为作家内心的旋律和声音，从来就不是单一声部，而是一种混合效果。它在闲适和娓语之外，还有峻急、愤怒、敏锐、率真、深沉、悲怆，等等。在这种情况下，一味突出和强调闲适、娓语这一种，则有可能将散文引入单调、狭窄的境地，甚至会使其陷入有"媚态"而无风骨的泥淖。但是，林氏从笔调的角度来揭示散文，却是别开生面，功德无量。这一崭新的角度，不仅巧妙地避开了文体概念上的种种矛盾、纠结与混乱，而且成功地铺就了一条简单、直观、便捷的散文路径。通过这条路径，文坛和读者既能够从"词"与"意"双向制约的角度，领略作家的苦心孤诣与博大精深，又可以在内外契合、形神兼备的意义上，进一步认识和把握散文何以是散文。唯其如此，笔者情愿将笔调看作散文大厦的又一条重要基石。

透过笔调论散文，说到底是从文本叙述的角度来揭示散文的"大体"，即旨在强调和实现散文意旨表达的个性化与风格化。这一问题在另外一些学者和评论家笔下，通常喜欢使用"文采"一词加以表述，即试图从语言层面彰显散文的文学特质。而我则情愿弃"文采"而取笔调。之所以如此，则是因为在我看来，离开根本的生命形态和艺术旨归，单纯强调文采，很容易把作家的注意力过多地引向辞藻的修饰，句式的打磨，以及其他微观部位的锤炼，其结果常常使作品在无节制和无目的的积极修辞中，变得浮艳与雕琢，这是散文的大忌。而事实上，文采充其量只是一部分散文的特征与优势，而笔调才是一切散文的魅力所在——周作人、孙犁、汪曾祺，以及张炜、周国平、鲍尔吉·原野等人的散文，并没有太多的文采，但却自有渊源不同因而风格各异的笔调。这种笔调不仅把作家们彼此区别开来，而且使他们每一个人包括性情气质在内的精神世界，都获得了有深度、有质感、有个性的敞开和传递。这是他们的散文作品最终能够进入高端审美的重要原因。

对于散文家而言，笔调既然拥有如此非同小可的意义，那么，在散文创作中，精心设计和潜心经营恰当而出色的笔调，便仿佛成为散文家至关重要的任务。然而，散文创作的吊诡之处在于，作家所呈现的笔调，从来就不是一个单纯的手法和技巧问题，因此也不能完全依靠设计和经营来获得与实现。如前所述，在通常情况下，笔调与作家的精神资质、主体条件息息相关，是其思想、性情、气质、知识、学养、阅历等的有机融合与自然流露。关于这点，大文学理论家刘勰曾以两汉魏晋时代的十二位著名作家为例，做过精彩阐发："贾生俊发，故文洁而体清；长卿傲诞，故理侈而辞溢；子云沉寂，故志隐而味深；子政简易，故趣昭而事博；孟坚雅懿，故裁密而思靡；平子淹通，故虑周而藻密；仲宣躁锐，故颖出而才果；公干气褊，故言壮而情骇；嗣宗俶傥，故响逸而调远；

叔夜俊侠，故兴高而采烈；安仁轻敏，故锋发而韵流；士衡矜重，故情繁而辞隐。"（《文心雕龙·体性》）正是基于这样的文学史实，窃以为：散文家笔调的形成，除了有待于学养的吸纳和文字的修炼外，更重要的是，必须经历一个立足现实人生，持续进行人格淘洗与扬弃，不断实现自我积淀与提升的过程。"汝果欲学诗，功夫在诗外。"宋代大诗人陆游这早已路人皆知的诗句，稍加变通，即可作为今日散文家的座右铭。

原载《鸭绿江》2013年第11期，收录于作家出版社2014年7月出版的《多维视角下的散文》一书

散文的边界之争与观念之辨

　　进入 21 世纪，散文创作始终保持着发展与扩张的态势：不仅作者队伍愈见壮大，作品数量空前增多，内容手法日趋丰富；更重要的是，它的一些基本形态与核心元素，正经历着强劲的辐射与繁衍——相继现身文坛的"非虚构""跨文体""大散文""新经验"，以及"民间语文""纪实文学"等，说到底都是以散文为原点和主体的踵事增华或推陈出新。目睹散文的这一派风生水起，人们自然要赞叹其充沛博大的生命力，但同时也会联想到另一个问题：作为一种文学或文章样式，散文在一路高歌、拓宽领地的过程中，是否还需要拥有自己的版图与边界？

　　说到散文的边界问题，文坛一直存在两种不同的观点。其中一种观点，强调散文文体的开放性和散文边界的模糊性，肯定散文家自由创造，越"界"挥洒的积极性与合理性，认为在散文边界问题上，应当顺其自然，无为而治，而不需要设置更多的概念壁垒与逻辑关隘。如南帆先生就多次指出："事实上，散文的文体不拘一格，它的边界完全撤除……作为一种文类，散文的内涵模糊不定。多种文类都可能以不同的比例、不同的变异栖居在散文之中。这时人们可以说，散文的首要特征是无特征。"（《文类与散文》）"散文时常隐蔽地解构了既定的文类。因此，'水'是散文的巧妙比拟。水无定型，文无定法。这一切无不指向散文的基本精神——挣脱文类的规约而纵横自如。"（《分类与自由》）与南帆持类似观点的是贾平凹。他在《美文·发刊词》中提出"大散文"的概念，明言"散文是大而化之的，散文是大可随便的，散文就是一切的文章"。后来，他结合自己的阅读和办刊经验，又将这种概念做了更具体的诠释：我读了《古文观止》中一些作者的文集，"结果我发现那些作者一生并没有写过多少抒情散文……他几十万字的文集中大量的是论文、序跋，或者关于天文地理方面的文章，我才明白，他们并不是纯写抒情散文的，也不是纯写我们现在认为的那种散文的，他们在做别的学问的过程中偶尔为之，倒写成了传世的散文之作。"为此，《美文》杂志"尽量约一些从事别的艺术门类的人的文章，大量地发了小说家、诗人、学者所写的散文，而且将一些有内容又写得好的信件、日记、序跋、导演阐述、碑文、诊断书、鉴定书、演讲稿等等，甚至笔记、留言也发表。"（《散文的九个问题》）显然，贾平凹心中的散文边界也是约略、宽泛而富有弹性的。

围绕散文边界问题的另一种观点，分明更注重散文的文学特征与文体规范，并因此而主张清理散文门户，净化散文现场，增强散文创作的边界意识。在这方面，做出系统阐发的是散文理论家刘锡庆教授，他的多篇文章针对当代散文文体的"乱象丛生"，以及"大散文"的说法，重申散文在"四分法"框架之下的文学特质，并进一步细化，提出"艺术散文"的概念和要求，同时指出散文的范畴不宜过宽过杂。而当代散文的发展方向应当是更新观念，净化自身，"弃'类'成'体'"（见作者《散文新思维》一书）。与刘先生观点遥相呼应的是陈剑晖教授。不久前，他在谈到当下散文创作时，明确质疑和否定了散文的泛化现象："是否小说、诗歌、戏剧之外的一切作品都属于散文？""我们是否能够将一切具有思想性的非小说诗歌戏剧文体的作品拉到散文的范畴中来？在我看来，这恰恰混淆了文体的界限，取消了散文文体的独特意义，某种程度上甚至退回到杂文学的时代，这是不可取的。"（转见何晶《当下散文文体亟需建构》，《文学报》2013 年 5 月 23 日）

以上两种观点各执一说，分歧严重。这种分歧看似因散文的边界划分而生，但实际上反映了不同散文观念的深层冲突，即散文究竟是一种文学体裁还是一种文章类型。显然，在南帆、贾平凹看来，散文应当属于后者。唯其如此，他们才认为散文能够"纵横自如"，可以"大而化之"。而在刘锡庆、陈剑晖眼中，散文无疑属于前者。以此为支点，他们才坚持散文必须边界清晰，不宜范畴宽泛。

面对以上两种观点、两种主张，笔者愿意将更多的理解与认同留给南帆和贾平凹。因为不断的学习与思考，使我越来越深切地认识到，把散文看作一种纯粹的文学体裁，在性质上完全等同于小说、诗歌和戏剧，其实是一种严重的误读。如众所知，无论在古代中国还是在近代西方，散文都是一种纷乱驳杂，宽泛多样的存在，其外延几乎囊括了韵文之外所有的文章，其文体自然也是形形色色，五花八门。近现代中国作家出于精神启蒙和个性解放的需要，及时发现了散文在表达上的自由与便捷，遂开始在广泛的文化背景上，建立新的资源与路径，以突出和强化散文的文学性与文体性，其结果虽然使散文获得了文学身份，但却未能真正解决散文的文体与边界问题，散文仍然是个兼容并包、诸体俱在的大家族。一切何以如此？有学者以散文驳杂、积重难返、谋求改变、条件不足加以解释。但在我看来，散文界在这方面做出的努力，不过是脱离实际的一厢情愿，因而只能劳而无功。事实上，已有足够的文本可以证明，散文具有显而易见的边缘性和跨界性。就内容而言，它涉及文史哲经；依体裁而论，它兼容诗、剧、小说。中外散文史上若干优秀乃至经典作品，都是散文同多种元素嫁接和杂交的结晶。你看：鲁迅的《过客》是散文和戏剧结盟；余光中的《听听那冷雨》由散文与诗歌联姻；黄仁宇的《万历十五年》旨在说史，但却无意中开启了"大散文"的门扉；史铁生的《我与地坛》最初以小说身份问世，而最终却成了散文世界的新经典。此外，杨振宁谈科学，陈从周说园林，汪丁丁论经济，吴冠中讲美术，等等，都是极好的散文，但都不被单纯的文学标准所束缚。此类情况的出现，固然体现着作家高度个性化的知识结构或艺术匠心，但同时也从另一方面说明，散文原本就是一片具有无限伸缩性与可塑性，因而很难作机械划分与生硬规范的书写天地。在这一意义上，称它是一类文章亦无不可。

不过，话还得说回来，笔者承认散文文体具有充分的开放性和嫁接性，以致很难就形式和技术层面加以抽象和描述，但却并不因此就断定它从根本上拒绝分析与阐释，是一种无法感知和把握的存在。必须看到，作为精神或符号现象，散文不可能逸出哲学认识论的一般规律。唯其如此，在这方面，我不赞成对于散文文体彻底无为而治的主张。倒是古人的一些说法，给我以深深的启发。金人王若虚《文辨》有言："或问：'文章有体乎？'曰：'无。'又问：'无体乎？'曰：'有。''然则果何如？'曰：'定体则无，大体须有。'"清人姚鼐在写给友人的信中亦云："古人文有一定之法，有无定之法。有定者，所以为严整也；无定者，所以为纵横变化也。二者相济而不相妨。故善用法者，非以窘吾才，乃所以达吾才也。"

那么，现代散文有无古文里的"大体"和"一定之法"？统观百年散文史上林林总总的文本，不难发现，它们有三种取向大抵约定俗成，属于异中之同，因而庶几堪称"今文"的"大体"和"一定之法"，即散文之所以是散文的核心要素。

一曰文本彰显自我。不同于大多数小说家通常都隐身于作品情节和人物之中，几乎所有的散文家都以本来面目与生活和生命对话。正所谓"我手写我口""我思故我在"。亦所谓"散文是作家人格的直呈和灵魂的裸显"。这种自我在场反映到具体文本中往往意味着：一、作品表现的是作家特有的思想、感情乃至性灵、气质，而不是对流行意趣和公共话语的盲目趋随或简单复制；二、作品始终保持"我"的视线，由"我"出发，讲述所见所闻所思所感，还原大千世界的"有我之境"。现在有些散文作品频频出现小说式的"全知叙事"，实际上是对散文特质的漠视。

二曰取材基本真实。散文和小说一样，都崇尚文学的真实品格。但小说的真实可以凭借酷似生活原貌的虚构得以传达，而散文的真实却只能通过作家的现身说法来实现。从近期的创作情况看，作家对散文真实性的理解固然越来越灵活和深入，以致有"写意的真实""存在的真实""想象的真实"等说法出现，但主体的真情实感和客体的守真求实，仍然是多数人坚持的散文写作的底线。之所以如此，固然与中国史传文学"实录"传统的深远影响有关，但更重要的还是由散文的叙事伦理所决定的。试想，一个以真实为特质为标识的文本，讲的却是作家虚构的故事，这将留给读者怎样的感受？

三曰叙述自有笔调。所谓笔调，指的是散文作家将自己的思想、感情、人格因素投注于作品之中所形成的一种叙事风度，即作家内在生命的语言外化。它的存在与呈显，不仅将诸多作家与作品彼此区别开来，而且最终划清了散文与非散文，乃至文学与非文学的界限。这里需要稍加生发的是，一些学人在谈到散文的语言特质时，喜欢使用文采一词。而我却情愿弃文采而用笔调，之所以如此，不仅因为一味强调文采容易将散文语言引向过度修辞，进而难免浮艳雕琢之病；更重要的是，只有从笔调切入，才能真正抵达散文语言的纵深和根本。不是吗！不少人都称赏沈从文、孙犁、汪曾祺乃至周作人的散文，而他们散文语言的突出特点，恰恰是轻文采而重笔调。

　　如果以上三条确实是散文的基本特征和核心要素，那么，我们执此标准做散文边界的厘定与划分，大约不会太难吧？

原载《光明日报》2014 年 3 月 17 日

散文史、散文生态与全民写作

前些时，一批中青年作家聚在一起，专门讨论"全民写作时代的散文"。毫无疑问，这是一个内涵非常丰富因而也很有讨论价值的话题。不过，从报刊披露的讨论内容看，作家们的视线和精力，似乎较多集中于描述和分析全民写作态势带给散文创作的新情况与新问题，而无形中忽略了更深层次的全民写作与散文史和散文生态的关系。事实上，充分认识和正确把握后一点，对于促进散文创作的繁荣与发展，具有更为重要的意义。正因为如此，笔者不揣浅陋，想沿着作家们已经开始的话题，着重谈谈散文史和散文生态视角下的全民写作。

一

与小说的特点和优势在于其客观性和再现性明显不同，散文是一种突出和强调主观性与感受性的文体。一个优秀的散文作家，无论其视野如何开阔、内涵怎样充盈，在通常情况下，都只能敞开"这一个"的主体世界，都只能传递与这一世界相适应的有限度的生活投影与生命镜像。而社会发展、人类进步和历史前行所赋予散文的整体使命与根本任务，却是透过无数生命个体心灵与人格的折光，以实现对民族或时代精神的全方位探照与能动性把握，即构建全息性的民族心灵史与时代回音壁。这便决定了一个民族或一个时代的散文创作，要真正抵达理想圆满的境地，单靠少数优秀作家的努力是不够的，而必须具备宏观的创作主体的开放性、广泛性与多样性。也就是说，要倡导和引领多多益善的普通人拿起笔来，加入散文写作的行列，支持和鼓励他们从不同的社会层面、生活视角和经验天地出发，以自由不羁而又迥然不同的心态和笔调，去完成题材不一，话题各异，艺术上可轩可轾，风格上有雅有俗的精神诉说与生活表达，从而使散文创作化为历史天幕上千姿纷呈、万象辐辏的生命与心灵的风景线。

然而，在一个漫长的时期内，中国散文的发展未能做到这一点。由于政治、经济、文化等多重因素的交相作用，散文作家社会角色的相对单一、散文作品话语性质的大抵趋同，以及一部分生活景观和生命经验的被忽略、被遮蔽，曾经是散文领域的普遍现象。以中国古代散文为例，其林林总总的篇章，固然是辞赋箴铭兼有，兴观群怨同在，但若按作家的社会身份划分，却大抵不出"太守文章"或"士子情怀"。至于其核心的精神主题与情感取向，更是可以"宗经"与"载道"或"出世"与"入世"来概括。作为一个民族的文学遗产，如此这般的散文作品自然不乏超越时空的传世价值，但它却最终无法构成特定社会多元共生的心音交响，更难以准确传递底层民众的精神状貌与内心诉求。

正因为如此，"五四"新文化运动的先驱们，才在"启蒙"和"革命"的旗帜之下，响亮地提出：推倒雕琢阿谀的贵族文学，建设平易抒情的国民文学；推倒陈腐铺张的古典文学，建设新鲜立诚的写实文学；推倒迂晦艰涩的山林文学，建设明了通俗的社会文学。借助强劲的时代风气，现代散文创作毅然向"个人性"与"大众化"两个方向努力，并由此带动了题材范围的拓展、生活图景的转换和语言形态的更替，大众场景和底层命运开始频现于散文领域，甚至成为一部分散文作品的聚焦点。只是倘若就作家与对象的关系看，所有这些，都难免带有新兴知识者为大众和底层代言的性质，其形象之单调，意识之肤浅，情感之隔膜，几乎随处可见。正是基于这样的事实，对文艺大众化有着深刻理解的鲁迅，才语重心长地提醒大家，现在的努力不过"是使大众能鉴赏文艺的时代的准备"，真正的"无产阶级文学"，必须是由工人农民自己"写出自己的意见"。延安文艺座谈会的召开，尤其是新中国的成立，使一批工农兵出身的作家投入散文创作，这自然有效地改变了散文作家队伍的结构，拉近了散文与普通人群和寻常人生的联系，然而，一种与特定时代政治氛围相适应的在创作上要"抓题材""赶任务"的律令，以及与之相联系的所谓"散文是文艺轻骑兵"的说法，又把散文创作的题材和主题，不恰当地限制在社会事件的描摹和"大我"情怀和抒发上，其结果是在很大程度上导致了散文自性的弱化与生态的失衡——一种以内倾性见长的文体，却偏偏漠视个人生活与内心体验。这种状况一直持续到20世纪80年代。唯其如此，窃以为，20世纪90年代以来，伴随着后现代思潮涌动而出现于散文领域的小故事、小感觉、小情调的走俏，尽管给散文创作带来了矫枉过正的新问题，但它也自有存在和发展的必然性与合理性。

二

沿着这样的轨迹与思路，我们来看今天已是蔚为大观的散文全民写作，即可发现，它的积极意义委实不可小觑：一方面，成千上万职业、经历、思想、性情、趣味迥然不同的写作者，带着鲜明的个人印记进入散文世界，其五花八门、无拘无束的言说，不仅彻底改变了散文为知识者身份证明和"雅文化"一统天下的旧有格局，使散文第一次拥有了更为丰富和愈发斑驳的精神与文化承载，以及由此衍生的更为重要的社会和人类价值；同时，整个社会的文艺民主空前活跃，文化生产力有效释放，"五四"以降几代有识之士千呼万唤、孜孜以求的文学"大众化"，成为可以直观和验证的现实。另一方面，层出不穷、难以计数的散文全民写作的参与者，立足于不同的生活根基与生命趣味，随心所欲地表达着人生感知、社会见闻、时代欲求、现实评价，以及母爱亲情、童稚记忆、旅途奇观、艺文畅想，乃至下岗境遇、求职过程、讨债情形、被骗经历、合租体验等，其质朴、真切、幽微、细腻的讲述，不仅将散文刻录个体性灵的功能优势张扬到极致，而且于无形中酿成了一个时代不加过滤与粉饰的众声喧哗。这时，每一位散文作者都变成了社会情境与心灵躁动的书记员，所有的散文作品汇集在一起，则足以化为一个民族的精神图谱与生活长卷。至于这当中所包含的社会进步、经济繁荣、教育普及、文化提升等积极因素，更是显而易见，不言自明。

需要指出的是，散文领域的全民写作，并非是一种孤立的、偶然的现象，事实上，它与21世纪以来网络空间的极度扩张，尤其是自媒体时代的迅速到来密切相关。换种更准确的表述应当是，网络空间与自媒体时代从根本上推动和成就了散文的全民写作。不是吗？据中国互联网信息中心统计，截止到2010年底，中国网民规模已达4.57亿，无数网民用来表达、交流和互动的，恰是一种非文学意义的泛散文；而来自国务院新闻办公室的数字又告诉我们：早在 2008 年底，我国网上博客已达 1.07 亿，而支撑这种网络自媒体的主要文本，自然是通常所说的广义的散文。不难设想，这些博主即使每月更新一二博文，其整体的散文产量已堪称铺天盖地，浩如烟海，而其传播之迅速之广泛亦可想而知。由此可见，网络的发展和自媒体的出现，确实为散文的全民写作提供了空前的便捷和巨大的动力。难怪有作家主张将 2005 年——所谓"中国博客元年"，确定为散文全民写作的起点。

三

对于当下散文创作来说，全民写作固然具有重要的积极意义，然而，这种积极意义并不能概括全民写作的所有效果。这里，一种有目共睹的事实是，全民写作在推动散文创作繁荣发展的同时，也给它带来了一些负面影响，进而催生了一些不容忽视的问题，其中最突出的一点便是：由于参与者水准不一、态度有异，加之发表通道多依托"零门槛"的自媒体，所以其作品整体质量难免鱼龙混杂，良莠不齐，一些作品甚至艺术格调不高，价值取向混乱。

此类问题的出现给我们以启示：一个民族或时代的散文创作，要想保持良好的情景和健康的生态，除了吸引更多的写作者投身其中，组成尽可能广泛的群众性的创作队伍之外，还有一个关键的不可或缺的重要条件，这就是精英散文家的始终在场，是他们立足精神与艺术的制高点，以精品佳作所展开的与大众写作者的诚挚交流，以及对他们创作的吸纳、引领与提升。而在这一维度上，21 世纪以来的散文创作同样呈现出可喜的局面：以韩少功、张承志、南帆、王充闾、梁衡为代表的一批著名散文家，在由新时期到 21 世纪的文学进程中，始终保持着饱满旺盛的精神创造力，其意境高旷、质文兼备的作品，构成了一个时代散文艺术的重要坐标，当然也无形中影响和启迪着全民写作。在改革开放大潮中成长起来的郭文斌、王彬彬、祝勇、王开岭、王开林、张宏杰、夏榆、钱红莉等一批实力作家，虽然有着不尽相同的题材经营、旨趣提炼和风格追求，但也不乏于文学本质上的殊途同归，如深切的人文关怀、执着的独立思考和沉潜的艺术探索等，这正好是全民写作所缺少、所需要的，因而便成了其现成的范文和必要的滋养。从这一意义讲，如今散文全民写作的兴盛，早已融入了精英散文家的力量。

　　原载《文学报》2013年8月1日，收录于人民文学出版社2014年7月出版的《2013中国文坛纪事》（白烨主编），以及大连出版社2017年9月出版的《2012—2017大连市优秀文学作品集·文艺评论集》（张金双主编）

散文向传统要什么？

一些研究者认为：中国现代小说、诗歌和戏剧，是沿着西方的路子走下来的，有明显的横向移植的痕迹；而现代散文虽然也不乏异域文学的影响，但它更多连接着中国文学传统，基本属于纵向继承的"国粹"。质之以中国现代文学史，应当承认，这种说法大致符合事实，因而足以赢得一般性的接受和认同。不过，有一点仍需特别申明：我们承认现代散文于整体上的传统性和"国粹"性，是相对于小说、诗歌和戏剧的严重西化而言的。这种承认既不等于否认现代散文与古代散文之间存在的明显的形态区别和精神差异，更不意味着现代散文根本不需要传统文化的支撑与滋养，不需要对浸透了传统文化汁液的古代散文实施积极的继承与借鉴。事实上，近代中国所发生的急剧的社会转型，特别是在此转型中，文学语言所经历的由文言向白话的匆促过渡和刚性更替，虽然为现代散文注入了宝贵的新质，但同时也不可避免地弱化和淡化了它与古代散文乃至传统文化的血缘关系。如果说这种血缘的弱化和淡化，曾经让现代散文显示过摆脱重负后的轻松与解除禁锢后的自由，那么，随着社会历史条件的迁延与变化，特别是随着近年来民族文化传统在"全球化"浪潮挤压下的复活与重建，这种轻松与自由便日益暴露出"无根"的虚浮和"贫血"的孱弱。正因为如此，我们说，中国现代散文要求得健康持续的发展与繁荣，同样存在一个与传统文化衔接，向古典文学学习的问题。换句话说，现代散文只有彻底打通与古典文学，尤其是古典散文的血脉，将根须深深扎在传统文化的沃土里，它才有可能枝繁叶茂，绿树成林，并生机无限。这时，现代散文向古典文学和传统文化要什么，便成了一个绕不开的、必须认真对待的话题。

第一，现代散文家应当像古代散文家那样，追求胸襟开阔，意旨高远，让笔下作品烛照社会，提挈人心。纵观古代散文传统，占据绝对优势和统治地位的无疑是"文以载道"的创作主张。毋庸讳言，这里的"道"，即代表着封建社会主流意识形态的儒家政治主张和伦理道德，自有其致命的缺失和历史的局限，散文家如果胶柱鼓瑟，让自己的作品机械而绝对地加以承载，满足于"代圣贤立言"，那么不但无法写出真正的散文，而且很可能导致艺术生命的衰竭。然而，同样必须看到的是，用儒家政治主张和伦理道德支撑起来的"道"，原本也有积极、健康、合理的一面，如"仁政""民本""忠信"等。一些散文家正是从这里出发，真诚地表达着自己在献身社会理想过程中所收获的情思与感悟，于是，其笔下的精神言说由"载"他人之"道"很自然地转化为"言"自己之"志"。而这"志"又因为牵动着普遍的人格操守或永恒的生命境界，所以能在很大程度上冲破儒家道统的局限和束缚，从而使作品走向生动、鲜活与恢宏、劲健。司马迁的《报任安书》、诸葛亮的《出师表》、范仲淹的《岳阳楼记》、欧阳修的《伶官传序》等，均为如此意义上的佳作。它们所呈现的关注苍生、匡扶社稷的高远立意与深刻主题，不仅有效地提升着作品的艺术境界，而且最终成就了古代散文讲入世、重教化、尚气节的审美特征。

遗憾的是，"五四"以降的现代作家未能充分认识这一点。他们在狂飙席卷、革故鼎新的语境中，整合欧洲随笔的个性主义与晚明小品的"独抒性灵"，打造出旨在启蒙的现代散文，而作为其整体的艺术嬗变，恰恰是在强化了个人声音的同时，弱化了经天纬地的历史倾诉与社会担当，进而使不少作品落入了鲁迅所诟病的"小摆设"。此后，三四十年代的左翼散文和"十七年"的红色散文，曾以对现实生活的积极回应与热情讴歌，实施过未必自觉的调整与反拨，但由于观念过于功利和艺术相对粗糙，结果不但没有收到理想的成效，反而使新时期散文沿着矫枉过正的路子，出现了小感觉、小情调的大面积回潮。

进入 21 世纪，散文领域世俗化、碎片化和空洞化现象持续蔓延，这固然与后现代思潮的传播和流行相关，但在某种意义上，又何尝不是上述回潮的加剧？面对现代散文的如此走向，我们当然不能无视它寄身于时代变迁的某种合理性与必然性，但更应当洞察这合理性与必然性所隐含的精神矮化与人格落差，以及这一切对民族振兴的无形损蚀与严重制约。

正是基于这样的认识，我们呼唤现代散文家在有所扬弃的前提下，回归古代散文的高屋建瓴与宏声大气，在全新的层面上弘扬情系苍生、道济天下的散文传统，从而为现代人提供优质的心灵滋养与强大的精神支援。

第二，现代散文家应当像古代散文家那样，坚持熟读经典，取法乎上，让笔下作品厚积薄发，文脉昭然。中国古代文人既注重"立言"，又崇尚"立德"。而无论"立言"抑或"立德"，在古人看来，都需要心存高远，取法乎上，即通过对经典的阅读和研习，攀缘精神与文化的制高点，最终达到"一览众山小"的目的。在这方面，执意将儒家经典绝对化、悬置化，即所谓"非三代两汉之书不敢观，非圣人之志不敢存"，自然未免迂腐和僵化；但是，立足于中国文化承传与发展的大背景，围绕文化源头和元典下功夫，并在此基础上博采众家，取精用宏，形成属于自己的精神风度与文化根脉，却无疑堪称事半功倍且踵事增华的重要一途。柳宗元《答韦中立论师道书》自谓：为文"本之"以《诗》《书》《礼》《春秋》《易》，而又"参之《谷梁氏》以厉其气，参之《孟》《荀》以畅其支，参之《庄》《老》以肆其端，参之《国语》以博其趣，参之《离骚》以致其幽，参之《太史公》以著其洁"，云云，庶几为这一过程提供了翔实的注脚。回溯古代散文发展史，优秀的作家与作品，无不是民族文化汨汨源流浇灌出的绚丽之花。即使历史步入现代，经典的光照与文脉的承传依旧别具魅力，润泽久远。近年来，有文章或称赞鲁迅、郁达夫等文坛前辈的腹笥丰厚，气象高蹈，或激赏余光中、王鼎钧等海外方家的学殖超卓，笔墨酣畅，而"腹笥"也好，"学殖"也罢，说到底，还是绵延不绝的华夏文心与文脉在起作用。相比之下，今日一些散文家便暴露出了自身的软肋——因为身不由己的文化隔绝，也因为欲罢不能的精神浮躁，他们在不知不觉中远离了文化经典和思想源头，也远离了文学线索和文体脉络，取而代之的是对无数时文的浮光掠影，是对漫天信息的趋之若鹜。散文家以如此态度从事写作，固然也有可能凭借才气和经验赢得几声喝彩，甚至走红一时，但由于从根本上少了足以打底子的东西，少了一种执着向上的精气神，因而最终不能不陷入疲软和平庸。从这一意义讲，现代散文自觉向古代散文学习，重新确立经典坐标与文脉意识，努力于继承和借鉴中壮大自己，已是迫在眉睫，不容迟疑。

第三，现代散文家应当像古代散文家那样，注重师法造化，丰富阅历，让笔下作品贴近生命，拥抱生活。在古代诗文名家笔下，著书为文须讲体察、重阅历，这既是共识，又属常谈。杨万里所谓"闭门觅句非诗法，只是征行自有诗"；陆游所谓"纸上得来终觉浅，绝知此事要躬行"；元好问所谓"眼处心生句自神，暗中摸索总非真"，都是这方面的箴言佳句。而对照文学的历史，从屈原、司马迁到李白、杜甫，再到苏轼、陆游，无不是一边"积学以储宝"，一边"研阅以穷照"；一边"饱以五车读"，一边"劳以万里行"。他们都是因为阅历广，所以悟得透；因为见得真，所以写得好。诚如王夫之《姜斋诗话》所言："身之所历，目之所见，是'铁门限'。"不过，这样一个已经被创作实践证明了的"铁门限"，在近百年来的中国散文领域还是遇到了不同程度的挑战——一些散文家或因为过分看重自己的灵感与才情，或由于片面理解文体的独语与内倾，所以，总是自觉不自觉地质疑着阅历对于创作的支撑或为文之于生活的依赖。而最近二十年不断提速的现代社会进程，更是空前增添了作家深入生活和注重阅历的难度。时至今日，铺天盖地、无远弗届的电声设施和网络媒体，像一张巨网，不仅无情地拉开了人与自然、与社会、与一切亲历亲为的距离，而且在很大程度上俘获了散文家的身体与感官，使他们在似真非真、似我非我的状态中，不自觉地疏离了生活的本真探求与生命的高峰体验，以致造成了创作的土壤流失和源泉枯竭。在这种情况下，现代散文家的突围与自救，同样应当汲取传统的力量——像古代散文家那样，坚定不移地师法造化，注重体验，贴近生活，丰富阅历，无疑是现代散文生机永驻的不二法门。

原载《人民日报》2010 年 5 月 21 日

散文语言的审美特质

曾有论者指出，散文是真正的、严格意义上的语言艺术。意思是说，文学在整体上固然可统称为语言的艺术，只是一旦进入具体的表达和建构，不同的文学体裁所面临的语言环境，以及其语言所占据的分量和所承担的任务，仍有明显的不同。其中散文不像小说那样有情节可作支撑，也不像诗歌那样有韵律能当护佑，更不像戏剧那样须凭借矛盾冲突来取胜；它只能致力于语言本体的差遣和打造，只能依靠语言特有的魅力来强化自身并感染读者。换句话说，语言是散文自立于文学世界的唯一依托和武器。应当承认，这样的观点是符合创作和文体实际的，它敏锐而准确地道出了语言之于散文的特殊的重要性。

那么，如此重要的散文语言是怎样一种语言？它应当具有哪些关键的、本质的审美要素？坦率地说，这是一个回答起来既容易，又不容易的问题。之所以说它容易，是因为在这方面，以往的学者和作家曾留下过不少的论述，诸如：散文的语言要生动鲜活，富有感性，努力营造陌生化的审美效果；要讲究辞采，注重诗意，潜心追求叙述的音乐性和旋律感；要清新自然，返璞归真，远离雕琢与斧凿，等等。它们均可以拿来权作塞责。而之所以又要说它不容易，则是鉴于以上这些说法，虽然并非郢书燕说，不着边际，但是，它们却在相当程度上混淆了散文语言与一般文学语言的区别和界限，即它们对散文语言所提出的要求，大都没有超出文学语言的普遍特点和一般范畴，它们强调的散文语言所应有的艺术品质和审美元素，基本上是小说、戏剧乃至诗歌等文学语言所共有和共求的，而并不属于散文自己。这使得我们今天要真正揭示散文语言的个性和本质，还必须再做进一步的辨析与归纳。具体来说，就是要踏入文学的纵深地带，将散文语言与同属文学语言的小说、诗歌、戏剧语言放在一起，加以比较与鉴别，由此勾勒和凸显前者的审美特质。

在文学天地里，诗歌近乎精神舞蹈，这决定了它的语言除了遵循文学语言的一般规律之外，更多拥有意象、隐喻、通感、变形之类的技术化特征，同时呈现出整体的跳跃性和韵律感，这与散文语言常见的"漫步"和"絮语"状态，形成了一目了然的差异。戏剧因系"摹状"艺术，所以，它的语言主要是"为人捉刀"——在凸现角色性格的同时推进作品的情节与冲突，这同散文语言本质上的"夫子自道"，亦有明显区别。而在直观的语言表述层面，真正同散文构成交织与纠缠的是小说，这不仅是指按照西方的文学划分，小说和散文均属于叙事文学的大范畴，它们在大的语言功能方面一脉相通；更重要的是因为这两种文学样式所使用的一些语言手段，如描写和叙述以及其相应的修辞伦理，常常具有较高的相似性和互换性，以致使不同文学样式之间的语言个性，一时难以清晰和确切起来。然而，即使如此，在我看来，散文语言和小说语言毕竟是两回事，它们的差异和不同依旧是可以分辨的。而进行这种分辨的入口就在于：无论小说和散文有多少外在的相似与相近，它们各自的文本世界终究承载着不同的艺术使命。具体来说，小说大抵是一种再现性艺术，它的要义是尽可能生动，也尽可能深刻地讲述一段客观的、属于他人的故事，虽然其中并不缺少有关人物内心深处的发掘；而散文从根本上讲，是一种表现性艺术，其宗旨在于通过笔触的内窥，传达作家主观的所见所闻、所思所想，尽管其中也每见心灵折映的大千世界。如果我们认同以上分析，而又愿意沿着这样的思路再作推进，那么，厘清小说和散文的语言疆界，进而揭示后者的审美特质便成为可能。

首先，小说因为要再现客观的社会场景和人物命运，所以，其语言必须是宏观着眼，大处落墨，追求一种整体的、画卷式的叙事效果。也就是说，要超越具体的、微观的语言把握，而把营造生动的故事情节和塑造丰满的人物形象，作为最核心和最重要的任务。小说语言只要做到这一点，那么即使出现某些局部的生涩或粗糙，也不过是白璧微瑕而又瑕不掩瑜，最终无伤大雅。相比之下，散文是作家心灵与人格的外化，这种性质和使命反映到语言上，虽然并不排斥整体的形象性和画面感，但它同时必然更讲究微观的精致性和细节的完美感，即要求语言在遣词、造句、组建句群和调度段落的层面，具有较高的准确性、丰富性和耐读性，否则，便难以真正贴近作家的生命，更无法深切传达作家复杂而微妙的内心世界。这里，我们不妨引入学术界的"语象"概念，以作为理论支援。据童庆炳主编的《文学理论要略》介绍，文学语言学意义上的语象和我们通常所说的艺术形象，是两个既有交叉，又有区别的概念。其划分的依据是：西方文论家把艺术形象分为描述、比喻、象征、场景、人物五种含义。其中场景、人物的完成，浸透在情节演进之中，需要足够的语言长度和反复的笔墨皴染，因此，堪称是超越了个别和具体语言现象的宏观的艺术形象；而描述、比喻和象征则是在微观的、具体的语言层面展开，它们支撑着整体的艺术形象，却又有着不可忽视的审美自性，这就是所谓的"语象"。从这样的概念出发，我们庶几可以断言：小说语言主要是一种宏观的形象化语言。而散文语言则本质上是一种微观的语象化语言。后者因为以自身为出发点和归宿点，所以更接近文学语言的纯粹状态乃至高级境界。记得韩石山曾讲过大意如下的观点：鲁迅、汪曾祺对语词和笔调的要求太高，这有利于写散文、杂文和短篇小说，却不一定适合写长篇。这话听来有些武断，但实际上却从一个特定的角度告诉人们：写散文和写小说，自有不同的语言要求。

其次，小说因为需要再现所讲的人物和故事，所以它的语言必须追求栩栩如生的画面感和视觉性，必须有利于把读者带入可感可触的艺术情景。从这一意义讲，小说语言应当是建立在形象思维基础之上的充分的感性表达。而散文则以展现作家的内宇宙为旨归，这便要求它的语言只能同作家的内宇宙一样，保持形象思维和逻辑思维、感性因子和理性因子的整合与统一——就此点而言，把散文写作简单地归入形象思维和感性抒发，显然并不准确。而从散文创作和阅读的实际情况来看，大量的、真正优秀的作品，往往是融思想、情感、学识于一体，集描写、叙述、议论于一身，是感性与知性的相辅相成而又相得益彰。关于这点，余光中先生曾有精彩的论述，他写道："散文就像一面旗子，旗杆是知性，旗是感性；无杆之旗正如无旗之杆，都飘扬不起来。"他甚至断言，感性与知性的把握和调配，是散文写作的一大艺术。这似乎也在提示我们，更多的知性参与，确实是散文语言有别于小说语言的一大特点。怪不得一位颇有成就的作家要说，我常常把搞不清的东西写成小说，而把搞得清的东西写成散文。

原载《文学报》2007年12月28日

略说现当代中国散文的外来影响

　　一些研究者认为，在中国现当代文学的诸样式中，散文一体很少受到外来影响，同时又与民族文学传统联系得最为密切。对于这样的观点，我的看法是：与新文学中的小说、诗歌和戏剧相比，散文确实更多地保持了民族审美的色彩与个性，表现出对传统艺术价值的认同和赓续。但是，这并不意味着它就很少接受外来影响。如众所知，中国新文学的诞生与发展，原本同 20 世纪"西风东渐"的时代条件和国际背景紧密相关，从特定的视角看，它甚至可以说是中外思想、文化撞击、交流和整合的结晶。在这种情况下，作为新文学之组成部分的现当代散文，又焉能与外来影响绝缘？事实上，它和同时期的小说、诗歌、戏剧一样，也受到了外来思想、文化立体多面的影响，只是它凭借自身特有的丰厚积淀、兼容气质和自觉取舍把这种影响很好地吸收和消化了，使其融入了民族气质与范范之中，达到了浑然一体的境界，以致让人几乎感觉不到异质因素的存在。正是基于如此事实，季羡林先生才凿凿断言："'五四'运动以来，中国文坛上最成功的是白话散文。"（季羡林：《漫谈散文·当代中国散文八大家总序》，海天出版社，2001 年）如果以上辨析大抵正确，那么应当承认，现当代中国散文在接受和吸纳外来影响方面，是出色的、成功的。它提示我们有必要对其中的内容和情况，进行深入发掘、细致梳理和认真总结，从而作为今日中国散文界乃至整个中国文学，在全球化语境之下，撷取"他者"，坚持"自性"，走向世界的重要参照。

一

　　按照学术界通常的说法：中国现当代散文的滥觞，是十九、二十世纪之交，梁启超倡导用"新文体"来宣传西方新学。倘若这种划分并无不妥，那么我们即可断言：中国现当代散文自它肇始之日起，就具备了积极的开放姿态和明显的外来因素。从那时到现在，百余年过去了。在此期间，由于国门已经敞开，而在开放的世界格局中，中国的政治、经济和文化又暂且处于弱势地位，所以，现当代散文家自觉或不自觉、主动或被动地借鉴外来的思想和文化资源，便成了一项持久不断的工作。当然，其具体的借鉴情况又因为国内政治氛围、社会制度、时代矛盾、生活环境、经济形态的变化，而呈现出两端高峰，中间低谷的态势，即有起有伏的三个阶段。

"五四"运动至30年代前期，是中国现当代散文引进与整合异域营养的第一个阶段。这一阶段中，特别是"五四"前后，整个中国的思想、文化，经历着空前的大震荡、大裂变、大开放、大引进。围绕着"科学"与"民主"的旗帜，伴随着思想革命和文学革命的进程，许许多多的外国作家和作品进入中国，其中包括蒙田、培根、兰姆、欧文、霍桑、斯威夫特、怀特、史蒂文森、屠格涅夫、纪伯伦等在内的大批外国作家的散文随笔作品，亦在翻译家的努力下，凭借《语丝》《奔流》《文学》《现代》《文艺月报》《译文》《世界文学》《新中华》等刊物，与中国读者见面。若干荟萃国外名家名篇的选译本，如《现代随笔集》《英国散文选》《英国小品选》《小品文选》《小品文续选》等，则经过张伯符、袁嘉华、梁遇春、王文川等人的译笔，先后出版，成为当时文学青年的普及读物。而同散文创作相呼应的有关外国散文的理论和知识，亦因为胡适、傅斯年、周作人、鲁迅、胡梦华等的论文或译文，在国内获得广泛传播。所有这些，既是武器，又是食粮；既是参照物，又是助产师。它们使中国作家不仅看到了崭新的思想和别样的文采，而且发现了一种更便于表达心灵，参与生活的艺术文体。于是，一大批极有才华的作家，如鲁迅、周作人、瞿秋白、冰心、朱自清、郭沫若、俞平伯、郁达夫、郑振铎、许地山、王统照、徐志摩、梁遇春、钟敬文等，均毅然冲破旧式散文的模式，积极借鉴外国散文的体式和特点，创作了大量的反映新思想和新生活的散文作品，进而形成了新文学第一个十年散文创作空前繁荣的局面。正如鲁迅所说："散文小品的成功，几乎在小说戏曲和诗歌之上……因为常常取法于英国的随笔（Essay），所以也带一点幽默和雍容。"（鲁迅：《南腔北调集·小品文的危机》，《鲁迅全集》第四卷，人民文学出版社，1982 年）由此可以肯定，是外国散文的进入，使中国散文实现了由近代到现代的根本性嬗递，从而具有全新的素质和品格。

自 20 世纪 30 年代后期抗战爆发到 70 年代后期"文革"结束，是中国现当代散文引进与整合异域营养的第二个阶段。这一阶段之初，由于民族救亡的需要，中国散文领域译介的重点，转向了世界反法西斯战争的战地报告及时评杂文，这使得原先全方位引进外国散文的局面，发生了某种变化。与此同时，日益壮大的左翼作家，开始把借鉴的目光更多地投向了苏联及其他社会主义国家的无产阶级文学，这自然导致了西方散文随笔在国内文坛的相对沉寂。接下来，随着解放区文学的兴起和红色政权的建立，中国散文的对外交流进一步受到了意识形态的制约，其视野和途径均趋于狭窄。到了 60 年代，极左思潮的泛滥和"文革"运动的发生，导致了国家的封闭与社会的禁锢。受此大环境影响，中国散文的外向性借鉴在主流渠道已几近中断，只有民间尚存艰难、顽强的线索。近年来陆续公开出版的《顾准文集》《无梦楼随笔》以及"六八年人"的日记、通信等"文革"时期的地下散文，庶几可以证实这一点。此种情况一直延续到极左年代的终结。

从粉碎"四人帮"，进入新时期，直到 21 世纪的今天，是中国现当代散文引进与整合异域营养的第三个阶段。在这一阶段中，由于改革开放已成为国家和民族经历曲折坎坷之后的自觉选择，也由于广大作家在全新的历史条件下，不断形成着愈发睿智和成熟的"拿来"意识，所以中国散文同外来因素的对话、交流和嫁接、整合，显示出空前的广泛、深入与缤纷、多彩，构成了继"五四"之后的第二个高峰期。同前一个高峰期相比，这后一个高峰期的引进与借鉴，至少具有以下两方面的特点：第一，就引进和借鉴的内容而言，第二个高峰期显得更加林林总总、五花八门。这当中既有学界精英的自由主义探索，又有知识女性的女权主义言说；既有韩少功连接着当代西方学术前沿的怀疑与剖析，又有王小波、桑晔式的现代主义的"黑色幽默"，还有朱大可、胡晓梦式的后现代主义的解构与重构……所有这些交织在一起，组成了异常宽广的国际文化背景，从而充分折映出历史语境的多元共生和散文文体的自由个性。第二，从引进和借鉴的状态来看，第二个高峰期显得更加清醒、稳健、从容不迫。为数不少的中国散文家在对待外来因素的态度上，既告别了饥不择食的盲目，又摒弃了唯新是取的浅薄，而代之以平心静气的审视，客观深入的思索和有的放矢的移植，这使得他们笔下的艺术借鉴平添了主动、自觉和成熟。新时期以来，散文界从未像诗歌界、小说界那样，出现过洋味充盈的"崛起"和"新潮"，而借鉴和汲纳异域营养的工作又始终扎实、深入、波澜不惊地进行着，其原因或许就在这里。

需要加以说明的是：以上所谓中国现当代散文借鉴外来因素的三个阶段，主要是针对中国大陆散文进程的一种描述；而同为中国现当代散文之组成部分的台湾和香港散文，在接受外来影响方面则另有轨迹可循。具体来说便是：20世纪60年代，当大陆散文受极左政治的禁锢而陷入相对封闭和沉滞的境遇时，台湾和香港散文，却分别伴随着社会形态的急剧西化和都市经济的进一步发展，出现了引入乃至趋骛西方现代派文学的倾向。这种倾向在台湾与民族主义、乡土文学主张，发生了长达二十年的激烈论争，最终于80年代走向回归与整合；而在香港则一直同包括中国散文传统在内的多元文学元素，进行着自然、平和、持久的交流与对话，从而成就了香港散文的别一种风范。中外文化和文学在台港的撞击与交汇，孕育了余光中、王鼎钧、杨牧、张秀亚、张晓风、叶维廉、许达然、董桥、也斯等一批中外兼容、东西合璧的散文作家。其中台湾作家余光中、王鼎钧，以其学贯中西的个人资质，跨踔高蹈的创新精神和不拘一格的艺术文本，更是为中国散文的审美表现增添了若干新质，其深远影响正通过不断发展的汉语散文创作，逐渐浮出水面，得到确证。毫无疑问，台湾和香港散文对异域因素的汲纳和吸收，是中国现当代散文接受外来影响的重要内容。

二

同其他文学门类一样，中国现当代散文所接受的外来影响，是形形色色、多种多样的。其中既有直接的，也有间接的；既有理性的，又有感性的；既有西方的，又有东方的；既有思想的，又有文化的；既有文学的，又有艺术的。即使单就文学而言，也不仅限于散文一体，同时还包括了小说、诗歌、戏剧，甚至还涉及文学研究与评论。而在所有这些影响之中，真正具有本质意义，即明显促成了并推动着中国现当代散文变革与发展的，则主要有以下四个大的方面：

一、英国随笔的个人色彩、自我意识，为现当代中国散文注入了全新的特质。中国古代散文题材广泛、内容丰富、群星灿烂、源远流长，自有其不容忽视，也忽视不了的文学价值。不过，作为一种稳定的文学形态，它又有着致命的缺憾，这就是与儒家学说和封建统治相适应、相匹配的，思想观念层面的一味"宗经""征圣""载道"，以及由此派生出的对作家个性的压抑和主体的束缚。对于此种情况，尽管历史上时有革新家奋起抨击和匡正，甚至发出了无视古文正统，要求"不拘格套，独抒性灵"的呼吁，但限于时代条件，终究无法带来根本上的改观。显然，这同现代国人的生存环境、观念意识，是格格不入的。相比之下，以欧洲文艺复兴为背景，首创于法国作家蒙田，并在英国作家笔下发扬光大的随笔一体，却有着另外一种主张和风范，这就是：尊重人性与个性，倡扬生命与自我。正如蒙田所说："我要人们在这里看见我底平凡、纯朴和天然的生活，无拘束亦无造作；因为我所描画的就是我自己。我底弱点和我底本来面目，在公共礼法所容许的范围内，都在这里尽情披露。"（吴周文：《二十世纪散文观念与名家论》，远方出版社，2001年）这无疑对应着中国社会进入现代之后的人本主义思潮和个体主义精神，是思想革命和文学革命所需要的内容。正因为如此，"五四"时期的中国散文家，普遍看重英国随笔的个人色彩和自我意识，并执此为武器，大胆冲破了封建主义"文以载道"的陈旧模式，努力建构全新的"意在表现自己"的散文文本。此后，中国的社会和文学虽然不断发生着这样或那样的变化，但散文创作必须突出个性，强化自我，却一直是现当代散文家的共同认识和追求，并最终形成了该文体的重要圭臬和根本特质。应当承认，这为散文创作带来了根本上的生机与活力。

二、欧洲散文的注重说理、长于思辨，有效地提升了现当代中国散文的精神含量与重量。显然与中国人的文化心理长于综合而短于分析，长于直觉而短于逻辑相关，中国散文传统中纯粹的、富有原创性的理性言说，一向不甚发达。大抵"代圣贤立言"的古代散文自不待说，即使引进了西方文化和个人意志的"五四"散文，也依旧是抒情胜于说理。这种情况凭借惯性的力量，在很长一段时间里得以延续。然而，20世纪的中国毕竟需要思想的启蒙和理性的重建，正是这种内在的吁求，使得欧洲散文早在古希腊时即已得到充分表现的注重说理、长于思辨的特点，自然而然地进入了中国现当代散文的肌体。随着从苏格拉底、柏拉图到亚里士多德，从蒙田、培根到尼采，从萨特、加缪到罗兰·巴特等一大批学者型欧洲散文家的被普及，中国现当代散文家笔下的理性因素，思辨色彩，开始逐渐增长。如果说这种增长在20世纪50至70年代，因为受到政治大环境的抑制而不那么顺遂、显豁，那么到了新时期，特别是进入90年代，它则乘时代变革的东风，化为一道亮丽的风景，熠耀着文坛，其中以钱理群、徐友渔、朱学勤、秦晖、雷颐、单士联、摩罗、谢泳、余杰、林贤治、筱敏、崔卫平、王开岭等为主要作者的思想随笔，和以韩少功、余秋雨、林非、周国平、南帆、鲁枢元、雷达、王得后、朱正、王彬彬、孙郁等为基本阵容的学者散文，更是透过深沉的人文情怀，勇敢的涉世精神，精辟的灵魂识见和睿智的叙述风度，显示了一种知性的感染力和穿透力，一种厚重而强健的美。毫无疑问，这样的作品使现当代散文真正告别了"小摆设"，而变成了思想的演讲台和时代的回音壁。

　　三、外国散文自由、多样的艺术表达，为现当代中国散文开辟了新的审美范式与文体空间。中国古代散文是一个内涵庞杂、外延宽泛的集合体。这决定了它虽然曾经有过种种文体层面的划分，但这些划分既体现不出文学的特质，也谈不上一般意义的科学、准确，更无法满足现代人以散文形式表情达意，参与生活的需要。正因为如此，"五四"以后的中国现当代散文，在自己的创作实践中，还是积极大胆地"拿来"了国外散文艺术自由、多样的表达方式，以建构笔下的散文世界。于是，我们看到：波特莱尔、屠格涅夫、泰戈尔、纪伯伦的散文诗，催生了鲁迅的《野草》；布封、法布尔、伊林的科普小品，引出了高士其的《菌儿自传》《生命的起源》；基希、里德、爱伦堡的报告文学，促进了此一文体在我国的诞生和发展；罗曼·罗兰、莫洛亚的传记散文启迪着几代中国传记作家的潜心探索；此外，高尔基的政论杂文，欧文的旅行杂记，纪德的日记散文，普列什文的风光散文，赫尔岑的回忆录散文，厨川白村的社会批评，等等，也都程度不同地影响了我国相关的散文家和散文作品。而在所有这些异域因素的进入中，英国随笔占据着最为抢眼也最为重要的位置。该文体特有的轻松亲切的语气，灵活多变的笔调，娓娓道来的风度，以及幽默和多趣的特质，深深吸引了中国现当代散文家。他们在借鉴和取法中，形成了自己的"谈话风"和"独语体"。从周作人、梁实秋、林语堂、梁遇春，到何其芳、丰子恺、张爱玲，再到汪曾祺、张中行、董桥，均堪称这方面的高手。实践证明，英国随笔的中国化，不仅在表达方式上拉近了散文和读者的距离，而且使散文表现生命与生活，具有了无限可能性。

四、西方现代派文学技巧明显丰富了现当代中国散文的艺术表现力。与诗歌、小说、戏剧相比，散文的技巧要求是较低的。但是，这并不等于说散文就不需要技巧。事实上，一些艺术性、表现性较强的散文篇章，尤其是那些承载着复杂、曲折和独特情思的散文作品，依然需要艺术技巧来支撑、来配合。在这方面，仅靠传统散文的资源无疑是不够的，而西方现代派文学（不单单是散文，同时也包括小说、诗歌等）技巧，正可以起到补充和丰富作用。唯其如此，在20世纪二三十年代和八九十年代这两个外来文化影响中国的主要时间段里，一些有追求、有探索的散文家，均尝试着把西方现代派文学的手法和技巧，如象征暗示、自由联想、梦幻冥思、时空交错、意象叠加，以及荒诞、魔幻、戏仿、反讽、直觉、蒙太奇，等等，用于散文文本的创作。其中用力较勤、影响较大、成就较高的，前一个时期有鲁迅、巴金、废名、何其芳等，后一个时期有王蒙、张承志、张锐锋、斯妤、叶梦、钟鸣等。这些作家将现代派文学技巧和手法引入散文之后，其笔下作品虽然有时会显得怪异、雕琢和朦胧、晦涩，但在更多的情况下和更高的层面上，还是平添了丰富的艺术表现力。

三

如众所知，在整个20世纪，异域文化进入落后或发展中的中国，是伴随着某种"强势"和"霸权"的。面对这种情况，现当代散文家虽然不能说全无自卑、困惑或焦虑，以及由此派生出的盲目趋随，但较之同时期的诗人和小说家，他们分明多了若干自觉的选择和主动的扬弃，多了一种洋为中用，东西融合的目光、胸襟和能力。这主要表现在以下三个方面：

第一，现当代散文家从异域"拿来"的，大都是适合中国国情的、有用的，是从民族进步和社会发展的需要出发的。民族和国际间的文化交流与引进，是一个极为复杂的过程。这当中充满了种种变数和不确定性，但作为引进一方，有一点是应当认识明确的，这就是：自己"拿来"的，必须首先是国家、民族和时代所需要的，是有利于人性发展和社会进步的。因为只有这样，所谓借鉴才算落到了实处，才变得具有实际意义。现当代散文家显然意识到了这一点，他们的"拿来"很好地恪守了有用和有益的原则。以取自英国随笔的幽默为例。此一特质在现代作家鲁迅、林语堂、老舍、丰子恺、钱锺书，当代作家王蒙、贾平凹、王小波、孙绍振等笔下，均得到了充沛显扬，成为现当代散文的重要特征之一。而一切之所以如此，并非仅仅是作家性情使然，这里更为重要的是因为，它给一个备受苦难和压抑的民族带来了洒脱和余裕，给一种常常被束缚和扭曲的个性注入了生机和活力，它使人的精神风貌得以改善，从而推动社会的进步。正如郁达夫所言："在现代的中国散文里，加一点幽默味，使散文可以免去板滞的毛病，使读者可以得一个发泄的机会，原是很可欣喜的事情。不过这幽默要使它同时含有破坏而兼建设的意味，要使它有左右社会的力量，才有将来的希望……"（郁达夫：《中国新文学大系·散文二集导言》，《郁达夫散文集》，浙江文艺出版社，1985年）在这方面，我们还可举一个比较典型的例子。在日本现代文学史上，厨川白村并不占据重要位置。用一位美国学者的话说："厨川白村自逝世以来，被认为他既不是一个有创见的思想家，也不是一个大作家。直到今天，他甚至没有在日本出版的卷帙浩繁的现代日本作家选集中出现过。"（〔美〕郑清茂：《日本文学思潮对中国现代作家的影响》，贾志芳主编《中国现代文学的主潮》，复旦大学出版社，1990年）但是，他的散文集《出了象牙之塔》《走向十字街头》，以及理论著作《苦闷的象征》等，却在20世纪二三十年代的中国文坛广为传播，深深影响了包括鲁迅在内的一大批中国作家和知识分子。这种情况乍一看来有些费解，但细加分析，即可发现，内中遵循的恰恰是中国作家的借鉴原则：厨川白村社会文明批评和文艺批评的出发点与落脚点，都建立在"人"的上面，渗透着对"人"的发展的关注、省察与忧虑，而这同样是当时中国社会所亟待解决的问题，因此，厨川白村的散文作品，便顺理成章地受到了中国文坛的格外关注。应当指出的是，这种有用和有益的借鉴原则与单纯的功利主义有着根本不同：后者是短视的，前者是长远的；后者常常围绕某种简单的政治目的，而前者则立足于民族整体的精神建设。正因为如此，这种借鉴是难能可贵、值得珍惜的。

第二，现当代散文家在借鉴异域因素的过程中，比较善于把"拿来"的东西与民族审美传统结合起来，使其产生新旧互补、中外合璧的艺术风度。文化进化主义和文化相对主义，是当今世界同样流行，但又观点相左的两种思潮。其中前者强调文化的竞争性、等级性，认同西方文化是适应世界上多种环境需要的最先进的文化，它应当成为人类文化的主流；后者倡导文化的差异性、平等性，主张各民族的文化都只能在自己的系统之内加以评价，而不存在什么高下优劣之分。显而易见，这两种思潮都有其合理之处，同时又均不乏悖谬之点：前者指出文化有先进、落后之分是正确的，但因此就主张用西方文化统一世界文化则是荒谬的；后者肯定文化的多元性、差异性是正确的，但以此为理由拒绝不同文化之间的比较与交流则是错误的。因此，对这两种思潮，我们都只能采取科学扬弃的态度，即一方面要承认西方文化在一定历史时期的先进性，从而积极、大胆地向其学习，将其"拿来"；另一方面要承认民族文化存在的必然性和必要性，努力将文化引进融入民族特质之中，以此熔铸具有现代意义的新文化，现当代散文家很好地认识和实践了这一点，他们的横向移植常常是同纵向继承结合在一起的。不妨来看梁遇春。这位由衷热爱英国随笔，且在译介上贡献卓著的散文家，尽管在心态上全然接受外国的文化观念，其笔下创作更是深受英国随笔，特别是兰姆小品的影响，但是这种影响最终不曾替代传统的文化基因。他的心理结构、思维方式依然是东方的、中国的；他的叙述方式和叙述语言，依旧不乏中国古代散文和古典诗词的韵味，有些作品的有些描写，甚至有诗有画，有情有景，颇具意境创造的神髓。看来，他在借鉴异域因素的同时，也试图将这种因素中国化。用他自己的话说便是："希望……在世界小品文里面能够有一种带着中国情调的小品文。"（梁遇春：《小品文选·序》，范桥、小飞编《梁遇春散文》，中国广播电视出版社，1993年）徐志摩是另一位受西方文化影响很深的散文家。他笔下那大胆的心灵告白，热烈的情感释放，充分的个性张扬，不羁的想象与幻想，以及浓郁的大自然情结，等等，无疑闪烁着西方浪漫主义文学的光华，只是当这一切转化成具体的文本时，中国古典文学的韵致，还是透过那词采、那意境、那形象，甚至透过那镂金错彩的风格浮现了出来，使人感到一种也许是不那么自觉的中西整合的努力。至于周作人，他虽然把"五四"散文的源头指认为明清小品，但他自己的创作还是中西兼容的，只是这种兼容更加自然，更加不留痕迹而已。关于这点，朱自清先生曾有很精辟的揭示。由上所述，不难断言，正是这种立足于整合的借鉴，使得中国现当代散文既具有现代品格，同时又不曾中断民族的血脉。

第三，现当代散文家在借鉴异域因素的过程中，很注意内容与形式的均衡、和谐与呼应，尽量做到此二者的相辅相成，相得益彰。纵观20世纪中国文学接受史，中国作家每每出现的一种失误就是：过于看重形式层面的标新立异，而忽视了形式与内容之间的相互连接与配合，以致陷入了形式主义的泥淖。对比之下，现当代散文家较好地解决了这个问题。他们在借鉴异域影响时，固然并不忽略形式因素，但更注意从内容上着眼，坚持按照内容表达的需要，选择和构建与之相协调的艺术技巧和手法，从而实现作品整体上的超越与提升。在这方面，鲁迅先生的《野草》委实堪称高峰和典范。这部作品无论内容还是形式，都包含着丰富的舶来因素。而这些舶来因素经过作家的生命溶化和精神改造，不仅深深植根于民族和时代的沃土，形成了丰厚的哲学意蕴和精湛的艺术形式，而且这哲学意蕴和艺术形式，又在整合过程中，呈现出水乳交融、浑然一体的审美效果。我们读《野草》的一些篇章，如《秋夜》《死火》《过客》《墓碣文》《好的故事》等，早已分不出哪些是内容，哪些是形式，只觉得它们互为条件，互为因果，无论改变了哪一方，都会妨碍作品整体的表达，都会影响其已有的艺术质量。同样的情况也出现在何其芳的《画梦录》中。这本当年荣获《大公报》散文奖的作品集，采用了由英式随笔演变而成的"独语"方式，以及大量的西方现代主义和唯美主义的艺术技巧。而作家之所以做如此选择，固然包含了革新散文艺术，为抒情散文探索形式规律的目的，但这里更为内在和重要的原因，恐怕还是只有这样的选择，才能更充分、更直接地表达一位青年知识分子，在当时特有的孤独、寂寞、苦闷和迷惘的心境。也就是说，它仍然是一种由内容决定形式，而内容和形式又相辅相成、珠联璧合的艺术实践。显而易见，诸如此类的追求和实践，对于散文如何更好地汲纳外来影响，从而最终提高散文创作的整体质量，有着重要的启示意义。

原载《广播电视大学学报》2003年第3期，收录于辽宁人民出版社2009年12月出版的《新中国60年辽宁文学精品大系·文学评论卷》一书

散文的"随便"与不随便

——读鲁札记

现代散文应当具有怎样一种文体形态？对于这个问题，鲁迅先生在观念和意识的层面，表现出确然的开放与极大的宽容。譬如，《怎么写》是先生作于1927年的一篇文章，该文最后一段就明言："散文的体裁，其实是大可以随便的，有破绽也不妨。做作的写信和日记，恐怕也还不免有破绽，而一有破绽，便破灭到不可收拾了。与其防破绽，不如忘破绽。"这里，"随便"被先生视为散文一体的基本特征。1929年12月，先生写成《我和〈语丝〉的始终》一文。内中在谈到《语丝》作品的特色时，用了八个字——"任意而谈，无所顾忌"，这是先生对《语丝》文体的高度概括，但又何尝不是他散文文体意识的一种宣示，其精神实质与"随便"的主张，是一脉相承复相通的。

1934年9月，青年作者林希隽在《现代》杂志撰文，对"有些杂志报章副刊上很时行的争相刊载着一种散文非散文，小品非小品的随感式的短文"，即"杂文"，表示不满。认为这种文体，"不受任何文学制作之体裁的束缚，内容则无所不谈，范围更少有限制"，因而是"作家毁掉了自己，以投机取巧的手腕来替代一个文艺工作者的严肃的工作"，并最终影响了伟大作品的产生。

鲁迅有感于林文观点的荒谬，当即写了《做"杂文"也不易》予以回应。先生指出："他（指林希隽——引者注）的'散文'的定义，是并非中国旧日的所谓'骈散''整散'的'散'，也不是现在文学上和'韵文'相对的不拘韵律的'散文'（Prose）的意思：胡里胡涂。但他的所谓'严肃工作'是说得明明白白的：形式要有'定型'，要受'文学制作之体裁的束缚'；内容要有所不谈；范围要有限制。这'严肃的工作'

是什么呢？就是'制艺'，普通叫'八股'。"显而易见，先生对动用文学教条来束缚散文文体并作夸张之词、惊人之论的说法，是极为反感的，他认为，那样的散文写作无异于呆板僵硬的八股制艺，其结果只能束缚作家的手脚，使散文成为非散文。这说明，先生主张散文文体的随便，既是坚决的，又是一贯的。文体的随便，属于先生最基本也是最核心的散文观念。

在主张散文文体随便的同时，鲁迅先生对散文的概念和范畴，似乎也无意做刻板的定义和细致的划分，而喜欢代之以宽泛和灵活的态度。在他笔下，散文、散文诗、小品、小品文、杂文、杂感、短文等称谓，常常是可以相互替代的，大抵属同一类型的文本；即使单说散文，他也认为除了常见的抒情言志的作品之外，还应当包括"最为便当"的"日记体"和"书简体"。于是，我们透过先生的言谈，看到了一个林林总总、异态纷呈的散文世界，而这样的散文世界又反过来印证和呼应着先生特有的散文大可"随便"的文体意识，从而让我们在什么是散文的问题上，产生更多的自主性的联想与思考。

面对已属文学基本样式的散文，鲁迅何以要倡导和坚持"随便"这样一种几乎排除了一切框架和规范的、高度自由的文体意识？要回答这个问题，恐怕不能不涉及先生在特定社会和文学实践中形成的高度个性化的审美趣味与艺术喜好。如众所知，由"无声的中国"走来的鲁迅先生，虽然对封建传统文化素无好感，但是却并不因此就一概否认其中包含的精神亮点与文学精华，相反，他十分注意发现和打捞那"一塌糊涂的泥塘里的光彩和锋芒"。譬如，对中国文学史上的魏晋风度，鲁迅就表示了由衷激赏，并且给予了高度评价。在《魏晋风度及文章与药及酒之关系》这篇著名的演讲里，先生明言，"汉末魏初这个时代是很重要的时代"，这个时代的一个突出特点，就是曹操的"力倡通脱"。而"通脱即随便之意"，即做文章时"没有顾及"。通脱对当时文坛的直接影响便是"产生多量想说甚么便说甚么的文章"；是"遂能充分容纳异端和外来的思想，故孔教以外的思想源源引入"。显然，在先生看来，"通脱"也好，"随便"也罢，都是散文的发展与进步，也是文学向自身理想境界的逼近与提升，内中包含的人性和文学解放的因子是殊应珍视的。毫无疑问，分析进行到这里，我们实际上已经自然而清晰地看到了"散文随便说"的纵向来源，即它同中国古典文学的血缘关系。换种更为具体和周详的表述就是，鲁迅先生从自己所欣赏和肯定的魏晋风度中，获得了行文贵在通脱——随便的启示，并将其作为一种值得继承和赓续的遗产，用之于对现代散文的文体描述，进而提出了散文"大可以随便"的主张。不仅如此，在"西风东渐"的时代，鲁迅先生作为别求异域新声，呼唤"拿来主义"的作家和学者，自有一种超出常人的世界性的文学眼光。在此一维度上，先生固然钟情于苏俄小说，但却从不因此而忽视欧洲和日本文学。譬如，对于欧洲和日本的散文随笔，先生都是既熟悉又喜爱，其中对于日本随笔，更是不惜时间和精力，亲自加以翻译和推介。而欧洲随笔最重要的文体特征，就是蒙田、兰姆式的个性昭然，无拘无束；后起的现代日本随笔则每每于潇洒泼辣之中，展露出反教条与反禁锢的姿态。所有这些，鲁迅自当了然于心，他所译介的厨川白村所谓"在 essay，比什么都紧要的要件，就是作者将自己的个人底人格的色彩，浓厚地表现出来"；所谓 essay "乃是将作者的自我极端地扩大了夸张了而写出的东西，其兴味全在于人格底调子（personal note）"（《出了象牙之塔》），云云，其实也可以看作译者自己对散文随笔的认识和理解。

应当承认，基于这样的认识和理解，鲁迅很容易展开进一步的推理：在散文随笔创作中，营造难能可贵的"个人的色彩和人格的调子"，离不开文体的自由与随便，或者说这"个人的色彩和人格的调子"，原本就意味着和融入了文体的自由与随便。在这种情况下，鲁迅从强化现代散文个人性的目的出发，借助横向撷取的异域资源，发出散文"大可以随便"的声音，实在也是顺理成章，自然而然的事情。

当然，在 20 世纪二三十年代，真正促使并决定着鲁迅倡导散文文体"大可以随便"的，无疑还是先生植根于当时历史条件和社会背景的属于自己的文艺观和散文观。对于这个问题的理解，我们似乎用得上别林斯基的一句老话："一般说来，新的艺术的特质，是内容底重要压倒形式底重要。"（《一九四七年俄国文学一瞥》）不是吗？在鲁迅看来，"文艺是国民精神所发的火光，同时也是引导国民精神的前途的灯火"。因此，文艺作品的优劣是与作家精神状态的高下密切相关的，即所谓"非有天马行空似的大精神即无大艺术的产生"。而"天马行空似的大精神"和"大艺术"，反映和落实到散文上，就需要与之相对应的文体特性来作支撑和保证，这对应的文体特性，便是形式上的全无禁锢和表述上的巨大自由，是配合着不羁之精神的行文与建构上的高度"随便"。散文一旦缺少了这种自由和随便，也就失去了承载"大精神"与"大艺术"的必要条件，甚至有可能抽空文学的真谛和艺术的神髓。

正是基于这样的理由，先生才在《华盖集·题记》里写道："我以为如果艺术之宫里有这么多麻烦的禁令，倒不如不进去；还是站在沙漠上，看着飞沙走石，乐则大笑，悲则大叫，愤则大骂，即使被沙砾打得遍身粗糙，头破血流，而时时抚摩自己的凝血，觉得或有花纹，也未必不及跟着中国的文士们去陪莎士比亚吃黄油面包之有趣。"同时，与以上观念相联系，鲁迅清醒地认识到，散文既然是文艺的一种，那么就应当具备文艺的特质，就必须与社会现实和民族生存紧密地联系在一起。用先生自己的话说就是：在"风沙扑面，狼虎成群的时候"，"小品文的生存，也只仗着挣扎和战斗的"。"生存的小品文，必须是匕首，是投枪，能和读者一同杀出一条生存的血路的东西。"毫无疑问，这样的"东西"近乎必然地带有直接、犀利、敏捷、泼辣的特点，正所谓："现在是多么迫切的时候，作者的任务，是在对于有害的事物，立即给以反响或抗争，是感应的神经，是攻守的手足。"在这种情况下，散文文体必须高度自由、尽量随便，因为只有这样，它才能酣畅淋漓、纵横捭阖，全无阻隔地表达作家的所思所感，也才能真正适应挣扎和战斗的需要。否则，一味在文字的漂亮，叙述的缜密，行文的规范上下功夫，便很容易磨损乃至销蚀作品的精神锐度与思想锋芒，甚至会使其成为"不会有大发展"的"小摆设"。

如果以上分析和归纳并无不妥，那么，应当承认，鲁迅关于散文文体"大可以随便"的主张，从根本上说，就是鼓励作家立足于生存的和心灵的真实，以鲜活的文思和自由的才情，冲破那些陈腐的、僵硬的形式规范，进行大胆的精神创造与勇敢的社会批判，从而担负起历史和人类赋予散文的庄严使命。毋庸讳言，这样的文学旨趣并不能引领和覆盖所有散文家的创作实践，但是，在滔滔汩汩、奔腾不息的散文乃至文学发展的长河里，它所具有的内在的合理性与品质的高端性，却是显而易见的。正因为如此，它理应得到深入的阐发和充分的重视。

鲁迅关于"散文大可以随便"的说法，无疑承载着足够的普适性与真理性。然而，正像一切具有普适特征和真理品格的观念与意识，仍然需要一种辩证的阐释和深入的理解一样，我们面对先生所主张的散文"随便说"，也应当保持一种全面的观照、准确的体认和本质的把握。具体来说，就是要着重领会这"随便"之中所隐含和强调的作家在创作过程中的精神自由、"以意为主"、革故鼎新，等等；而不可仅仅囿于字面的意思，将所谓"随便"推向极端和绝对，以致误认为散文写作真的可以不要匠心，不求法度，真的可以胡涂乱抹，随心所欲。其实，在这个问题的理解和把握上，最有效和最可靠的方法是考察一下鲁迅自己的散文创作，即借助先生的文学实践来检视和印证一下他的观念与主张。而一旦进入这样的考察过程，我们所看到的则是一番既令人回味又启人深思的情景。

　　应当承认，鲁迅的散文世界是一个生机勃勃、活力无限的审美场域。在这个场域里，先生所具备的开阔的社会视野、深邃的人性洞察和丰沛的腹笥学养，他所拥有的极高的艺术天分、超常的文学才情和发达的想象力，连同他于严酷的社会环境中练就的与封建专制者和一切"正人君子"搏战的勇气与韧性，以及他所力主的为文的反拘谨与反伪饰，等等，相互碰撞，也相互交织，最终形成了巨大而有机的合力，进而转化为一种整体上峥嵘恣肆、跨踔不羁的风度与气象。这种风度与气象自然折映和传递着从人到文的真正的自由与"随便"。从这一意义讲，先生的散文创作是很好地体现着他自己所倡导的"大可以随便"的观念与思路的。

　　然而，在鲁迅的散文世界里，"随便"并不是唯一的色彩和孤立的存在，事实上，它常常同若干异质的、对立的要素紧密相连，既彼此依存，又互为条件，从而呈显出一种相辅相成，甚至相反相成、相得益彰的艺术风致与审美效果。譬如，鲁迅的不少散文都称得上自出机杼，"任意而谈"，文体相当随便，只是这些意趣四射、不拘一格的篇章，在先生那里却很少是信马由缰、漫不经心、率尔操觚的产物；相反，它们的孕育过程每每伴随着一种殚精竭虑和苦心孤诣，一种深入观察和反复斟酌，甚至贯穿着由先生的责任感和使命感派生出来的"不能写，无从写"，"迟疑不敢下笔"，怕误导了青年和读者的复杂心态与矛盾心理。正是立足于并呼应着这样的内心体验，先生在《怎么写》《答北斗杂志问》《关于小说题材的通信》等文章中，一再重申着自己科学而严肃的写作主张："留心各样的事情，多看看，不看到一点就写"；"写不出的时候不硬写"；"写完后至少看两遍，竭力将可有可无的字、句、段删去，毫不可惜"；"选材要严，开掘要深，不可将一点琐屑的没有意思的事故，便填成一篇，以创作丰富自乐"（以上所言，在先生那里主要是针对小说，但我觉得它们同样适用于散文的写作）。显然，先生是在强调以厚积薄发的心力和精益求精的态度，去攀缘艺术的高端，捕捉文学的真谛，这时，"随便"似乎退隐了，取而代之的是沉潜与执着，只是殊不知，就一定的意义而言，这样的沉潜与执着，正是通往"随便"的必要条件。

再如，对于散文创作，鲁迅先生一向反对形式上的墨守成规，胶柱鼓瑟，也不赞成作家为文"只执滞于体裁，只求没有破绽"，他自己的散文作品更是常常打破文体的界限，大胆地将小说、诗歌乃至戏剧的因素纳入其中，以致形成了明显的"跨文体写作"的特征。从这样的角度看问题，鲁迅下笔无疑是充盈着"随便"精神的。然而，作为目光宏远的散文家，先生在文体上的积极创新和践行"随便"，从来就不是一种单纯的技术行为，更不是要从根本上否认散文的体裁界限和形式因素，而是意在用近乎矫枉过正的声音和实绩，打破散文创作中的体裁壁垒与形式窠臼，将体裁和形式置于意志与情感的统领之下，使其成为呈显既定内容的最合适也是最有魅力的载体。于是，在先生笔下完成了一系列"写什么"和"怎么写"的经典结合，如："离奇、杂芜"，有"旧来的意味留存"的记忆，之于《朝花夕拾》式的叙事抒情散文；"随时的"但又"难于直说"的"小感想"，之于《野草》式的散文诗；"忧愤深广""怒向刀丛"的情致，之于嬉笑怒骂、匕首投枪式的杂文。这种互为制约，两相对应的探索与实验，煞费苦心，惨淡经营，自然谈不上"随便"，只是它们最终达到的宏观的艺术效果，即先生在文体驾驭上的得心应手，出神入化，又何尝不是一种更高层次的"随便"境界？要之，在鲁迅的散文世界里，"随便"和不随便，实际上是一对不可或缺而又天然互补的范畴。其中"随便"是审美理想，不随便是对如此理想的不懈追寻，而它们成功的嫁接、自然的转化与有机的融合，则最终托举起了鲁迅散文这座迄今风光无限、难以企及的艺术高峰。

时至今日，中国现代散文已经走过了近百年的风雨历程。然而，由于比较复杂的主客观原因，它迄今未能像小说那样，形成相对清晰的叙述特点和大致稳定的文体个性，相反，倒是常常"文备众体"或"有类无体"，表现出一种行文的驳杂性与体态的混沌性。在这种情况下，作家应当以怎样的态度和理念来对待散文？在具体的创作实践上，是多一点自由为好，还是多一点规范为宜？便成了一个亟待明确，但实际上又各有所持、见仁见智的问题。要解决这个问题，从创作实践出发的积极探索与认真总结固然必不可少，而重温鲁迅先生关于"散文大可以随便"的主张，同时体味一下他在自己的散文创作中注入的充满辩证精神的选择与追求，岂不同样大有裨益。

原载《文学界》2009 年第 8 期

也谈散文写作的"易"与"难"

  不久前，散文家刘长春先生，在《文学报》上发表了题为"论散文易学而难工"的文章。这篇文章有不少人误以为散文便捷、易写，因而每每率尔操觚的现象说开去，一方面烛幽发微，驳诘和辨析着理论界有关散文命名的诸多混乱与谬误，一方面引经据典，探寻和梳理着散文在走向读者时所应有的特征与个性。在此基础上，它指出了目前散文创作的种种不足，同时也表达了对未来散文写作的诸多期待。应当承认，这是一次由散文家来完成的对近年来散文创作和理论情况的坦诚发言，其若干见解和判断都启人心智，发人深思；尤其是内中所包含的从文体特征与个性看该文体创作优劣得失的新鲜视角，更是为文坛考察当下散文艺术的发展态势，提供了别一种思路。正因为如此，笔者愿意沿着长春先生的思路，也来谈谈散文写作"易"与"难"的问题。但愿它能成为长春先生文章要义的延伸和补充，更愿它能对今天的散文创作有所裨益和推助。

  "散文易学而难工。"此乃清末民初大学者王国维，在其名著《人间词话（删稿）》中所提出的观点。它以"骈文难学而易工"作为对比，揭示了散文创作入门比较容易，而写好则非常困难的客观规律。据专家考证，王国维的《人间词话》陆续完成于1906至1908年。斯时，胡适的"白话文"虽然尚在孕育和蓄势之中，但黄遵宪、梁启超的"新民体"却早已成一时风尚，加之王氏本人有西文与西学的参照，因此，窃以为，他所说的"散文"应当有别于中国传统文论中的"文章"和"古文"概念，而更多了一些现代因素，即更接近今天文学意义上的"美文"。不仅如此，由于王国维对散文的规范，没有在定义和概念的层面展开，而是用极为简约的语言，一下子抓住了其文本构成过程的某种特点，所以，其结论不仅显得扎实、准确、切中肯綮，而且具有了超越对象和时空的学理意义。

不是吗？即使抛开"骈文"这已经作古的原初对象，而将散文作为现代文学的样式之一，让它与现代小说、诗歌进行比较，其"易学而难工"的特点仍然清晰可见，而且这种所"易"与所"难"，常常又互为因果，互为条件，呈现出对立的统一或统一的对立。这至少表现在三个方面：第一，相对于小说的编织情节、塑造人物和诗歌的锤炼意象、酿造意境，散文的独抒性灵无疑具有文本建构上的简易性，然而，就是这简单易行的独抒性灵，却偏偏需要相当丰沛的知识学养和极为敏锐的精神识见作后援，作支撑，而这一切的形成又岂能是一蹴而就和一劳永逸？这时，散文写作的高难因素便不言而喻。第二，相对于小说描摹的痴迷状态和诗歌抒情的高峰体验，散文写作有赖于一种日常的心态和普通的心境，这自然便于初学者的小试身手和无师自通，只是在日常心态和普通心境中完成诗意的捕捉和表达，有时更需要文心的纤细和艺术的定力，而要具备这种主体优势，恰恰又是散文写作的难点。第三，相对于小说复杂的叙事圈套和诗歌精致的韵律经营，散文的表达主要靠几乎是无技巧、无修饰的侃侃而谈，这当中尽管有容易下笔，便于成文的一面，但事实上，正因为这种侃侃而谈的无技巧和无修饰，又反过来要求其语言文字本身更有质感和魅力，更体现出作家内在的风范与个性，这又是一个颇有难度的过程。正是鉴于以上事实，我们说：一切散文写作者对散文一体的"易学"与"难工"，应当有一个辩证的、全面的理解和认识。尤其是要看到它"难工"的层面和部位，而切不可仅仅因为它的"易学"便蜂拥而上，信笔涂鸦，以致使散文在低标准的兴旺和热闹中，逐渐丧失艺术的真髓。

需要特别指出的是，近年来，随着社会历史条件的变化，特别是随着全球化浪潮和商业化时代的到来，散文创作"易学"的特点依然如故，而"难工"的地方越见其难。这也就是说，在今天的文化语境中，要想真正写好散文，必须迎接多方面的挑战和考验。关于这点，我们还可以从三个角度加以分析：

首先，如前所述，好的散文是需要敏锐而深刻的思想识见作后援、作支撑的。换句话说，是敏锐而深刻的思想识见，构成了散文作品内在的重量和品质。然而，在一个消费主义和享乐主义氛围日趋浓郁的环境里，思想识见却开始变得无足轻重，甚至令人讨厌起来。不仅一般的读者喜欢诙谐地说：作家一思考，"上帝"就发笑，从而将深刻的思想识见放逐于自己的阅读视线之外；就连一向注重"义理"的学术界，也愉快地上演着"思想家淡出，学问家淡入"，以及"日常生活审美化"的轻喜剧，以致让人感到：时至今日，思想识见仿佛真的变成了多余和无用之物。这种思潮反映到散文创作中，便是直接或间接地催生了时尚化、庸俗化乃至粗鄙化的流行意趣：有的作品津津有味地讲述着奢华闲适的人生体验和物欲满足的心理快感，其字里行间充斥着发达和成功者的矜持与自得，却全不见对社会底层和人类前景的终极关怀；有的作品不厌其烦地纠缠于个人经历、一己私情、家族往事，却又无意或无力发掘出其中包含的普遍的社会和人性意义，于是，便只能留下明显的琐碎和自恋的色彩；有的作品一味追求轻松幽默，只管进行插科打诨，既不考虑它们的艺术格调，也不顾及它们的情感褒贬，其结果恐怕不外乎由"绝对搞笑"到"娱乐至死"；还有的作品则干脆满足于玩味日常生活里的小情趣、小感觉、小物件，情愿让笔下所写，充当人生的小摆设、小点缀。显然，面对诸如此类的作品，我们不能说它们全无存在的价值；但可以肯定的是，由于思想识见的缺席，它们大都进入不了优秀散文的行列，也大都产生不了恒久的艺术生命力。由此可见，今日从事散文写作，委实是件"难工"的事情。

其次，前文曾经说过：散文家要想写出好的散文，常常需要一种纤细的文思和静谧的心境。因为只有具备了这些，散文家才能从容不迫地进行内宇宙的梳理与体味，才能聚精会神地展开艺术的构思与提炼，正如少陵诗曰："能事不受相促迫，王宰始肯留真迹。"但是，骤然而至的消费主义大潮带给文坛的，却是空前的喧嚣和热闹，是巨大的刺激与诱惑。在这种情况下，散文家的常见心态，早已不是沉潜与安详，而是程度不同的迷乱与浮躁。他们或为吸引读者的眼球而不惜编造噱头，故作姿态；或因只求利益的回馈而情愿粗制滥造，重复自我。这样的选择或许能给他们带来一时的"行情看好"，但付出的代价却是佳制的无缘和精品的丧失。正是从这一意义讲，我们说，今天的散文家要让笔下的作品达到"工"的境界，每每需要花费更大的气力。

第三，如众所知，散文创作因为没有人物、情节、意象、韵律之类

w

可以凭借，所以，它特别讲究语言自身的个性和魅力。这便意味着散文家在构建自己的艺术世界时，必须掌握丰富的词汇，灵敏的语感，变化的节奏和多样的笔调；也就是说，要具备一种娴熟而高超的驾驭和调整语言文字的能力。否则，他写出的散文就可能缺乏最起码的审美特质。非常不幸的是，由于全球化浪潮的裹挟，更由于全球化浪潮中强势经济对民族文化和心理的影响，当然也由于我们自己对待民族语言的虚无和实用主义态度，近年来，中国作家创作所使用的现代汉语，正在经历着空前的病难：词汇量的大幅度减少，外来语的生硬楔入，审美要素的严重流失，表意功能的不断弱化，早已是不争的事实；而青少年一代汉语水平的普遍下降，更是令人震惊和担忧。置身于这样的语言环境之中，散文家要想特立独行，不受干扰，殊非易事；相反，随波逐流，顺水而下，倒是正常现象。君不见，时下的许多散文篇章，其语言表述或拖泥带水，啰啰唆唆；或平实直白，寡淡无味；或粗俗轻佻，言不及义，其内中的根本原因就在这里。难怪有敏感的作家要发问：散文啊，你为什么离文学越来越远？！事实上，这也是在提示散文家：时至今日，你要想把散文写好，谈何容易！它需要你付出艰辛的劳动和不懈的努力。"散文易学而难工"，诚哉斯言！我们应当感谢王国维当年的洞察与提醒。

原载《海燕·都市美文》2006 年第 5 期

散文，深入而新颖的"现代性"

就中国现代文学的基本样式而言，散文较之小说、诗歌和戏剧，无疑更多衔接着"国粹"基因和民族血缘，其内在精神与外在形貌也主要体现了传统的特质与风范。然而，现代散文既然以"现代"为标识，既然和现代小说、诗歌、戏剧一样，都是绽放于中国社会由传统向"现代"转型过程中的文学之花，那么，它就无论如何避不开自身与"现代性"——这是一个寓意繁复、歧义颇多的概念，本文尝试着将其通约为现代社会、文化和心理的一切特征——的关联与纠葛。因此，透过现代性视角，考察散文的特质与新变，理应是一个常议常新的话题。

现代性概念发轫于西方，鸦片战争以降开始进入中国。这决定了我们今天探讨散文的现代性，必然要涉及"西学东渐"的大背景和"拿来主义"的大关节，也必然要联系西方现代思潮和现代派文学对中国散文的影响与渗透，以及二者之间的会通与对话。正是在这一维度上，我们可以看到"五四"时期和此后的二三十年代，中国散文出现的崭新景观：一些散文家接受西方人本主义学说的影响，在创作中毅然摆脱相沿已久的单纯"宗经""载道"的惯性，开始追求从个体出发的独立思考与自由言说，努力实践"意在表现自己"的美学主张。正如郁达夫所说："现代散文之最大特征，是每一个作家的每一篇散文里所表现的个性，比以前的任何散文都来得强。"在新的散文观念的推助下，若干得风气之先的散文家，相继推出带有异域营养的新颖之作，其中鲁迅的《野草》迄今仍是现代散文难以逾越的高峰与经典，而徐志摩的《巴黎的鳞爪》，何其芳的《画梦录》，梁遇春的《春醪集》《泪与笑》，钱锺书的《写在人生边上》等，亦在时光的淘洗中，始终保持着自身的生命力。同散文的新观念和新作品比肩而至的，还有其新技法与新样式。就前者而言，传统文章鲜见的象征、荒诞、反讽、幽默等屡屡现身；依后者而论，以 Essay

为蓝本的美文、絮语、小品、随笔以及散文诗等竞显意趣。所有这些似可说明，就整体而言，现代性潮流带给中国散文的，是一种与时俱进的正能量。

历史抵达新时期，伴随着全球化浪潮的涌动，现代性问题不仅无远弗届，无微弗存，越发显示了强烈而充分的存在感；而且同近半个世纪崛起的后现代思潮缠结在一起，传递出前所未有的复杂性、矛盾性和不确定性。这一切不可避免地影响到正在现代化道路上阔步前行的当代中国，也自然而然地投射于作为民族心史的现代散文。于是，在一批优秀散文家笔下，我们看到了更为新颖也越发深入的现代性言说。

首先，现代性具有的多面性和悖论性引发高度关注。体现着社会发展与进步的现代化，构成人类的美好向往与前行动力，然而派生于这一过程的现代性，却是一种多面向、多路径、极复杂的存在，其中不乏马泰·卡琳内斯库所揭示的对抗、反拨、危机、断裂（《现代性的五副面孔》）。一些敏锐的散文家明确意识到这一点，反映到创作中，便形成了对现代性的清醒审视与辩证解读。譬如，赵鑫珊的《人类文明的功过》、鲁枢元的《心中的旷野》、王开岭的《古典之殇》、田松的《稻香园随笔》、杨文丰的《病盆景》、詹克明的《空钓寒江》等一批作品，或发掘大自然的伦理，或针砭现代人的短视，或反思工业文明的缺失，或探讨绿色发展的要义，均透过开阔的视野和丰足的事实，分析着因现代性而生的是非成败，特别是内中的歧途与盲点，可谓真知闪耀的醒人与警世之言。而在这方面更见执着坚韧也更显睿智高蹈的当属韩少功。出自其笔下的《夜行者梦语》《世界》《一个人本主义者的生态观》《进步的回退》《当机器人成立作家协会》等篇章，抓住后现代潮流、汉语根性、生态保护、文明悖论、人工智能等重要问题，精辟解读人类现代生存的奥妙与前景，其效果常常是振聋发聩或醍醐灌顶。

其次，现代人特有的快节奏生活和复合性体验进入作家视线。"现代性就是短暂、瞬间即逝、偶然"，是"从短暂中抽取永恒"。波特莱尔对现代性所作的预言性描述，已被当下生活所实证。如此光怪陆离、变幻不居的社会存在，让精神在场的散文家每有所感与所悟，进而从身边的复杂生态入手，展开对现代性密码的破译。这时，我们读到楼肇明的《惶惑六重奏》，冯秋子的《我跳舞，因为我悲伤》，彭程的《急管繁弦》

《破碎》，张立勤的《痛苦的飘落》《酒吧，就是让我想来》等若干颇具浓缩性和穿透力的精彩之作。而将这类书写推向一个整体高度的则是南帆，从早期的《叩访感觉》《读数时代》到后来的《神秘的机器》《房价的豪赌》，再到晚近的《舌尖上的安慰》《出镜》，作家对现代人性与物性的剖析与描述，总是灵思迭见，神采飞扬，尽显思想者的智慧与风度。

第三，打上现代印记的创作观念与表达方式获得积极尝试与成功实践。1963年，在台岛的余光中率先倡导"现代散文"，并提出以语言表达的"弹性""密度""质料"为方式和路径。这一倡导实际上衔接和呼应着20世纪西方"语言学转向"的潮流，从而成为汉语散文新一轮变革的先声。三十年后，出现于中国文坛的"新生代散文"和"新散文"群体，以开放的文体、实验的手法、陌生的修辞，以及更切近生命本体的语言意识，重新开启现代散文的实验，推出了一批从内容到形式都让人耳目一新的作品。其中祝勇、张锐锋、刘亮程、周晓枫、江子、蒋蓝、格致、李娟等人的创作，更是凭借不断总结、不断扬弃，探索前行的状态和实绩，为散文创作提供了新的可能。对于这些，今天的评论界理应给予认真总结。

原载《人民日报（海外版）》2018年8月8日

散文理论建设何以步履蹒跚

在中国现当代文学理论建设的宏观格局中，散文理论建设一向处于异常贫弱与明显滞后的境地。关于这点，我们从以下两个维度可以看得真切而清晰：第一，相对于小说、诗歌和戏剧理论的观念成熟、体系完备，遗产丰厚，以及其发展态势的生机勃勃和推陈出新，已有的散文理论不仅找不到经典的、权威的、具有代表性的知识脉络和学术坐标，甚至缺乏起码的公共范畴、基础概念以及可以通约的审美范式、文体描述。这决定了迄今为止的散文理论，在很大程度上处于支离破碎的"前理论"阶段，并不具备真正的理论形态。第二，相对于"五四"时期和后新时期两度崛起，其整体成就并不在小说、诗歌和戏剧之下的散文创作，勉强在场的散文理论，始终未能做出积极的回应和有力的反馈，其原本有限的专业言说，不仅声音单薄和方法简陋，而且绝大多数都停留于感觉的表达、意趣的捕捉或现象的抚摸，根本无法介入散文创作的深层结构和复杂律动，更遑论用富有前瞻性和建设性的意见，启迪和推助散文创作的健康前行。难怪既从事散文创作又关注散文理论的南帆先生，在多年之前就曾疾声发问："什么时候，理论家才能够真正的抖擞精神，揪住这一匹怪兽（指散文——引者注）的尾巴呢？"

平心而论，现当代散文理论建设之所以呈现整体的贫弱和滞后，自有其客观和历史的原因。其中最重要和最根本的一条应当是：自古迄今，中国的散文家族始终是一个驳杂、宽泛、笼统、多元的群体。古代散文——当时多称"古文"或"文章"——集文学写作与非文学写作于一体，其文质殊异，体用不一，自不待言。即使现代文学确立"四分法"体制，散文与小说、诗歌、戏剧比肩而立之后，所谓"广义散文"和"狭义散文"的纠葛，依然频现江湖，不绝于耳，属于前者的作品照样源源不断，而且优势昭然，风光无限。近年来，文坛更是出现了由"散文"

向"文章"回归的呼声乃至实践，散文领域越发百花齐放，异态纷呈，种种拓展，全无禁忌。在这种情况下，所谓散文，必然存在着边界上的模糊不清，体式上的缭乱无序，功能上的交叉互渗，归属上的变动游移，这无疑给理论家的研究工作造成了极大的困难——面对一个头绪繁纷、杂乱无章的研究对象，他们很难一下子找到精当妥切的理论框架与观念通道，当然也就无法展开有效的逻辑分析和顺畅的推理演绎，散文理论的幼稚和贫弱也就近乎必然。

无独有偶，较之中国的散文家族，西方的散文划分更是林林总总，漫不经心。在绝大多数的英语语境里，散文几乎囊括了一切文学乃至非文学的无韵之文，以致使外国文学专家王佐良先生在介绍英国散文时，不得不首先声明，自己所谈"不限于文学性散文，文学性散文也不限于小品随笔之类，还包括同类书通常不涉及的小说中的散文"。(《英国散文的流变·序》)。同样的有类无体孕育了同样的理论阙如。而世界性的散文理论的贫困，又将这些年来习惯了舶来和移植的中国学人，置之于一个几乎找不到"外援"的孤立境地。这时，整个散文理论建设的举步维艰，便几成宿命。

然而，我们又必须看到并承认，中国散文理论建设之所以贫弱和滞后，来自客观和历史的原因，仅仅是问题的一部分；除此之外，散文理论界自身的缺欠与失误，同样显而易见，不容忽视。甚至可以这样说，散文理论界所存在的观念、思维和方法上的误区与盲点，从根本上导致了散文理论建设的步履蹒跚，难见成效。正是基于这样的事实和认识，窃以为，要想改变长期以来散文理论建设的贫弱和滞后局面，散文理论家必须首先对本领域的研究状况和历史情形，进行认真回顾、全面清理和深入反思，就中发现自身的问题与症结所在，从而有所调整：有所扬弃、有所改进。在这一点上，我不太同意有的学者把"散文理论批评的孱弱"，说成是"一个陈旧而无奈的"，"改变很难，多说无益"的话题。因为果真那样，散文理论建设的贫弱和滞后，便成了一个只能永远如此的死局。

那么，中国散文理论界在自身建设过程中，究竟存在怎样的缺欠与失误？对此，我尝试着谈几点意见。

对汉语散文的理论遗产和已有成果，缺乏足够重视、及时总结、深入阐释和全面提升，使它们长期处于零散、寥落和旋生旋灭的境地，这是散文理论建设存在的缺欠与失误之一。

散文理论建设虽然是整个文论建设的弱项，但中国毕竟是一个散文的大国和古国，在散文曲折而漫长的发展演进过程中，一些作家和学人从不同的背景、需要和实践出发，针对不同的现象和问题，还是进行了一些值得重视的理性思考，提出了若干内涵丰富的理论命题。以中国古代为例，司马迁《太史公自序》的"发愤之所为作"，曹丕《典论·论文》的"文以气为主"，陆机《文赋》的"感兴"说，刘勰《文心雕龙》的"风骨"论，白居易《与元九书》所提倡的"文章合为时而著"，苏东坡《答谢师民书》所主张的"文理自然，姿态横生"，以及袁中郎《叙小修诗》的为文贵在"独抒性灵"，魏禧《答施愚山侍读书》的"为文之道……在于积理而练识"，刘熙载《文概》的"文以识为主"，等等，都是对散文创作颇有见地的发现和概括，具有不同层次和维度的启示与指导意义。此外，金圣叹评点《水浒》所谓"格物致知"，李渔《闲情偶记》所谓"成局了然"，王国维《人间词话》所谓"有境界则自成高格"，等等，虽然分别针对小说、戏剧和诗歌而提出，但其内在精神同样适合并有益于散文，因此，亦可借来丰富散文理论。

历史进入现代，散文理论建设尽管一向歉收，但也并非绝对空旷和荒芜，其富有原创性、根本性和可操作性的观点与说法，至少有鲁迅关于小品文特质以及散文写作"大可以随便"的阐述；郁达夫关于散文个人性的强调；周作人对散文源流的梳理以及对"滋味"的看重。此外，还有肖云儒概括散文文体特征的"形散神不散"；余光中针对现代散文语言所倡导的"质料""弹性"与"密度"，以及"感性"与"知性"的互补与交融；童庆炳、阎庆生旨在凸显散文个性的"语象"论，孙绍振意在拓展散文表现力的"审智"说，等等。所有这些古今论述，虽然大都属吉光片羽，但无疑是中国散文理论建设的宝贵资源。对于它们，如果立足于当代高度，予以精心梳理，科学转换，辩证分析和综合阐发，原本是可以为中国散文理论建设打下一定基础的。然而，与现代激进主义文化潮流的裹挟，以及商业科技时代催生的空疏浮躁之风不无关系，散文理论界在很大程度上忽略了这种细致而艰苦的学术努力。多年来，有关中国散文理论研究之研究的论著凤毛麟角，寥若晨星，不仅古代散文理论遗产未能得到充分盘点、深入辨析和科学汲纳，即使现代散文理论的一些观点出现后，亦常常因为缺乏必要的跟进式的评析、总结和发展，以致转瞬即逝，湮灭不彰。有的甚至被当成陈旧和错误的东西，遭到简单的批评和否定。在这样的惯性和定式之下，散文理论建设的简陋、停滞、难见成效，自是不言而喻。

理论表述或重在配合形势，或只顾自说自话，但偏偏较少考虑它与创作实践的紧密联系，从而导致理论研究的马达空转或以偏概全，这是散文理论建设存在的缺欠与失误之二。

就根本质地而言，散文理论是一种应用性很强的文学理论。这种理论同那些以"独立价值和自身意义"相标榜的新潮文学理论相比，其最大的特征就在于具有一种无法回避的实践性。也就是说，真正的散文理论必须是对散文创作实践的全面总结和对散文艺术规律的准确揭示；同时，它还应该回到散文创作实践，对散文家的精神劳作与创造，产生积极正确的影响。散文理论如果缺少这种品质，其自身价值就打了折扣，甚至会因此而失去存在的理由。

然而，在较长一段时间内，一些散文研究者似乎没有明确意识到这一点。他们提出的有关散文的观点和命题，从表面看仿佛顾及到了创作情况乃至具体文本，但实际上却自觉或不自觉地滑向了另外的原则与旨趣。譬如，1962 年，柯灵发表笔谈《散文——文学的轻骑队》，散文遂有文学"轻骑兵"之称。如果说用一个"轻"字来形容一部分散文的篇幅短小、笔法自由，还算贴切，那么，所谓"队"或"兵"的用语，则分明打上了阶级斗争的印痕，流露出服务政治的意味。唯其如此，一旦时过境迁，这样的命名也就成了明日黄花。几乎与此同时，杨朔在《东风第一枝·小跋》中提出"散文像诗一样写"的观点。从一部分优秀散文确实不乏诗性的角度看，这种说法自然不无道理，但是，如果将其作为散文写作的不二法门，普遍圭臬，同时置之于新中国成立后"十七年"特定社会环境加以检视，即可发现，它真正的立论依据仍然不是完整的创作实践，而是一个时代的政治任务、氛围和导向。因为一个显而易见的事实是：并不是所有的散文都像诗；而当时的社会生活却急切需要诗意的烘托与装点。毋庸讳言，这样的理论命题很难产生真正和恒久的实践意义。

进入新时期，散文理论与创作实践脱节疏离的现象依然存在，只是导致这种脱节疏离的原因，已不再是从形势需要出发的亦步亦趋，而在很大程度上是因为追求理论自身完整性和自足性所导致的自说自话乃至削足适履。在这方面，比较典型的例证，是曾经产生一定影响的散文要"净化文体"或"弃类成体"的说法。力主此说的刘锡庆先生在《散文新思维》（河北教育出版社，1998年版）一书中反复强调一个核心观点："散文姓'散'名'文'，这个'文'字，指的是'文学'而不是'文章'。"而在论者看来，文学性散文的标尺应包括"精神的独创性、情感的震撼性和表现的优美性"。除此之外，其他的文章都不属于散文的范畴。应当承认，孤立地看，刘先生的观点可以自圆其说；经过此种观点的过滤，散文的疆界与特性也顿时清爽了许多；而在此基础上构建散文理论也变得相对容易。只是一旦将此说质之以日趋浩繁恣肆的散文创作实践，即不难觉察，它不过是在一厢情愿地做散文的"减法"，即只承认狭义的艺术散文是散文，而将更多的同样活在作家笔下的多种多样的散文拒之门外。显然，这样的散文理论无视乃至有悖于散文的创作实际，因此，它无法同创作形成真正的对话，当然也就发挥不了理论所应有的作用。

思维方式单一化、教条化、模式化，拘泥于文学的一般特征而忽视了散文的特殊存在，致使理论探索在狭小封闭的空间里徘徊不前，这是散文理论建设存在的欠缺与失误之三。

如前所述，在中国现代文学"四分法"的体制中，小说、诗歌、戏剧理论与散文理论之间，存在着成熟与幼稚、丰厚与贫困的巨大反差。这种反差使得后者不仅每每向前者做视角上的采撷和概念上的借鉴，即如余光中先生所说：散文理论往往要靠向诗歌理论借贷过日子；更重要的是，它很容易将前者的结构形态与生成路径当成自身建设参照乃至模仿的对象。事实上，一些散文研究者正是将小说、诗歌、戏剧理论的研究路数，移植到了散文身上，即以文体特征和技术元素为核心，来搭建散文的理论世界。在文学的通常情况下，这样的选择无可挑剔，正所谓他山攻错，触类旁通。只是具体到散文而言，问题就来了：同小说、诗歌、戏剧相比，散文有一个最大的不同，这就是，它虽然代表了一个文学门类，但却不是一种独立的文体，在它身上，我们抽象不出小说、诗歌、戏剧每见的诸如人物、情节、韵律、意象、高潮、冲突之类的文体特征和技术元素。取而代之的是直抒胸臆、返璞归真的"我说故我在"，是驻足于多种文体、多种学科边缘地带的自由表达和任意而谈。一言以蔽之，散文之所以为散文，其最突出的外部特征就是无特征。在这种情况下，从文体特征和技术元素入手的散文理论建构，自然方枘圆凿，收效其微。这些年来，理论界对散文文体的把握，始终停留在短小精悍、自由便捷之类的一般性和浅表性描述上，其原因恰恰就在这里。

原载《文艺报》2013 年 3 月 11 日

第二辑

文 海 纵 横

沉雄而瑰丽的爱国主义旋律

——共和国散文的一种读法

一

共和国散文是共和国的产物，它伴随着中华人民共和国的历史车轮，已经走过七十年的非凡历程。立足共和国七十华诞的重要节点，回望和盘点共和国散文，我们自会有多种多样的发现、收获和感悟，但其中最让人激情澎湃，浮想联翩，久久难以释怀的，当属浸透于大量散文之中，并拍合着散文发展而不断延伸的那种深切、恢宏的爱国主义的价值取向与主题表达。

诚然，对于国人而言，爱国主义并不陌生。步入古代诗文长廊，《大学》所言，"修身齐家治国平天下"，孟子所言，"天下之本在于国，国之本在于家，家之本在于身"，以及"捐躯赴国难，视死忽如归"（曹植），"向北望星提剑立，一生长为国家忧"（张为），"苟利国家生死以，岂因祸福避趋之"（林则徐），"金瓯已缺总须补，为国牺牲敢惜身"（秋瑾）等铿锵作响、掷地有声的诗句，纷至沓来，构成中国传统文化特有的忠孝一体、家国同构的爱国主义，贻人以强烈的精神陶冶与生命洗礼。然而即使如此，我们仍须看到：古代中国的家国天下与今日之共和国毕竟有着根本区别，后者因为人民当家作主而充分体现出历史的进步性与制度的优越性。这决定了共和国散文所表达的爱国主义较之传统的家国情怀，无疑更加深切地凝聚了国人对祖国的认同感、归属感、宗奉感与自豪感，也必然拥有更为广泛的群众性和人民性，因而也更值得我们高度关注、细致梳理和潜心研究。

二

共和国七十年风雨兼程，就整体而言，是前进的七十年。七十年间，站起来的中国人民在中国共产党领导下，不仅凭着自力更生、奋发图强和苦干实干，迅速改变了近代以来积贫积弱的国家形象；而且坚持改革开放，不断增强体制机制的活力，努力推动社会转型与现代化进程，实现了经济实力和综合国力的高速度、跨越式发展，从而阔步走向国家富强、民族振兴、人民幸福的宏伟目标。这无疑是中国历史上一个伟大的、可以孕育史诗的时代。置身这样的时代，一切向往光明美好的散文家，自会生出浓烈的民族自尊与爱国情怀，进而水到渠成地转化为对祖国的歌颂。其常见内容大致有二：

第一，热情讴歌老一辈无产阶级革命家的丰功伟绩，高风亮节；深切缅怀革命先烈的英雄事迹与光辉足迹。毛泽东是共和国的缔造者，自然也是共和国散文浓墨重彩的对象。臧克家的《毛主席向着黄河笑》，由毛泽东视察黄河切入，描绘了人民领袖对于黄河治理的高度关切。周立波的《韶山的节日》，透过毛泽东的故乡之行，展现了人民领袖谦逊、朴素、亲切、深挚，与人民心心相印的道德风范。方纪的《挥手之间》，定格毛泽东在延安上飞机赴重庆谈判的场景，彰显了一代伟人的雄才大略，天下为怀。刘思齐的《泪中的怀念》，陈晋的《文章千古事》，丁晓平的《韶山来信》，刘上洋的《高路入云端》，从不同的角度走近毛泽东，托举起其精神天地与心路历程。巴金的《望着总理的遗像》，荒煤的《病房中的亲切会晤》《真挚的关怀》，曹靖华的《永生的人——怀周恩来同志》，尧山壁的《隆尧地震亲历记》等，透过亲身经历，具体细致地再现了周恩来可亲复可敬的感人形象，梁衡写出《大有大无周恩来》《周恩来让座》《又见海棠花开》等作品，表达对总理的景仰，其中前者通过"大无"（无私）与"大有"（大智大勇大才大德大爱）的对比生发，完成了主人公崇高人格的立体写照。梁衡的《一座小院和一条小路》，朱增泉的《统帅》，陈锡添的《东方风来满眼春》，丁晓平的《一个崭新中国的梦想者》，不约而同地聚焦作为中共第二代领导核心的邓小平同志，其分别取自政治、军事、经济、外交诸方面的长镜头，汇成主人公高举改革开放大旗，引领中国进入历史新时期的壮美画卷。

贺捷生是贺龙之女。其创撰的《父亲的雪山，母亲的草地》《仰望国旗》《故里桑植帅魂归》等系列作品，以饱含深情的笔触，讲述了父辈的坚定信仰和英勇斗争，以及家乡人民为共和国诞生所付出的巨大牺牲。曹靖华是瞿秋白的生前好友，一篇和着泪水与激情的《罗汉岭前吊秋白》，矗立起为开辟"新土地"而从容就义的共产党人。张嵩山的《彭德怀最后一次排兵布阵》，季羡林的《怀念乔木》，迟浩田回忆张爱萍的《为人顶天立，豪气逐风云》，柯岩缅怀曾志的《人的一生，都在路上》，江子的《苍山如海——井冈山往事》，均透过富有历史感与现场感的描述，将真实鲜活的艺术形象留在人们心中。孙犁、魏巍、艾煊、丁宁、菡子等，都曾是红色军旅的一员，出自他们笔下的若干篇章，或钩沉将帅身影，或打捞战友踪迹，其人物和故事尽管各有不同，但同样传递出昨天的峥嵘、奇崛与曲折、悲壮，让人感受到共和国的来之不易。

第二，高度关注共和国的光辉历程和巨大成就，浓墨书写为此做出重要贡献的各条战线的知识精英和普通劳动者。共和国历史上有一系列意义非凡、影响深远的重大事件和重要节点，它们久久牵动着民族记忆，同时也化作散文家对祖国的铭记与感怀。刘白羽的《沸腾了的北平城》，把宏观统摄和细微探照融为一体，极具现场感地再现了人民解放军和平解放北平后威武雄壮的入城式。杨刚的《给上海人的一封信——毛主席和我们在一起》，以见证者的身份和书信特有的亲切自然的笔调，生动传递了开国大典的盛大场景。魏巍的《谁是最可爱的人》《依依惜别的深情》，菡子的《从上甘岭来》，新凤霞的《赴朝慰问》等，撷取不同侧面，为抗美援朝留下情真意切的场景。杨朔的《戈壁滩上的春天》，李若冰的《柴达木手记》，柳青的《一九五五年的黄埔村》，靳以的《黄浦江的早晨》，杜鹏程的《夜走灵官峡》等，立足多条战线，再现了共和国最初十七年社会主义建设的火热场景。从维熙的《十月的记忆》，柳萌的《这个秋天没有乡愁》，从"我"的命运变化入手，昭示了拨乱反正、春回大地的重要信息。陈忠实的《不能忘却的记忆》，透过"我"被安徽小岗村所引发的联想，折射出农村改革所走过的坎坷路程。韩少功的《笛鸣香港》，张守仁的《澳门，我并不了解你》，不仅完成了对香港、澳门的文化解读，而且表达了两地相继回归带给国人的喜悦与自豪。朱增泉曾参与载人航天工程的现场指挥，其笔下的《一飞惊世界》《飞天记》，为这一伟大工程留下了生动翔实的历史记载。王巨才的《坝上的云》《家在瓦窑堡》《在时空隧道里，我思绪纷然》等篇，正面状写中国大地的改革浪潮，其充满温度和亮色的笔墨，堪称社会进步的大雅正声。彭学明、李春雷、陈涛、塞壬等作家的一批近作，把正在实施的规模空前的扶贫工程，以及由此带来的贫困地区的生活变化与命运改观推向前台，从而传递出中国特色社会主义新时代的前进足音。

与追踪共和国前进步履相呼应，赞美为社会主义事业辛勤劳动、成就非凡的英模人物，亦成为共和国散文的重要内容。在这方面，穆青的《县委书记的榜样——焦裕禄》，甄为民的《毛主席的好战士——雷锋》，魏钢焰的《忆铁人》，徐迟的《哥德巴赫猜想》，陆幸生为红旗渠建设者立传的《"人工天河"，屹立太行》，孙德宏讴歌环卫工人高尚职业操守、抨击拜金主义的《寻找时传祥》，马万里讲述"杂交水稻之父"报效祖国的《袁隆平，用一颗种子改变世界》，杨振宁回忆自己同学、"两弹元勋"崇高人格的《邓稼先》，周建新记录航空报国英雄罗阳"用生命擎起舰载机"的《生命八昼夜》等，因为具备丰沛的历史真实性和时代典型性，所以成功展现了共和国脊梁的风采。一批道德高尚，造诣精深的作家、学者、艺术家，进入散文的人物长卷。艾青的《忆白石老人》，汪曾祺的《老舍先生》，铁凝的《怀念孙犁先生》，以及卞毓方笔下的季羡林，叶廷芳笔下的朱光潜，林非笔下的荒煤，高洪波笔下的冯牧，李舫笔下的李雪健，王国平笔下的汪曾祺，韩小蕙笔下的蒋子龙等，均调动作家久藏的记忆与认知，凸显了主人公的精神天地、人格特点与独特贡献，进而告诉人们：共和国也是一片文化生长的热土。梁晓声、王宗仁、习习长期关注工作和生活在基层的边防战士或普通劳动者，他们精心塑造的人物群像，常有一种"位卑未敢忘忧国"的精神气质，令人肃然起敬，久难忘怀。

毋庸讳言，共和国七十年并非总是一帆风顺，事实上，它也有过低谷、逆境甚至劫难。当历史的曲折来临时，有的作家依旧习惯单纯的礼赞和一味的颂扬，固然表现出麻木、浅薄和矫饰的一面；然而也应当看到，一些从战火里走过来的作家，原本有着坚定的共产主义信仰和充沛的理想主义情怀，对社会主义制度更是怀着由衷向往和无限热爱，这决定了他们即使在共和国遇到暂时困难的情况下，照样能以明快亮丽的笔调，写出乐观向上、瞩望未来的篇章。这类作品以主体的真诚与强大超越了客观环境，因而迄今仍有一定的认识价值和艺术感染力。

三

在作家心目中，共和国不单单是一个文明昌盛的政治经济实体，同时还是一片美丽富饶的土地，是这片土地上的山岳河流，日月星辰，绿树红花。因此，他们的国家之爱时常同大地之爱缠绕交织在一起。正像艾青诗句所言："为什么我的眼里常含泪水，因为我对这土地爱得深沉。"于是，千江有水千江月，万里河山万里情，拥抱自然境界，吟咏山水情思，成为共和国散文家表达爱国主义情怀的又一多见样式。

仁者爱山，智者爱水，中国散文模山范水的传统源远流长。唯其如此，共和国成立初期，散文创作虽以反映社会主义建设新人物、新气象为主，但同时也出现了一些通过状写山水之美来传递社会新变的作品。如叶圣陶的《游了三个湖》，丰子恺的《庐山游记》，菡子的《黄山小记》，钦文的《鉴湖风景如画》，碧野的《天山景物记》等。其中后者以绚丽多彩的笔触，描绘出新疆大地特有的"江山如画，人物风流"，展现了"祖国在前进，社会在发展"的必然趋势，因而成为长久传诵的名篇佳制。50 年代后期，散文的文体意识和抒情元素得以强化，从而直接催生了一批寓爱国情怀和时代精神于自然万物的作品，刘白羽的《长江三日》《日出》，曹靖华的《洱海一枝春》《艳艳红豆寄相思》，艾煊的《碧螺春讯》《太湖漫游》，袁鹰的《青山翠竹》，郭风的《叶笛集》等，都是这方面的重要收获。在这类作品中，杨朔的《茶花赋》《荔枝蜜》《雪浪花》等，自觉将诗歌的艺术手法和审美元素融入散文的人物塑造、场景描绘、篇章结构和语言修辞之中，着力营造诗的意境和品质，从而精彩亦精致地表达了作家对祖国、对时代、对劳动和劳动者，对世间一切美好事物的热爱与赞美，在当时产生了广泛影响。诚然，杨朔散文并非尽善尽美，它的欠缺和局限，后来的散文家曾多有质疑和批评；但同样不容否认的是，杨朔散文的成功，其最根本的一点，在于它对中国古代诗文优秀资源的积极吸收和能动借鉴，而这一点正是当代散文能够健康发展的不二法门。

新时期以来，呼应着全社会大自然观念的确立以及旅游经济的兴起，聚焦大地风景、感怀生命还乡的散文创作空前繁荣，蔚为大观。这期间，作家笔下山水画卷的思想和艺术色调都趋于缤纷与多元，但在不同的自然物象中，或直接或间接或热烈或含蓄地浸入故土之情、家国之爱，仍是一种普遍、恒久和强劲的精神取向。在这一向度上，不少散文家潜心探索，不断尝试，成就斐然。梁衡从捕捉山水魂魄到寻觅古树精灵，审美对象发生了变化，不变的是精神和艺术境界的"只求新去处"；林非放飞云游大地的灵感，其笔墨所至，既让山水有了生命，更使思想长了翅膀；陈世旭以丰沛的才情和瑰丽的诗笔，奏响大自然之歌，一时间，山峦、森林、草原、湖泊的鬼斧神工，洗尽了都市人的狂躁与疲惫；彭程与风景自然对话，一向含蓄、沉静、收敛，同时又勤于拓展，富于变化，正像他文章标题所示——"心的方向，无穷无尽"；鲍尔吉·原野状写河流草木，除却想象灵动，文思飘逸，还有一种草原人特有的神性萦绕其间，让人在赏心悦目之余生出敬畏……显然是遵循内心的驱使，一些被都市文明裹挟的作家，开始将浓浓的乡愁注入风景自然，于是，一片片曾与生命耳鬓厮磨的原乡故土跃然纸间：贾平凹的商州风情，韩少功的"山南水北"，张炜的半岛今昔，郭文斌的宁夏民俗，葛水平的沁河晨昏，徐迅的皖地景物……都因为主客体之间一种无法切割的情缘而撩人心绪，感人至深。应当是得益于时代馈赠，越来越多的作家在风景描写中引入环保意识，生态视角，水绿山青，万物和谐，成为作家们面对大自然的殷切呼唤与由衷放歌。李存葆、徐刚、苇岸、哲夫、李青松、郭雪波、梅洁、艾平、苏沧桑等，均在这一领域付出了艰辛努力，捧出了精粹之作。

中国大地是地理的、自然的，也是历史的、人文的，共和国七十年的建设与发展，更是为自然地理的中国披上了历史人文的盛装。因此，在描绘百态千姿的自然风物的同时，探访辉煌壮丽的人文景观，倾听其历史跫音，发掘其文化意蕴，也是共和国散文家传递爱国情愫的重要路径。在这一维度上，问世于20世纪五六十年代的老舍的《我热爱新北京》，郑振铎的《长安行》《春风满洛城》《郑州，殷的故城》《金梁桥外月如霜》，秦牧的《社稷坛抒情》《天坛幻想录》，翦伯赞的《内蒙访古》等，堪称早期硕果。这些以历史文化阐发见长的作品，由于承载了作家特有的锦心绣口与知识学养，以及他们对新中国的高度认同感与责任感，所以拥有较高的认识价值和审美意义。进入新时期，秦牧礼赞首都夜晚灯河之美的《长街灯语》，黄秋耘连接屈原和闻一多爱国精神的《行吟阁遐想》，佘树森彰显民族智慧、气魄与才干的《紫禁城驰笔》《如果你到长城来》等，赓续了历史文化散文的脉跳。稍后，余秋雨的《文化苦旅》《山居笔记》相继问世，作家的哲思文采不仅深化了人们的历史认知，而且成就了富有新意的散文样式，于是，历史文化散文走向繁荣。王充闾的《国粹——人文传承书》《诗外文章》，朱增泉的《战争史笔记》（5卷本），李敬泽的《咏而归》，李元洛的《唐诗之旅》《绝唱千秋》，祝勇的"故宫"系列，李舫的《纸上乾坤》，刘汉俊的《刘汉俊评说历史人物》等，都是该领域质文兼备的扛鼎之作。这些作品虽有着不同的关注对象、学术重心和文体探索，但又有一种共同的旨归——立足时代意识的制高点，经过扬弃与重构，努力实现中国传统文化的创造性发展与创新性转化。显然，它们负载了更为深沉的爱国主义，从而为坚定民族的文化自信，提供了有力的精神支撑。

四

有事实证明：人的现代意义上的国家之爱，既不是先天赐予的，也不是一成不变的。有的时候，它的生成除了有赖于国情与国运的支持与呵护，还需要一个特殊的条件：某种异国视角或一些域外体验。事实上，拉开一定的空间或心理距离回望祖国，不仅能够更加客观也更加清晰地看到它的好和美，它的优越和进步；而且有助于人们蓦然发现自己心藏的一份牵挂、依赖和向往，即对祖国的大爱与深爱。正因为如此，那些具有域外视野，属于国际题材的散文，成为我们观察和体味共和国散文家爱国主义情怀的重要窗口。具体说来有三种情况值得留心：

第一，改革开放以来，中国作家有了越来越多的机会和条件，走出国门，融入世界，这使得他们能够相对深入地打量和认识异域生活，同时比较从容地体味和咀嚼自己的异国感受，从而写出具有跨文化色彩的散文。刘成章因亲情的呼唤一度寄居美国。这期间，他写下《家山迷茫》《域外迎春》《乡土结》《中国屋》《想的念的是中国》等一系列作品，或勾勒中国人在美国的同胞情谊，或讲述孩子们珍存的红色情结，或描绘异国风景引发的故乡思念，或笑谈一句乡音唤醒的往日情景，而其中最有分量的潜台词则是：越是来到美国，就越是忘不掉中国！同样是因为血缘的牵扯，韩小蕙亦时常穿行于中国和英国之间。其近作《聆听李伟友》，便记录了她在英国的"遇见"：一位中文名叫李伟友的罗马尼亚医生，以欧盟打工者的身份在伦敦一家养老院当护工，经济收入尚且不错。只因他多年前曾在中国读书学习，所以一直由衷向往重返中国，正是这份向往使他和作家成为朋友，同时也让作家透过"他者"的向往，有效皴染了今日中国亮丽的国际形象。

第二，有的作家具备较长的国外经历或较深的异域因缘，而这种经历和因缘又饱含着屈辱与磨难，这决定了他们由衷渴望有一个强大的、站起来的祖国。而这样的渴望一旦成为现实，他们就会抑制不住内心的激动，为祖国放歌。民国时的李健吾曾在法国留学。当时因为祖国孱弱，他饱受嘲讽、误解和歧视。共和国的成立带给他莫大的欢喜与振奋，为此，国庆一周年时，他在《解放日报》发表《我有了祖国》一文，历数心路历程，道出最强心声。紫风自幼生活在侨乡，丈夫秦牧也是华侨，因而对华侨生活很是熟悉。一篇成稿于1978年的《祖国的爱》，以天安门广场和歌曲《祖国颂》为背景，陈述了三位华侨在时代剧变中的命运沉浮，最终告诉世人：华侨永远不再是海外孤儿，他们背后屹立着强大的社会主义祖国。陈慧瑛的《梅花魂》提供了另一种情况的华侨经历："我"出生于星岛商界巨富之家，外祖父是颇有声望的爱国侨领。新中国成立后，"我"随母亲回国。临行时外祖父以家传的墨梅相赠，希望后代像梅花那样做人。"我"大学毕业后赶上十年动荡，生存和工作异常艰难，但"我"始终珍藏着外祖父的墨梅，并以梅花的秉性激励自己，与国家共度时艰。正如作家所写，梅花"浸透了几代海外赤子对祖国圣洁的爱情；它在祖国苦难的时光，给了我不寻常的热能和可贵的信念！"这样的作品同样让人感受到爱国主义的力量所在。

第三，在中国改革开放和发展崛起的过程中，一些学养丰厚，视野开阔且勤于思考的作家，立足地球村现实和全球化浪潮，开始用一种冷静客观理性的目光，进行中外文化的审视与考察，从而形成了更为妥切也更为雄辩的祖国观感。坚信行者无疆的余秋雨，在完成"足以与中华文化构成对比"的中东之旅后，写下《上世纪的最后一篇日记》。在这篇文章中，作家无意炫耀中国文化，也不想否认它的某些"沉疴""弊端"，但站在喜马拉雅山面前，他还是情不自禁地发出"千年一叹"："对于你背后的中国文化，我在远离她的地方才读懂了她。""她在我们这些后辈眼中，好像处处不是。但这次，离开她走了几万公里，看遍了那些与她同龄的显赫文明所留下的一个个破败的墓地，以及墓地边的一片片荒丘，一片片战壕，我终于吃惊，终于明白，终于懊恼。"中华文化自有属于它的千秋魅力。肖云儒在中国西部文学和文化研究上深耕多年，成就卓著。近年来，他以七十多岁的高龄，三度走出国门，一路西行，踏访古丝绸之路。这期间，他将目不暇接的种种发现和感受写进《丝路云谭》《丝路云履》等著作，其中最让他体悟深刻，念兹在兹的一句话则是："走不出中国难体会中国的好。"沿着这样的思路，我们或许会想起余光中。这位已与我们渐行渐远的台岛作家，曾把生命踪迹印在世界许多地方，及至年龄渐老，他在文章中写道："大陆是母亲，台湾是妻子，香港是情人，欧洲是外遇。"（《从母亲到外遇》）尽管这只是一种形象的喻比，但内中包含的作家对祖国的情感与评价，还是令人怦然心动。于是，我们想起了作家深情吟唱的《乡愁》，想起了他一次又一次面向故土的告白："汉魂已深，唐命已牢。""蓝墨水的上游是汨罗江！"

原载《中国艺术报》2019年8月23日

在扬弃与拓展中执着前行

——我看近五年来的散文创作

"诗文随时运,无日不趋新。"2012年以来,中国人民为实现中华民族伟大复兴的中国梦砥砺奋进,社会许多方面都发生了显著而深刻的变化。作为民族精神折光和心灵书写的散文创作,亦在不断地探索、扬弃、调整和拓展中,呈现出若干新景观、新向度和新追求,从而成就了近五年来散文创作顽强攀缘和执着前行的整体态势。其中一些重要的现象、经验和内容,对于现代散文的持续发展和繁荣,都不乏裨补或启示意义,因而值得仔细盘点和认真总结。

首先,散文领域的创作队伍空前壮大,作品质量稳步提升,艺术生态健康自洽。进入21世纪后,凭借多种网络自媒体的强势崛起和迅速扩张,久已存在的民间散文写作,获得了巨大的发展空间,一时间"无名"写作者成千上万,多种内容和形式的作品铺天盖地,"全民写作"成为一种不无夸张但又不失传神的描述。毫无疑问,对于严肃的散文创作而言,如此这般的众声喧哗,既包含了生机与活力,又携带着粗糙与杂芜。因此,以辩证扬弃的态度,取其优长,去其缺失,从整体上提升散文创作的艺术质量,推动散文生态的良性发展,便成为当务之急。而近五年来的散文领域,在这方面的进展与改善恰恰是显著的。这五年中,散文作者、作品以及文体疆界仍在扩展,但已不单单是量的增加,而是同时注入了质的腾跃:发表在自媒体上的作品走向丰富与精致,不少好作品开始反刍纸媒,并产生广泛影响,如黄灯的《回馈乡村,何以可能》等;群众性散文创作的水准扎实提高,一批来自基层乃至底层的作家频频亮相于重要的文学报刊和散文奖项,他们当中的佼佼者如李娟、郑小琼、杜怀超、刘梅花、王新华等,已成为当下散文写作的中坚力量。尤为可喜的是，在业余和草根写作蓬勃发展的同时，专业与精英写作始终在场，且一派丰茂劲拔。几代作家同场献艺，每一代作家都有自己的代表人物和重要作品，其中韩少功、贾平凹、余秋雨、铁凝、南帆、雷达等作家的散文，则越来越呈现出走向经典的趋势。所有这些，不仅构成了当代散文的高端风景，而且于潜移默化中实施着对民间写作的濡染与引领。庶几可以这样说，时至今日，透过流动和谐的散文生态，我们终于领略了文学世界普及与提高相结合的某种神髓。

其次，散文现场发出的各种声音，更切近散文的本质及其创作实际，因而也更具有针对性和建设性。从 20 世纪 90 年代开始，散文领域不时出现一些概念和命名，如大散文、新散文、后散文、原散文，以及新生代散文、新状态散文、小女人散文、行动散文，等等。这些概念和命名有的不乏问题意识和理性思考，如贾平凹倡导的大散文和祝勇主张的新散文，但更多的却难免带有浅表性、随意性和招牌感，以致经不起时光淘洗，很快就销声匿迹。近五年来，散文领域依然喧嚣热闹，照旧出现了一些新的概念和命名，但它们大都摆脱了匆忙的跑马圈地和单纯的追新逐异，而代之以从创作实践出发提出主张，确立说法，因而显示出理念的价值，以及理念之间彼此沟通与对话的可能性。譬如："非虚构"写作吸引了众多作家和评论家，其理论阐发固然形形色色，但核心指向却不离作品取材的真实性和意旨的当下性，这正是散文必须具备的品质。散文的"在场主义"亦属热点话题，其理性辨析未必十分严谨，但它特别强调散文的"在场性"与"散文性"，即精神性和艺术性，却无疑抓住了散文创作的关键。"客体散文"一说，由山西作家和学者联袂提出。从文体建设的层面看，似乎难成一家之言，但放到信息时代，人被媒体绑架与裹挟的环境中，却分明具有鼓励作家冲破虚拟世界，强化生命体验的积极意义。显然，这样的概念和命名，最终有利于散文文体及其创作，摆脱混沌，走向自觉。

当然，在更重要和更本质的层面上体现着五年来散文领域新变化与新气象的，还是散文创作本身，即散文家贯穿于创作实践的精神取向和艺术追求，以及其所达到的时代高度。如众所知，由于商品经济的推进和后现代思潮的影响，世纪之交以来的散文创作，一改往日聚焦社会公共话题，关注历史重大事件的习惯，而把人们的日常生活和个体经验推向表达的前台，化为斑驳的视像与缭乱的风景。从现代散文所走过的曲折历程来看，这自有其必然性与合理性，但在散文应是时代立体投影的意义上，却又未免偏颇、浮泛与单薄。近五年来的散文创作在很大程度上改变了这种情况，这突出表现为：一方面，仍有为数众多的散文家，倾力讲述日常生活和个人经验，但这种讲述不再滞留于闲情逸致或者杯水风波，而是自觉注入了社会尺度和道德评价，进而传递出对心灵的呵护与关怀。另一方面，一大批散文家听从生活和时代的召唤，努力拓展艺术视野，积极调整创作题材，让笔触重返广阔的历史与现实，精心讲述中国故事，热情谱写民族乐章，切实构建散文世界的大景观和大格局。这当中有几个基本的也是重要的创作向度，因为很自然地接通了时代养分和历史血脉，所以一时间硕果累累，佳作迭见，气象万千，生机盎然，从而构成了近五年来散文创作的大视角与主旋律。

一是历史文化散文以精粹、扎实和厚重的文本承载，对话当下，滋养人心。在一段时间里，历史文化散文相对沉寂。近年来，随着国家和民族开启传统文化的回归之旅，这一文体在反思、调整和扬弃的基础上，再度显示出丰沛的生命力和显豁的存在感。一批腹笥充盈、学有专攻的作家，相继捧出若干质文兼备，影响广泛的优秀作品，其中王充闾的《国粹——人文传承书》、夏坚勇的《绍兴十二年》、唐浩明的《冷月孤灯·静远楼读史》、李元洛的《潇潇风雨满天地——清诗之旅》、祝勇的《故宫的风花雪月》《故宫的隐秘角落》、赵柏田的《南华录》，还有李国文、李敬泽、李舫、刘汉俊、张宏杰、蒋蓝等透视历史的篇章，都是值得细读的重要收获。这些作品尽管各具匠心，各见优长，但作为共同语境中的历史盘点，依然不乏殊途同归之处，这就是：在尊重历史基本事实和传统固有价值的前提下，更注重发掘其璀璨亮丽的元素和健朗自强的侧面，进而站在时代的制高点上，促进它的创造性转化和创新性发展，使其成为国家崛起与民族复兴的重要资源。

历史文化散文既然以历史为对象，那就必然包括对中国近现代历史的探视与言说。在这方面，王彬彬、王开林、汪兆骞等有关民国人物的描述与解读，凭借每见的新视角与新思路，受到多方好评。雷达对新中国成立后"十七年"间西部往事的追忆，因为生命体验的刻骨铭心而具有心灵史和风情史的性质。与此同时，回望红色革命史受到高度重视，出现一批精品力作。贺龙之女贺捷生的《父亲的雪山，母亲的草地》，讲述父母早年血与火的战斗生涯，以及那一代人的前赴后继，不怕牺牲，具有极强的真实性与现场感，其悲怆优美的叙事传递出震撼人心的力量。梁衡缅怀周总理的《又见海棠花开》，以及《方志敏最后的七个月》《麻田有座彭德怀峰》等，聚焦老一辈无产阶级革命家。每篇作品都有史料、有细节、有发现，同时有思考、有感情、有文采，体现出高蹈、深沉和严谨的艺术风度。此外，王宗仁的《马灯里的将军》《婚礼在世界屋脊举行》、徐可的《难酬蹈海亦英雄——何昆军长和他的红十四军》、徐贵祥的《阳春三月问弋阳》，以及一批作家对毛泽东、瞿秋白、杨靖宇、赵一曼等伟人和先烈的书写，均堪称文笔生动，材料翔实，足以让人常读常新。

　　二是散文的现实主义精神和人民性原则不断强化，深入基层，扎根生活，切近时代，直面当下，成为散文创作的重要内容。显然是对中国社会转型与时代变革的积极回应，一大批散文家把关注和追踪的目光，投向现实生活，投向生活中永远的主角——广大人民群众，努力让笔下篇章与历史车轮同频共振。王巨才的散文新著《乡心无限》《陇上歌行》，一如既往地贯穿着"文章合为时而著，歌诗合为事而作"的精神。其笔墨所至，不仅激活了中国大地上不断上演的沧桑巨变，而且传递出这种变化带给民众的喜悦心潮。因担任央视"记住乡愁"系列专题片的文字统筹，郭文斌把足迹留在了祖国的许多地方，由此而生出的一系列记述乡愁的文字，既满载时代光影，又深含文化底蕴，是对今日乡土中国的精彩摄照。青年女作家苏沧桑坚持精神远行而目光下沉，一卷《守梦人》把普通劳动者亦爱亦痛的梦想与追求，演绎得跌宕起伏，栩栩如生，令人过目难忘。同样值得重视的是，在直面当下的过程中，一批散文家从真切的生活经验出发，勇敢地触及现实生活中的一些负面存在：传统农业文明的衰败，以及由此而产生的乡村空心化、孤寡老人、留守儿童等问题；城市欲望的膨胀，以及因此而引发的生存压力的巨大、职场生态的无序等现象。毫无疑问，这些场景是暗淡的、苦涩的、沉重的，但它却满满地承载了作家的忧患之心、悲悯之情，以及努力改变这些，让生活更为美好的愿望，因此，这些作品同样是近五年来散文现场的重要收获，这些作家则同样值得珍惜和敬重。

三是作家的环境意识与生态观念空前强化，审视和书写人与自然的关系，成为散文创作新的增长点。呼吁绿色发展，构建生态文明，是人类共识和国家方略，也是散文创作领域越来越强劲的艺术之声。许多散文家从不同的角度和层面，加入生态写作的行列，一些散文家更是把生态写作当成主攻方向乃至终生志业，从而取得了突出成绩，形成了鲜明特色。老作家徐刚继续保持着对自然生态的关注，不时有新作问世，深化了几代人对环境的认识与思考。立足于林业战线的李青松坚持进行自然生态的整体探照，其新著《贡貂》不仅梳理和剖解了林林总总的生态现象，而且开始探寻人类走出生态困境的可能性。不久前去世的胡冬林，生前常年栖身长白山原始森林，一本《狐狸的微笑》透过浓郁的山林和动物气息，生动诠释了万物齐一、生态和谐的当代理念。身为大学教授的杨文丰，从气象角度切入生态书写，并不断扩展观察视野，他近期推出的《不完全是尾气》《品鉴枸杞》等作品，因为目光别致且笔墨摇曳而引人瞩目。山川草木也是鲍尔吉·原野笔下屡屡可见的重要景物，这些景物因为浸入了作家源于民族血脉的敬畏感与亲切感，所以别有一种神采，也别生一种可爱。在生态写作中，女性散文家亦不曾缺席，苏沧桑的《所有的安如磐石》、王秀杰的《辽水纪行》、项丽敏的《临湖》《读爱，在花开的春野》，安然的"羊狮慕"系列，均以女性特有的细腻、温润和悲悯，绘出了自己的风景，发出了自己的声音。整个生态散文创作呈现出方兴未艾的可喜态势，从而成为近五年来散文创作生动格局的重要板块。

　　　　原载《文艺报》2017年9月15日，《浙江作家》2017年第11期转载

召唤天人共生的未来

——生态随笔阅读札记

一

史无前例的改革开放，使中国经济取得了举世瞩目的辉煌成就，但也付出了环境损伤、生态恶化的沉重代价。伴随着中国特色社会主义新时代的到来，党和政府下决心改变这种状况。近年来，习近平总书记在不同场合多次强调："像保护眼睛一样保护生态环境，像对待生命一样对待生态环境。""绿水青山就是金山银山。""为子孙后代留下天蓝、地绿、水清的生产生活环境。"推进生态文明，建设美丽中国，成为中华民族永续发展的千年大计和当下社会进步的重要内容。

怎样才能健康有效地实施生态文明建设？就此而言，"知行合一"，雷厉风行，认认真真地落实各项实际举措，当然是刻不容缓的头等大事；而厘清思路，矫正观念，更加准确也更加全面地认识和把握中国社会乃至人类所面临的环境问题，进而确立科学自觉的生态意识，同样十分重要。在很多时候，人类的生态意识能有多高，往往决定着其生态实践能走多远。正是在这一意义上，一个时期以来，一批作家、学者写下的以知性见长的生态随笔值得格外重视。这些作品没有重复当下生态文学或讴歌自然万物大美无言，或抨击工业文明急功近利的常见模式，而代之以作家同环保事业和人类文明直接而深入的对话。其敏锐的问题意识、独到的精神识见、严谨的分析阐释，以及由此生出的思想光彩和理性力量，不仅拓宽了生态文学的视野和场域，而且揭示了生态领域一向被忽视、遮蔽或误读的某些问题，因而足以构成对生态文明建设的有益启示。

二

对于现实的生态恶化与环境创伤，国人自有切身感受，一些文学作品亦留下了满载忧虑或义愤的描写。然而生态环境何以陷入这样的困境？在此过程中，人类扮演了什么角色，应当承担怎样的责任，却是一个迄今尚缺乏充分讨论的话题。而恰恰在这方面，生态随笔提出了若干很有价值的见解。

在生态随笔作家看来，生态恶化同人类的无知、贪婪、自私、暴虐密切相关，是人类对大自然无底线开发、无节制索取的恶果。生态文化学者鲁枢元指出："人不知从什么时候起，变得如此凶残蛮横，为了他的奢侈的装饰，他杀掉大象，砸下象的牙齿；为了他的虚荣的包装，他杀掉雪豹，剥去貂皮；为了他饕餮的食欲，他采取切断鸡雏翅膀的手段给鸡催肥；为了他饱食中的乐趣，而特别讲究吃活鱼、活虾、活蝎，让炸焦的鱼盛在盘子里的时候还摆动着尾巴，让敲开颅骨的猴子被调羹搅拌脑浆时还弹腾四肢。人们在生活中都知道反对'暴君'，但人类对自然界中人类之外的生命却采取'暴君式的统治'。"仿佛是呼应或补充鲁枢元的观点，作家王开岭这样写道："人类的另一种能量——物质和经济的欲望、征服和攫取欲望、创造和成就历史的欲望、无限消费和穷尽一切的欲望——太强烈太旺盛了。这导致人们一边争宠最后的荒野，一边做着拓荒的技术准备；一面上演着赞美与愧疚，一面欲罢不能地磨刀霍霍。""从'香格里拉'情结到'可可西里'现实，精神上的缥缈务虚与操作上的极度实用，自然之子的谦卑与万物君主的自诩……人类左右开弓，若无其事地刮自己耳光。"以上的言说也许带有几分严厉甚至刻薄，但它们确实道出了生态病患最直接和最根本的原因，因而是中的之论，警世之言。

詹克明是资深的核物理学家，也是重要的生态随笔作家。在他看来，世界范围内生态环境的濒临崩盘，是因为现代文明的发展方式带有与生俱来的缺憾。作家认为，植根于古希腊文明的西方现代文明，今天尽管盛极一时，但它带有两个根本性弱点："一个是它没能跟自然保持良好的和谐，在与自然的关系上都郁积着一段发自本原（宗教）的对立情结，并在它走向强盛的数百年里，让这种对立得到充分的展示。"另一个则在于它的"竞争"哲学。而"任何立足于'竞争'的理念都是重实力而轻德素的。它不仅本质上是疏离'善'的，而且从不否定人的'原始欲望'，更不需要根除近乎原罪的'人性恶'"。这样的情绪和理念影响到中国的经济发展，当然会导致生态环境恶化。生态哲学家田松也认为环境危机之所以出现，与工业文明的发展方式密切相关，而作者把审视和剖析的焦点放到了科学技术身上。他明言："科学技术对于生态和人类的危害是内在的，必然的，不可避免的。"这是因为"现在普遍应用的科学之技术，都来自数理科学。数理科学的机械自然观与自然本身是有冲突的。科学及其技术的力量越强大，冲突越激烈"。"在工业文明的社会结构中，整个社会都把资本增殖作为最高目标和最高行为准则，人类通过科学对自然的改造也不例外。数理科学不仅为工业文明的意识形态提供支持，还提供有助于资本流通、增殖的技术。反过来，社会也对这样的科学和技术予以支持，使得其获得更多的资源，从而加强了对自然的控制和改造。"

应当看到，上述观点和说法未必都对、都无懈可击，至少有一些观点和说法，分明还需要更深入的辨析和进一步的探讨。譬如：在人与自然的对话中，竞争意识是否也有积极的内涵？科学与自然果真彻底无法沟通？但是，我们更应当看到，异常强势的现代文明及其效益至上的发展理念，确实给生态环境造成了自觉或不自觉的挤压与伤害。在这方面，我们以往并非没有来自生产和社会实践的惨痛教训。

在论及生态危机的原因时，多年致力于生态哲学研究的赵鑫珊，经过大量的资料梳理研究，提出了迥异于他人的看法："地球人口大大过剩，几乎是一切危机的根源——这是我最想说的一句话！！！当地球维持总共9亿人口生计时，技术世界对环境绝不会造成致命的威胁。但是当地球上拥挤着60亿人口，并迅速向120亿人口进军时，情况会变得十分危险。大自然恢复生态的能力便会受到致命的打击。"接下来，作家提供了一个具体数据："1575年世界人口达到5亿。过了250年，即1825年，人口翻了一番，达到10亿，再过100年，即1925年，世界人口又翻了一番，接近20亿。再翻一番达到40亿只用了50年，即1975年。"作家指出："世界人口翻番的时间是以一种加速度在不断缩短的，即从250年到100年，最后只用了50年。到2025年估计为80亿或更多。世界人口总数的威胁成了世界文明哲学思虑的焦点。"真可谓醍醐灌顶，振聋发聩。这番分析从一个崭新的视角，阐明了当下实施生态建设的艰巨性和复杂性。

三

在大致厘清形成生态疾患的原因之后，一个更具有现实意义的问题是：面对已经伤痕累累的生态环境，人类该选择怎样的生活态度，该确立哪些最基本的价值取向，从而实现自身与大自然的和平共处与和谐共生？围绕这一主题，生态随笔作家同样贡献了睿智而精彩的言说。

始终关注时代和生活前沿问题的作家韩少功有言："环保从心灵开始。"该怎样理解从心灵开始的环保？就我读到的生态随笔而言，其基本观点可做以下简要概括：人类在同自然万物打交道时，应当秉持谦逊的态度、高远的胸怀和清洁的精神。所谓谦逊的态度，是说人在大自然面前，要平和、低调，怀有敬畏之感和感恩之心，并懂得"万物齐一"的道理。正如学者、作家王兆胜所言："人是大自然的一个极其微小的粒子，他不能不顺从大自然的法则，要遵循'道'……要向'物'学习，找回原来属于人类，而现在已经丧失或即将丧失的东西。"所谓高远的胸怀，是说人类在处理与大自然的关系时，不能只顾自己的和眼前的暂时利益，而要着眼于人类整体和天人共生的长远未来。作家张浩文的随笔《被劫持的村庄》，写到农村老家围绕环保问题出现的怪异现象：因为能赚一点现钱，饱受污染侵害的乡亲们，竟然同施害者达成心照不宣的默契，有时受害者还出面呼吁保护施害者。其笔墨所至，既是对饮鸩止渴的否定，更是对超越本位的倡导。所谓清洁的精神，则是说人类从事以大自然为对象的生产活动，应节制欲望，力戒贪婪，尤其是要警惕"以资为本"的诱惑。为此，韩少功写道："'以资为本'，才会把生态环境当作一种有价或无价的资源，只要这种利用有助于资本扩张和经济发展，就不顾社会后果地进行利用。其实，作为一种生命体，人首先需要空气、水以及阳光，这是生命最基本的物质需要，也是大自然平等赐给每个人的财富。"作家还提醒人们："GDP与人的幸福并不是必然相关，倒是生态环境破坏得很厉害的时候，GDP可能反会相应升高。"应当承认，作家的告诫迄今仍有现实意义。

在全面提升环保意识的同时，人类要注意培养对大自然的感情，不断发掘生命中原本携带的依恋和热爱大自然的天性，这是生态随笔的又一重要主题。文化学者肖云儒指出，现代城市人的生命实践和精神生活，无不被现代文明之膜所笼罩，所覆盖。人类"被自己创造的文明劫持了，占有了！文明使人获得万物灵长的尊严，又使人类沦为消失了自然生命本性的奴隶"。唯其如此，现代人要想保持激扬勃发的生命与生存状态，就必须冲破文化膜的包裹，重新拉近与大自然的距离，重新建立同大自然亲密无间的关系。在这一意义上，苇岸以"观察者"的细致，历数"大地上的事情"；王开岭以亲历者的深情，追思"原配的世界"；杨文丰以业内人的机智，解读"蝴蝶为什么这样美"，均以生动鲜活的"模拟体验"，彰显了大自然的神奇、美妙，气象万千，进而激发了人类精神寻根、生命还乡的冲动。而张炜的名篇《融入野地》、鲁枢元的力作《心中的旷野》，则在广阔的现代背景之下，重申了荒原的魅力以及它对人类的永存的意义，从而启迪现代人心灵向大自然敞开，生命同大自然相伴。

一个真正的现代人，不但要有先进的环保理念，而且要让先进理念付诸行动，坚持从我做起，选择简单朴素的生活方式，这是生态随笔每每强调的又一主张。詹克明从瓦尔登湖边的梭罗说到简单的生活。他引用梭罗的话："我仅仅依靠双手劳动，养活了我自己，已不止五年了。我发现，五年之内我只需工作六个星期，就足够支付我一切生活开销了。整个冬天和夏天，我自由而爽快地读点书。"由此，詹克明进一步指出："大自然的基本设计体现了一种深沉的简单。"许多中外先哲"也许生活得并不拮据，有的甚至相当富有，拥有自己的庄园城堡，但他们几乎无一例外地都过着'简单的生活'"。作家还告知或提醒大家："豪华的居室与实用的住房住惯了并不感到有太大的差别，只是当有客人来访时风光些罢了。""为什么过去穿破裤子不敢上街，现在非得在簇新的牛仔裤膝盖上剪两个破洞穿起来才算时髦？"如果说詹克明重在阐述生活何以需要简单朴素的道理，那么迟子建的一篇《简朴生活片段》，则透过作家的经验和记忆，将故乡人的简单生活化作栩栩如生的场景和画面，令人心驰神往。英年早逝的作家苇岸不仅在作品中肯定素食，而且他本身就是素食主义的践行者。后来因为身患重症，在医生和亲友的劝说下，他没有将素食主义坚持到底，而这竟成了他临终忏悔的重要内容。由此可见，简单朴素的生活作为一种信念，早已深深地融入了他的生命。

四

毫无疑问，今天的生态随笔作家都有着明确的环保意识，都由衷希望自己驻足的地球能够风清月白，花红柳绿。不过倘若仔细打量构成他们环保意识的细节修辞和微观表达，即可发现，其中的差异、分歧和矛盾龃龉并不少见。而从当下的国情和历史语境出发，对这些不尽相同的说法，做一点尽可能客观的研究与辨析，无疑有助于人们在更深的层面了解和把握生态文明建设。

第一，建设生态文明还要不要"以人为本"？

在近年来的生态著述中，每每可见这样的表达：大自然间有一个长期化育而成的环环相扣的生物链，人不是这条生物链的主宰，而只是其中一环。当人类因肆意扩张和疯狂索取而导致物种骤减，生物链断裂时，大自然无疑濒临崩盘，而人类自己亦难逃灭顶之灾。因此，人类要尊重大自然，学会同大自然和睦相处，做一个"有道德的物种"。这样的说法当然不错，但似乎仍有不够严谨和剀切之处。因为它很容易在客观上引发如是推理："既然人类只是大自然的一个环节或一个物种，那么，他在悬崖勒马、改弦更张之后，只要能够清心寡欲，抱朴守真，善待自然，不再僭越，也就万事大吉了。"显然，这样的推理明显忽视了学者单正平曾经指出的一个重要事实：生态文明教育在很大程度上带有亡羊补牢的性质。这就是说，今天的生态建设不但要立足当下，着眼未来，而且要修复过往，正本清源。在这种情况下，人类仅仅满足于"在哪儿停下来，唱一支歌"，满足于从此洁身自好，无为而治，做道德的自洽者，恐怕不行。正如詹克明所言："变革自然是人类的天性，完全不触动自然就不成其为人类。"

也许就是基于这样的考虑，韩少功在谈到生态问题时，明确把自己定位为"人本主义者"，把自己有关生态保护的言说，称作"一个人本主义者的生态观"。他认为，建设生态文明，还要"以人为本"。只是这里所说的"以人为本"丝毫不包含人类可以妄自尊大、自我放纵的意思。它是针对社会生活中存在的"以资为本"的不良现象而提出的，旨在强调人类要强化法治观念，善于以立法的方式保护生态环境；要注意充分发掘和重新认识传统文化中的生态资源，搞清"惠"与"费"，"天理"与"人欲"的关系，"少一些愚昧和虚荣，少一些贪欲"；要有绿色的心理，懂得可持续的幸福，尽可能克服人类自身的精神弱点。要之，人类终究是万物的灵长，是唯一可能掌握"万物尺度"的物种，因而要自觉发挥主观能动性，肩负起保护自然万物，推进生态文明的责任和义务。

第二，生态环境与工业文明究竟是怎样一种关系？

毋庸讳言，最近二三百年间，工业文明的骤然崛起与迅猛发展，确实给生态环境造成了巨大伤害。唯其如此，一些作家、学者开始痛陈工业文明及其手中利器科学技术的种种弊端。鲁枢元指出："凡是现代化的科技文明触碰过的地方，自然界的勃勃生机都在迅速地消退。"杨文丰在谈到汽车尾气造成的环境污染时慨叹："人类社会已然被裹挟上技术主义的大车，民众骨血里已高度依赖汽车，甚至早已奉汽车为'神'。"田松更是从多方面严厉抨击了工业文明以及科学技术导致的诸多"恶果"，进而断言："如果不能停止工业文明的脚步，人类文明将在可见的未来终结，也许只剩几十年。"

工业文明与生态环境果真不共戴天？赵鑫珊通过自己的观察、体验以及所经历的思想变化，提出了另外的看法。他坦言："好些年，我一有机会就在各种场合抨击工业文明的弊病或罪过。1996年，我开始系统反省我这种偏激的态度。因为过火或过激的态度不是哲学。倒掉脏了的洗澡水不要把胖乎乎的孩子也一块倒掉。""不分青红皂白，全盘反对现代工业文明是错误的！！！"

赵鑫珊的观点建立在他系统思考和研究人类文明功与过的基础之上。在作家看来，工业文明无疑造成了很大的环境乃至精神生态问题，但毕竟也给人类带来了舒适、便利和效率，同时还缓解了人类越来越快也越来越大的增长压力。因此"农业文明不是样样都好，工业文明也不是样样都坏，厚古薄今是要不得的。最高明的做法是脚踏两只船：既得到两种文明的好处，又避开两者的坏处"。人类虽然不断改变大自然，但最终却无法摆脱大自然，这决定了人类只能寻求同大自然的和解，而切实可行的和解之路，显然不是人类的"绝圣弃智"，得过且过，而只能是"寻求机器文明的最佳值"，即在考虑世界人口总量的背景下，研究机器文明运行的合理区间，弄明白它在怎样的程度上才会带给人类最大好处。而在这一向度上，"拯救地球文明还要靠技术"，"没有现代技术的人便不成其为人。你能想象没有电能的现代人类社会吗？倒退到没有电能的农业时代当然可以，但代价是要死去几十亿人，全球只能养活十亿以下的人口"。

平心而论，就以上两种截然相反的工业文明评价而言，我个人的看法更接近赵鑫珊。这不仅因为赵鑫珊的观点始终贯穿了一种全面、客观、辩证的思维图式；更为重要和可贵的是，它自觉保持着对人的存在与发展的充分关注——事实上，在建设生态文明、改善人与自然关系的过程中，如果忽视了人类自身发展这一维度，不但生态文明建设会失去主体和动力，甚至连这种努力的前景和目的也将变得模糊甚至可疑起来。

第三，生态文明建设能否脱离具体的社会历史语境？

时至今日，有关生态文明的言说日益普遍和强劲，但就其内容而言，依旧较多停留于观念演绎和精神吁求的范围。为此，文艺理论家南帆提出一个问题：生态批评如果缺乏开阔的社会历史视域，便很难揭示问题的复杂性以及解决问题的困难程度。当然也就无法确定切实可行的生态建设路径。必须承认，南帆的目光是敏锐而精透的。他的提示引领人们的环保思绪，超越单纯的观念务虚而抵达今天的环保现场，于是，一种非常实际也非常严肃的挑战迎面而来——由于现实的环境治理和生态保护，都联系着经济成本，都需要物质支撑，没有经济基础和物质支撑的生态建设是无法持久的；又由于"丛林法则"在当今世界并未消失，强势的、发达的文明世界，仍然在向发展中的我们霸道地转嫁种种生态祸患；更由于生态文明发展也包括人类自身的发展，而要发展人类的福祉，同样需要一定的物质基础，所以，中国当下的生态文明建设，必须考虑并兼顾自身与经济发展的关系，必须保持一定的经济发展速度。借用南帆的话说就是：要仔细研究"多少物质财富可以支撑一个普遍的小康社会？物质财富的积累与自然的综合承受力将在哪一个历史维度上达到平衡？二者失衡到什么程度可能出现局部乃至整体的垮塌——那个时候，全部的物质财富仍然得不偿失？"这时，我们仿佛又回到了前面赵鑫珊谈论过的话题。而如何实现生态建设与人类发展的平衡与共赢，庶几是摆在国人面前最有难度的任务。

原载《光明日报》2019 年 1 月 11 日

历史回望与时代深思

——2011年散文随笔的一种观察

时至今日，散文随笔的国度虽然早已千姿百态，尽显斑斓与恣肆，但当我们截取2011年这一新近时段，并锁定推出散文随笔作品的主流报刊，那么即可发现，如此纷繁摇曳的国度里，仍有其稳定色调和基本旋律。对此，我们庶几可以概括为：历史的回望与时代的沉吟。

对于国人的思想、精神和文化生活而言，刚刚过去的2011年，可谓大事不断，话题连连。其中仅构成全国性舆情关注和文学焦点的至少有：纪念中国共产党成立九十周年，纪念辛亥革命一百周年，以及纪念鲁迅诞辰一百三十周年等。毫无疑问，这些焦点牵动了诸多散文随笔作家的灵感思绪，催生了他们笔下一系列与之相关的作品——在不少作家那里，这种立足时光长河的不间断的回望，与其说是一种定式，不如说是一种优势，即透显出他的精神高远，目光幽邃，具有把握历史重大事件和问题的意识与能力。这里，值得特别指出的是，同样是面对历史的回望性言说，2011年度的一些散文随笔作品，分明呈现出日趋自觉和昭然的探索性与创新性。具体来说就是：其笔下的景观与命意，越来越具有个性化视角和独异性追求，越来越充盈着属于作家自己的艺术思考和价值判断——如果把这类创作比作恢宏的交响乐章，那么，以往作品强调的是合奏与协奏，而当下篇章则更多突出了独奏与变奏。

不妨来看围绕建党九十周年而产生的作品。王巨才的《回望延安》，自然联系着党的延安精神，只是该文在重新打量这一切时，明显注入了作家的苦心选择，即所谓："不只是因为气壮山河的战争风云，也不只是大智大勇的雄韬伟略，让我感动并引起遐思的，往往是那些并不稀奇的寻常故事，那些飘落在岁月风尘中的历史散页和历经时光淘洗总不磨损的民间记忆。"于是，一个个承载着老一辈无产阶级革命家清正廉洁、勤政爱民的历史细节和微观场景翩然而至，从而使今天的读者深切意识到"话虽旧，真理不会老"的道理。马晓丽的《沉默将军》，以曾在战场上用身体保护了徐向前和陈赓性命的贺健为主人公，而其浓墨重彩之处，却是人物区别于一般红色战将的特殊经历和奇异人生，包括那些不合时宜的言谈和惊世骇俗的举动。这时，作品的字里行间，站立起一位摆脱了光环而更见血性和愈发真实的革命者。梁衡的《一个封尘垢埋却愈见光辉的灵魂》，写的是党的早期领导人张闻天。由于作家紧扣主人公的悲剧命运展开钩沉与讲述，所以便不仅凸显了一代领袖的高风亮节，而且从中发掘出一种有益于党的建设的思辨力量。此外，江子的"井冈山往事"系列，贺捷生的《虫声唧唧不堪闻》，吕雷的《血水、泪水、汗水汇聚成的长河》，杨闻宇的《笔走小延安》等文，或内容上独具只眼，或构思上别开生面，均不乏对红色叙事的拓展与鼎新意义。

当然，其他方面的历史书写，同样体现了散文随笔作家独立思考和力辟新境的品格与追求。不妨以有关辛亥革命的言说为例。丁帆的《今为辛卯，何为辛亥？》，从近代中国固有的历史条件出发，反驳和否定了一味夸大"宪政"作用的时髦说法，重申了辛亥革命的重大意义。张鸣的《辛亥革命的五个岔路口》，认真寻找和细致分析历史大势所包含的多种偶然与变数，其某些观点虽然仍可商讨，但它对于思维空间的开拓却是显而易见。张謇是近代中国著名的实业家、教育家，但以往的文学作品对他较少留意，王充闾的《寒夜早行人》以高屋建瓴的笔力，揭示了其生平和意义，自是对辛亥画卷的重要补充。还有王树增的《言论自由：移民巴西》，熊育群的《辛亥年的血》，都为我们了解和认识辛亥革命，提供了新的视角与内容。而在对鲁迅的最新解读中，孙郁的《鲁迅眼里的美》《在章太炎的影子里》，张梦阳的《深读鲁迅，学会思考》，赵京华的《活在日本的鲁迅》，许江的《一个人的面容》等，即使只看标题，我们也能感受到作家在发掘和重构上的积极努力。这些作品以充分陌生化的讲述，足以吸引读者走近迄今魅力不减的一代文宗和精神师长。

在2011年度的散文随笔创作中，如果说历史的回望，是用缅怀和反思构成的特殊景观，那么，关注时代，直面当下，激浊扬清，以文化人，则是以深思与激情托举起的基本主题。在这方面，许多作家尽管置身于空前喧闹的商业语境，但却依然持守着清醒而坚毅的人文立场，并发出了或深沉，或忧患，或睿智的声音。譬如：铁凝的《山中少年今何在——关于贫富和欲望》，透过山村人随着由穷变富而产生的观念变化，揭示出物欲的根源与利害，进而呼唤文学对心灵的呵护，对道义的支撑。张炜的《潮流、媒体和我们》，在科技、财富和伦理道德的三维空间里放飞思绪，一方面质疑科技为王和财富为上，一方面强调人的发展和道德的提升，最终期待着道德对科技与财富的调控和制衡。彭程的《碧水蓝天的呼唤》《阅读的季节》，延续着作家一贯的对环境质量和精神生态的牵念，无论发现亮点抑或陈述体验，殆皆入情入理，耐人寻味。王开岭以央视栏目主持人的身份，推出了《体制内的主流媒体：需要和猎物商量的猎人》，其有理有据、有出有入的现身说法，构成了对时下体制内主流媒体的准确描述和深层解读。

同近年来整个国家与社会的城乡一体化浪潮相联系，在 2011 年度的散文随笔创作中，属于乡土和亚乡土题材的作品明显增多，其全方位、多样化的抒写，真切而有力地传递出作家心中对乡土的理解和惦念，从而成为他们与时代对话的重要路径。请看贾平凹的《定西笔记》。这篇洋洋洒洒四万余言的作品，以刚健清新而又不乏幽默柔润的笔墨，写活了定西大地的人情物理、山川沟壑，其中蕴含的作家对历史前行的欣喜，对传统文化的依恋，对民间情趣的激赏，对时代阵痛的忧思，都让人既心旌摇摇，又思绪绵绵。彭学明的长篇散文《娘》以深挚的情感和朴素的文笔，树立起一位勤劳、隐忍和崇高、坚毅的乡下母亲形象，其笔墨所至，不仅是一篇母爱的祭文，而且是一曲乡土的悲歌。高海涛的《青铜雨》抓住域外体验和乡土记忆两端，展开衔接和互渗，就中使两种文明相互生发，相得益彰，从而为散文随笔的乡土探照，开辟了新的可能。

此外，乔忠延的《谢土》，李星的《迷失在故土的家园》，刘照进的《散落的碎屑》，江少宾的《爱着你的苦难》等，都是质文兼备的乡土散文，它们传递出的多重意味，均有益于现代人的精神寻根与人性发展，因而可供读者耐心咀嚼。

原载《人民日报》2012 年 1 月 10 日

根系大地的持守与拓展

——2012 年散文随笔创作态势简说

21 世纪散文随笔创作走过了它的第十二个年头。尽管自然界的时光交替与散文界的丰歉沉浮并无必然的联系，但值此岁月轮回、新旧更迭之际，对一年来的散文随笔创作稍加梳理和评估，仍然不无必要——它不仅有助于作家开阔视野，厘清思路，进而在创作中多一种参照和自觉；同时也可以使优秀散文随笔作品和整体创作态势，及时摆脱泡沫信息的遮蔽，合理成为散文史建构的坚实基础和有效积累。

在过去一年里，散文界关注和讨论较多的一个话题，是"全民写作"现象：网络的高度发达，通信工具的空前齐备，构成了当下散文随笔从写作到发表，再到阅读复制的无障碍通道。于是，越来越多的人喜欢通过博客、论坛、网络日记等，自由随意地挥洒自己真实而杂芜的意见或感受，并每每收获不期而遇的纸媒互动乃至读者拥趸。这使得整个散文领域，不仅出现了量的急剧扩张和空前繁复，同时私家言说与公共表达的界限日趋模糊，写作的纯粹性与神圣性逐渐消弭，作家的职业色彩也开始走向弱化与泛化。面对这种现象，一些论者充满忧虑。他们在总结历史教训的基础上指出，泥沙俱下或良莠不齐的"全民写作"，不仅难以催生真正的创作繁荣，而且有可能因为自身捎带的平庸、偏激与粗俗，以致影响整个散文随笔创作的良性发展和健康前行。

这样的忧虑无疑自有道理，但是，我们却不能将其置换为衡量一个时代散文随笔创作的基本尺度，进而断定当下的创作已是乏善可陈。其实，对于散文随笔创作而言，"全民写作"说到底是一柄利弊同在的双刃剑，它的杂芜潜藏了开拓，庸常蛰伏了率真，即使是粗糙与汗漫，又何尝不包含着生机与活力？这里，问题的关键在于，当下的散文随笔领域，还有没有真正的守望终极的精英作家？面对大众化、世俗化的写作浪潮，这些作家还有没有能力扬长避短，去粗取精或高蹈流俗，在汲取民间营养的同时，担负起与之对话和施以引领的责任？令人欣喜的是，在这方面，相当一批散文随笔作家捧出了出色的答卷。他们置身全新的文学语境，根系大地，仰望星空，努力调整、深化与文学传统和现实生活的双重关系，进而以有"通"有"变"、有扬有弃的态度，从事浸透了理想的笔耕，最终提升了一个时代的精神高度和一个民族的文化品质。

在对话和引领"全民写作"的过程中，不少作家经过深入考察乃至系统研究，写出了一批颇具思辨色彩的散文随笔，充分显示了理性的力量。在这类作品中，云杉的《文化的非洲》，堪称重要收获。该文由作家的非洲见闻说开去，将不同国度的历史进程、文化个性和中国的现实联系起来，在一个巨大的精神时空中，展开发散性比较与阐释，就中呈现了全球化背景之下，一个国家和民族所应有的文化立场、观念和原则，贻人以深刻的启迪。张炜在荣膺茅盾文学奖之后，推出了一系列以思辨见长的散文随笔新作。其中《莱山之夜》《游走：从少年到青年》等长文，虽然重在生命回溯，但由于同时融入了精神世界和心路历程的自我勘探，所以仍然具有不容忽视的思想重量。至于《不同的志向》《对不起它们》等演讲和随笔，更是以敏锐的识见，直击灵魂与生活现实，让人思绪绵绵，每生颖悟。幸福、安详、回家，是郭文斌锲而不舍的精神向度与文学主题，新作《走进安详，找回中国人的生存意义》《文学的祝福性》《大山行孝记》等，通过形神俱在的讲述，深化也细化了如此向度和主题，足以构成崭新的生活与生命理念。此外，王充闾的《解脱》，梁衡的《心中的桃花源》，史铁生遗作《昼信基督夜信佛》，王安忆的《教育的意义》，韩小蕙的《理念是天堂的花朵》，马晓丽的《遥想长城》等，均具有丰沛的思想含量，折映出一个时代的认识高度。需要特别提出的是，一批学者、教授加入了散文随笔写作的行列，努力以学术与思想的结合，参与精神文明建设。其中丁帆对俄国思想家的系列阅读，孙郁对鲁迅的系统感发，冯天瑜对历史哲学的专栏式言说，以及唐翼明的《说幸福与快乐》《最堪玩味是常谈》，樊星的《为民族主义一辩》，李美皆的《严肃的好玩》等，皆属有学养，有识见，有性情，是深入浅出，举重若轻的好文章，很值得人们潜心体味。

在去年的创作中，与思想性散文随笔交相辉映的是历史文化散文。这片茂盛园林里开出的一簇簇新花，同样让人赏心悦目，流连再三。李洁非的晚明随笔越写越精彩，《革命和爱情》《夏完淳：才子＋英雄》等文，不仅在视线和材料上推陈出新，而且通篇叙事斜出旁逸，鞭辟入里，知古鉴今，发人深省。至于一篇《我们应该怎样读史》，则是高屋建瓴，提出了创意盎然的读史路径与观念，显示出学人的胆识与睿智。祝勇的《变革者的咒语》谈先秦变法，《残局》《当部长的梁启超》话民国风云，既屡有新见，又诗情沛然，不失为文学与史学的有机融合。张宏杰的《史书里的兴衰》雄视千古，纵论历代，透过大量的史料分析，揭示了历史的经验与教训，可谓语重心长。鲁枢元的《陶渊明 PK 秦始皇的随想》，站在现代人所珍视的精神生态的高度，重新评价陶渊明和秦始皇，讴歌心灵自由与和谐，质疑自我膨胀与霸权，亦属独具只眼。此外，李敬泽的"小春秋"系列，王开林的《为天地立心——冯友兰的自我救赎》，耿立的《秋瑾：襟抱谁识？》等，都在历史的纵深处发掘出了新知与新见，读罢让人心智丰饶，获益良多。

与"全民写作"现象相联系，2012 年的散文随笔创作还有一种情况值得重视，这就是：伴随着非虚构、跨文体、大散文等概念的扩展和走俏，作为文学基本样式之一的散文随笔，其内容承载正越来越立体多元，文体形态也越来越丰富多变，表现手法更是越来越摇曳多姿，不拘一格。散文随笔仿佛一匹脱缰的野马，它凭借与小说、诗歌、评论、报告文学乃至新闻通讯的嫁接与整合，不仅冲破了由来已久的"美文"藩篱，而且使通常所说的宽泛的散文更加宽泛。目睹这种情势，我们禁不住要重新认识以往学者所做的关于散文"有类无体"的界说；甚至难免静心自问：散文是否真要回到中国古代包罗万象的"文章"格局？

对于散文文体的迅速扩张和明显泛化，现在就下或是或非的结论，显然为时尚早，但有一点又似乎可以肯定：这种扩张与泛化在通常情况下，并非作家单单基于形式因素的标新立异，而是他们从切近生活和表达内心的需要出发，所进行的只能如此或最好如此的必然选择。换句话说，存身于历史变革和社会转型之中，且产生了丰富体验与深邃思考的散文作家，只有通过文体的拓展与手法的互渗，才能最为充分地表达自己的思想与情感，同时也才能最大限度地抵达生活深广和生命的真实。

而这恰恰可以从去年出现的一些具有"越界"意识和"混搭"特征的作品中，获得证明。如朱增泉的《美国追杀本·拉登》借助新闻调查的元素，强化了自身的信息量、现场感和思辨性。夏榆的《黑暗是一件星光斑斓的锦衣》，以大量的内心独白和意识流动，传递出同类文本少见的人性的复杂性与多面性。梁鸿续写的《梁庄在中国》，刘亮程新出的"在新疆"系列，则以充足多样的笔墨，在相当开阔的背景下，还原了乡土中国的原生态和边疆中国的诗意美……

当然，去年一年，传统的散文随笔依旧占据着数量上的优势，其中有质有文的精彩之作也不少见：贺捷生的《不能遗忘的小镇》《远去的马蹄声》，以女性笔墨写铁血岁月，其特有的慷慨悲歌，侠骨柔肠，足以唤醒人们久违的豪情。南帆的"关于泥土的记忆"系列，围绕作家当年的知青经历，一边展开形而下的场景追述，一边着力形而上的精神翱翔，从而编织成自省又省人的生命和弦。刘上洋的《万里长江第一湾》，聚焦云南丽江崇山峻岭中的长江回旋，虽然下笔流光溢彩，但没有止于客体再现，而是最终将其意象化和象征化了。于是，长江与人类的进步事业合二为一，顿生"青山遮不住，毕竟东流去"的雄健气势。还有凸凹的《故乡永在》，陈忠实的《接通地脉》，阎连科的《一个人的三条河》等乡土散文集，全都是作家生活的浓缩和生命的结晶。其中包含的反思当下、回望来路的意义，是对现代人极其重要的精神馈赠。

原载《人民日报》2013 年 2 月 15 日

追"梦"路上的心灵交响

——2013 年散文随笔创作的主旋律

2013 年，中国文坛的散文随笔创作依旧乱花迷眼，万象辐辏。回望这异彩纷呈的散文现场，有一种景观格外抢眼。这就是：一大批作家呼应着实现中华民族伟大复兴的中国梦这一时代强音，将精神触须与艺术目光，更多地聚焦于历经沧桑的中华大地，自觉围绕国家改革与发展、民族振兴与进步、人民幸福与安康的基本主题，从现实、历史和未来的多维空间展开真诚的言说与真实的讲述。于是，追"梦"路上的心灵交响，承载着铿锵有力的时代足音，构成了年度散文随笔创作的主旋律，同时也铺就了我们进入散文随笔创作现场的重要路径。

实现以民族复兴为旨归的中国梦，是历史赋予国人的神圣使命。要让这一使命化为可以直观的现实，需要奋进路上的中华儿女，立足当下，再度出发。这时，摆在作家、学者面前一项无法回避的任务，便是在把握国际环境与中国国情的基础上，深入观察、辩证分析今日中国的历史选择、时代境遇及其社会现象，通过厘清其中的是非成败、利弊得失，帮助国人确立正确的观念与认识，从而为实现中国梦提供强有力的精神支撑。

遵循这样的逻辑，2013 年的散文随笔创作，出现了以往并不多见的景象：若干学者或学者型作家，推出了一批直接为 21 世纪中国把脉的随笔作品，由此展开了以思想解放为底色、直面社会热点或重大问题的知性言说与讨论。譬如，王蒙的《文化梦的高度》（《书屋》），由中国梦说到文化梦。他指出：衡量一个国家的文化软实力，从来就是"看高不看低"。因此，以中国梦为旗帜的文化建设，应当重在推出高端的文化人才与经典的文艺成果，重在培育与中国文化相匹配的高雅的国民精神气质。

这对于文化领域迄今每见的过度市场化、娱乐化、快餐化的现象，是一种强力矫正与反拨。张颐武的《2020年给朋友的一封信》，通过虚拟的通信方式，预支了自己八年之后的一次发言。而之所以要做这样的预支，则是因为作者坚信，随着时间的推移，中国的社会和国情会越来越好，中国式的发展道路和前进方向会越来越深入人心，越来越获得各方的认同。

去年的思想随笔创作，体现了对中国热点和重大问题的高度关注，但又不仅限于此，而是在此同时，保持了开阔的视野和多样的话题。张炜的《谈简朴生活》（《文艺报》），针对现代人所谓简朴生活，一边清理观念的误区，一边强调行动的意义，由此传递出健康而睿智的人文立场。莫砺锋的《中华传统文化中的诗意生存》（《中华读书报》），解析了屈原、陶渊明、李白等六位诗人的生命旅程与生存方式，就中发掘出中国民族一向崇尚的诗性精神，进而呼唤这种精神的当代赓续与现世承传。而在这丰富的思想盛宴中，有两个话题因为吸引了较多作家参与故值得格外留意：第一，由于一位领导者的推荐，托克维尔的《旧制度与大革命》引发知识界的热议。围绕该书谈到的革命与专权等问题，朱正琳的《改革的风险与化解》，宣晓伟的《都是中央集权制的错？》（《读书》），张千帆的《重读托克维尔〈旧制度与大革命〉》（《中华读书报》）等文章，都努力还原法国大革命的历史现场，披露了敏锐而深刻的识见，从而为今天的读者提供了有益的知识与借鉴。第二，因恰逢毛泽东诞辰一百二十周年，一些作家泚笔为文，站在时代的制高点上，再度回望这位中国革命的伟人。其中梁衡的《文章大家毛泽东》（《人民日报》），唐双宁的《毛泽东的气质》（《光明日报》），徐国琦的《"自信人生二百年，会当水击三千里"》（《中华读书报》）等，不仅视角新颖，材料翔实，而且观点独到，论述公允，其意脉深远而又质朴无华的叙事，体现出成熟的历史意识。显然，这些作品有效地丰富了实现中国梦的精神资源。

中国梦是人民的梦。人民群众是中国梦的主体，也是实现中国梦的主角。这样的性质与关系决定了聚焦中国梦的散文家，必然会将人民群众当作最重要和最基本的描述对象。也正因为如此，深切透视民生中国，潜心倾听大地回声，努力书写人民群众的精神风貌与生存状况，便很自然地成为2013年散文随笔创作又一稳定的取向与宏大的主题。

在许多作家笔下，生活之路也许不是春光无限，尽善尽美，但跋涉其中的主人公，却总是怀着一种向往，一种期待，并因此而具有奉献与担当，热情与坚韧。请看王巨才《父老乡亲》（《中国作家》）所绘制的人物肖像：走过战争年代但文化水平不高的曹老，一向把群众利益放在首位。身为领导干部，他时常为百姓的事情着急，而当变化了的环境使他意识到群众更需要有文化的领导时，便以主动辞职来践行自己的群众观念。陕北妹子王二妮凭着特有的天籁之音，征服了作家，也征服了歌坛。在她成功的路上，固然洒下了歌者的辛勤汗水，但又何尝没有来自一个族群和时代启人向上的暖意（《唱吧，二妮》）？惯于行万里路的陈启文，在邂逅龙羊峡水库时写下了《如果这就是命运》（《散文》）。其刚健悲怆的笔墨，不仅激活了当年水库建设者不畏艰险、勇于牺牲的历史画面，而且于现实场景中凸显了既是烈士遗孀，又是烈士母亲的孟朝云大姐。她面对残酷命运和艰难生存所表现出隐忍与淡定，足以净化读者的灵魂。军旅女作家李美皆捧出了状写青藏高原军旅生活的散文集《永远不回头》（解放军文艺出版社）。较之同类作品，该书最大的特点在于不夸饰，不虚美，不煽情，坚持以平视的目光、内敛的笔调和质朴的语言，贴近高原军人的生活与内心，同时将作家的自省与反思融入其中，于是，一种崇高和圣洁悄然升起，感人至深。以书写呼伦贝尔草原风情见长的女作家艾平有新作《额嬷格》（《美文》）面世。该文驱动蒙古长调般的深情咏叹，活画出一位"陌生"而又"熟悉"的老祖母——她饱经风霜的生命旅程固然植根于大草原特有的历史文化，但推动其生命旅程不断延伸的精神原色，如她的善良、勇敢、大气，她的知恩图报、乐于助人和是非分明，却无疑映现出中华民族的传统美德。江子的《我成了故乡的卧底》（《西部》），讲述了作家的奇特经历："我"作为农民的后裔，虽已生活在城里，却无法割断与乡村的联系。为此，"我"不得不接受来自乡村的指令，去承担一个个能完成或完不成的任务。这当中虽然不无怨怼、疲惫和无奈，只是这一切的背后依旧传递出历史的正能量——正是在"我"和无数"卧底"的忙碌中，中国大地终将摆脱城乡二元结构，迎来一体化的共同富裕的明天。

对于生活的亮色和人性的暖意，散文家给予了热情讴歌和由衷赞美，但却不曾因此就忽略社会现实依然存在的某些问题和缺憾。在不少散文家心中和笔下，历史发展的曲折失衡，社会病灶的积重难返，底层生存的困苦窘迫，始终是一个无法绕开的话题。身为电视记者的江少宾，一连发表了的《乡村铃响》(《西部》)、《塌陷的胸腔》(《文学界》)、《逝者如斯》(《散文》)等多篇作品，或直面经济转型带给农村教育的问题和矛盾，或揭示贫困与疾病导致的农民命运的悲苦与辛酸，其触目惊心的生活景象及其浸透其中的那份悲悯与焦虑，让人动心复动容。钱红莉的《故乡帖》(《散文》《红豆》)，由眼前感触和故乡记忆交织成文。其语言叙事尽管保持着女作家的婉约柔润，但贯穿其中的对土地退化、生态恶劣、水质污染、食品有害等问题的忧思，依然有撞击心灵的力量。此外，王月鹏的《被悬置的人》、王新华的《流转》(《黄河文学》)，因为对房屋拆迁、土地流转中的社会病象痛下针砭，亦显示了文学的匡时之功。在这类写作中，两位女作家的重磅出击应当重视：继《中国在梁庄》之后，梁鸿又推出了《出梁庄记》(花城出版社)。作品围绕五十一位梁庄外出打工者展开笔墨，通过作家转述和口述实录，既写出了他们的充满忧伤和哀痛的境遇与命运，又环绕这一切再现了当下中国因城乡演变而形成的新的人际关系与社会问题，其为一个时代备忘的意义显而易见。丁燕在《工厂女孩》之后又写出了《双重生活》(花城出版社)。该著旨在记叙作家从乌鲁木齐到东莞的迁徙之路，但视线不断向四周扩展和辐射，以致囊括了广阔的社会场景与丰富的生活现象，且不乏一定的深度和典型意义。雷达称《双重生活》是"现实中国人伦生态的最佳报告"，洵非虚美。

中国梦具有强大的凝聚力，但也不乏广泛的包容性。这无形中为散文家各领风骚提供了有力支撑，反映到去年散文随笔的创作中，便出现了百花齐放、各有收成的生动局面。贺捷生继续耕耘于革命历史领域，其新作《父亲的雪山，母亲的草地》(《人民文学》)、《眷恋这片大地》(《人民日报》)等，依旧燃烧着理想的光焰，读来令人激情澎湃。胡冬林在大自然的怀抱里做持久采撷，一册《狐狸的微笑》(重庆出版社)，以"零距离"的观察与描写，赢得了多方好评。历久不衰的历史文化散文仍是佳作迭出，王充闾的《诗人的妻子》(《北京文学》)、赵丽宏的《望江楼畔觅诗魂》(《人民文学》)、祝勇的"故宫的风花雪月"系列(《十月》)等，都是别开生面而又意味深长的精彩之作。还有一些作家侧重在

"怎么写"的意义上做积极的探索与实验,其别具一格的文本颇值得细读。这里我想加以推荐的,是周晓枫的《齿痕》(《人民文学》)和高海涛的《英格兰流年》(《山东文学》)。前者讲述作家被误导的齿形矫正过程。按说是件很无趣的事情,只是一旦出现在作家笔下,竟是那般跌宕起伏,摇曳多姿,以致使我们不得不赞叹文学修辞的力量。后者用一本英文的文学历法书,将作家寄寓了别样乡愁的英国和留下了切身体验的中国联系起来,然后展开对应描写。其笔墨所至,既打捞异域风情,又钩沉乡土记忆,而无论写异域还是写乡土,都充盈着作家特有的知识修养和诗情理趣,于是通篇作品别有一种魅力。

原载《光明日报》2014 年 1 月 27 日,《浙江作家》2014 年 11 期转载

大地上唱响人民之歌

——2014 年散文随笔创作漫评

置身宏大的历史进程，寻找个体与人民的连接点，替人民立言，为人民放歌，这是中国现代散文随笔创作历久不衰的价值取向。时光进入 2014，在举国上下新一轮改革浪潮的推动下，特别是在"中国梦是人民的梦"，"社会主义文艺是人民的文艺"等一系列时代强音的感召下，这样的价值取向，赓续传统，融合新机，呈现出愈发丰沛、鲜亮和强劲的态势——众多散文随笔作家，坚持从人民出发，深入生活，贴近现实，以良知和大爱透视民生，体察民情，探询民瘼，讴歌民魂，真诚状写中华民族走向伟大复兴的心路历程。于是，多声部、多色彩的人民之歌，构成本年度散文随笔领域最醒目的艺术景观，同时也为我们考察年度散文随笔创作提供了重要视角。

聚焦社会变迁，弘扬时代风采

从新时期到 21 世纪，古老的中国经历着巨大而可喜的变化。这种变化在经济学家眼里，可能是一整套科学的公式，一系列严谨的推断，一连串精确的数据；但由散文家看来，则更多是一次次难忘的经历，一段段由衷的观感，一幕幕不灭的记忆。它们承载着时代风采和生活魅力，也饱含了作家的欣悦、赞美与憧憬，最终化作情真意切的艺术表达。

乔忠延的《我回故乡看大戏》由老家新建戏台、重开村戏说开去，通过"我"作为终身戏迷所特有的一段欢乐而不乏沉重、诙谐而略带苦涩的回溯，映现了中国农民在摆脱了物质贫困之后所产生的精神余裕与文化渴望。正如作家所说："小康不小，那里边不仅容纳着肢体需求的丰衣足食，还容纳着精神快乐的歌舞音韵。"黄传会的《一不小心，我侵权了》写作家的新著因引用农民工的诗歌被告知侵权，而接下来在解决侵权问题的过程中，侵权的作家和被侵权的农民工却同时被对方所感动。这双向的理解、尊重和认同，不仅展示了新一代农民工文化素质的提升，而且实证了整个社会的走向和谐与文明。李学恒的《永远的歌声》，讲述作家与歌曲《我为祖国献石油》长达半个世纪的心缘。其中那伴随歌声出现的交织着悲喜忧乐的场景，固然融入了"我"和我家的命运起伏，但又何尝不是中国工业乃至中华民族艰难崛起、曲折前行的象征和缩影。梁鸿的《梁庄：归来与离去》和赵瑜的《乡村阅微》，同样激活了作家置身其中的乡土情景，那有关过大年、红白事以及喝酒"喷空"的种种热闹里，尽管不无作家的慨叹或生活的杂音，但依旧昭示了中国农村和农民已经出现的欢乐和富裕。苗长水的《精英参谋群同出一门》、徐剑的《新李将军列传》、马晓丽的《野战师速写》等军旅散文，则紧扣时代特征，抓住若干具有典型性和代表性的人物、事件与细节，生动描画了人民军队在实现中国梦和强军梦的道路上，焕发出的崭新风貌、拼搏精神与无限生机。

发掘生活诗意，关注人的发展

时至今日，我们说中国社会的发展与进步，已不单单是指经济实力的增长、物质生活的提升和城乡面貌的改观，同时还意味着人民群众精神世界的日趋丰富和个体情趣的健康生长，即人自身的发展得以彰显。这一点同样反映到散文随笔创作中，一时间发现和烛照心灵美与情趣美的作品，异彩纷呈，目不暇接。

鲍尔吉·原野的《童年的梯子通向天堂》和《生命中最温暖的部分》，深情捡拾着少年记忆。这些记忆有明丽也有黯淡，有甜美也有酸涩，它们留下的不仅是特定年代的斑驳折光，同时还有引人遐想的童心童趣和耐人咀嚼的生命况味。安然的《亲爱的花朵》因花生情，借花写意，字里行间既贯穿着"我"对花的解读，又闪烁着花对"我"的启示，结果是在花的世界里幻化出女作家的清洁心境和人格追求。南帆的《到来一只狗》和高洪波的《汪星人记趣》，不约而同地写活了家中的宠物犬。现身其中的卡普或斑斑、库克、谷子们，以各自不同的性情和行为，上演着动物世界的正剧、悲剧或喜剧，从而映现出主人——作家特有的"齐物"观念和乐天情怀。项丽敏的《临湖》是作家与黄山脚下太平湖的深情对话。那些清丽而质朴、灵动而纯净的文字，不仅唤醒了山光水韵、鸟语花香，更重要的是敞开了一道难能可贵的心灵风景：人与自然万物的和谐相处，以及由此派生出的远离物欲和喧嚣的诗意生存。此外，陈忠实的《神秘神圣的文学圣地》、肖复兴的《身段的绝响》、朱以撒的《砚边六题》、钱红莉的《音乐笔记》等，或谈文学，或谈戏剧，或谈书法，或谈音乐，虽然涉及不同的艺术领域，但无不浸透了独特而深切的人生体验，显示了触动灵魂的力量。如果说以上篇章主要以形象与情思，诠释了人心应有的丰遂与健朗，那么，郭文斌的《认识我们的心》和卢新宁的《我唯一害怕的，是你们已经不相信了》等议论性作品，则更多以深入的思考和睿智的言说，以充实而新鲜的正能量，为这种心灵成长和人格发展，提供了良好的滋养。

植根生活沃土，讲好中国故事

人民是历史前行的推动者，也是一切物质和精神文明的创造者，这决定了散文随笔这种侧重主体性与表现性的文学样式，同样要以人民为主角，讲好中国故事。事实上，许多散文随笔作家正是以此为导向，将主体性与客体性、表现性与再现性结合起来，取得了很好的艺术效果。去年初，因《光明日报》重新发表习近平总书记当年撰写的散文《忆大山》，河北作家贾大山再次引发文坛的关注。李春雷的纪实散文《朋友》以深情而细致的笔触，再现了习近平与贾大山曾经的交往和友谊，一种精神的契合与肝胆的互照，流光溢彩，感人肺腑。铁凝的《天籁之声，隐于大山》则放出朋友和同行的目光，在真切细致的追忆中，浮现了一个幽默而又持重、抱朴守真而又疾恶如仇的贾大山。

《行走高原》是军旅女作家裘山山对驻藏军人的最新打量。出现于作品之中的曹德锋、何海斌、周联合们，每人都有若干足以阐释崇高的故事，而构成了他们生命底色的忠诚与奉献，更是因为"我"的目光和感受而愈发熠熠生辉，感人至深。武歆的《父亲是如何耸立起来的》透过儿子的回忆，勾勒出立体的父亲，他一生恪守的勤劳、乐观、宽厚、自尊、隐忍，体现着中华民族的传统美德和劳动人民的高尚情操。谷禾的《老段的眷恋》讲述了"全国最美村官"段爱平的事迹：十四年间，她拿出家中全部积蓄做公益事业，带领全村走上发展和富裕之路。后来，即使患上癌症，依旧不改初衷。这种超出常人的牺牲和实干精神，令人肃然起敬。刘梅花是一位生活于基层的女作家。她的散文以浓郁的生活气息和灵动的知识传播见长。而一篇《梦工厂》则透过幽默诙谐的讲述，打捞起"我"尽管艰辛但却欢乐的打工生涯，同时活画出善良而有趣的师傅们，从而使一种底层的暖意和人间的真情跃然纸间，久久回荡。

不忘现实忧患，直面生存艰难

正像大地上有阳光也有雾霾一样，前进中的社会现实亦常常是美好与丑恶同在，优越与缺憾并存。对此，散文随笔作家自有清醒的认识，进而从人民的立场出发，以满载忧患的笔墨，进行了严肃的揭示和沉重的诉说。梁晓声的《一位法官的自白》，让爱好文学写作的基层法官敞开心扉，用不乏自省和反思的陈述，既披露了以往司法生活中存在的问题，更表达了司法改革的必要性和紧迫性。《我们都是鱼儿》出自女作家邝美艳之手。该篇透过"我"和丈夫的亲身经历，让激烈商战中的"无良竞争"浮出水面，进而披露了身在其中者既钓鱼又被钓的尴尬生存。毕星星的《协和医院幸遇黄牛记事》，笔调轻松，情节离奇，却把百姓的看病难表现得淋漓尽致。夏榆的《故乡的葬礼》、冯秋子的《草原上的农民》、严泽的《田地的面子》和王月鹏的《血脉里的回望》，都可归入通常所说的乡土散文。它们或状写尚未脱贫的一隅，或剖析愚昧获利的一群；或目击土地流转过程中的土壤退化和粮食变质，或探照城镇化过程中的拆迁矛盾和乡村沉沦。所有这些尽管承载了作家不同的精神思考和复杂的情感评价，但其包含的普遍的社会认识价值和当下警示意义却是毋庸置疑的，因此，很值得读者留心和文坛关注。

调动历史记忆，强健民族魂魄

从人民出发的散文随笔写作还有一个重要而常见的维度，这就是：立足当今时代和现实生活，调动丰富的历史文化资源，撰写感性与理性相交织，经验与思辨相互补的浑厚大气之作，以满足广大读者知古鉴今或取精用宏的需要。在这方面，不少心志高远、腹笥充足的作家，都付出了艰辛的努力，同时也收获了可观的实绩。余秋雨的《君子之道》、张炜的《也说李白与杜甫》，或高扬中华民族的理想人格，或重释天才诗人的艺术奥秘，都以独特的见解和盎然的诗意，完成了重在建设的古今对话。李存葆的《龙城遐想》关注龙城遗迹，将亿万年前的恐龙灭绝与今天的生态破坏、环境危机联系起来，以此敲响了人类生存与发展的警钟。王充闾的《一场虚拟的叩访》锁定南宋女诗人朱淑真，经过一番大胆想象和小心求证，不仅厘清了主人公原本约略不详的身世行迹，而且发掘出她身上迄今仍属珍贵的独立人格与抗争精神。去年正值中日甲午战争一百二十周年，相关题材的作品频频问世，其中祝勇的散文集《隔岸的甲午》，就日本国土上的甲午遗迹展开考察，其视角的新颖和论析的辟透，让人刮目相看。此外，王巨才的《浪打沙湾寂寞回》重新审视郭沫若的悲喜人生，梁衡的《又见海棠花开》再度抒写周恩来的人格魅力，张曼菱的《北大回忆》为韩天石、金克木、季羡林等多位前辈剪影，均有文思独到、发人深省之妙，是不可多得的好文章。

与以上主要建立在文本和材料基础上的历史叙事有所不同，有一些作家更喜欢也更善于通过捡拾生命足迹，咀嚼记忆收藏来搭建历史长廊。这种小切口、个人化的历史言说，在雷达的《多年以前》《新阳镇》《黄河远上》，艾平的《歌姐的女儿叫艾平》《我的两个额吉》，林那北的《宣传队 运动队》，何申的《"公社"记忆》《庙前"耕读往事"》等作品中，获得了质文两在的成功展现。它们是作家的心灵独语，同时也是别有魅力的人民之歌。

原载《光明日报》2015 年 1 月 19 日

散文：怎样使精短成为可能

——读《红豆》精短散文征文作品所想到的

我一向认为：衡量散文作品整体质量的优劣高下，其篇幅的大与小，文字的长与短，通常并不是关键性和决定性的因素。譬如：丘吉尔的《第二次世界大战》属于洋洋洒洒的皇皇巨著，可以荣膺诺贝尔文学奖，而加缪的《西西弗的神话》只有区区两三千言，同样是西方现代散文史上绕不过去的名篇；史铁生的《我与地坛》灵思翻飞，长达一万四千多字，成为新时期华语散文的代表作之一，而鲁迅《野草》中的篇章，大都是凝练精约的千字文。而近些年来，国内的散文创作暴露出松弛拖沓、越写越长，且以此为美的趋势。在这种情况下，强调一下散文作品的简约精粹，缩龙成寸，便平生出匡正时弊、反拨流俗的作用。也正是在这一意义上，《红豆》杂志，举办全国精短散文创作大赛，力挺精短散文作品，也就成了一件值得瞩目和应当嘉许的事情。

那么，散文作品怎样才能做到严格意义上的既精且短？而真正优秀的精短散文应当具备何种审美特征？窃以为，在这个问题的把握和追求上，散文家除了要遵循通常所说的行文简捷、惜墨如金的一般原则之外，更重要的是必须从精短散文空间狭小、容量有限的实际出发，在题材选择、艺术构思、思维方式、表现手法等方面，下一番特殊功夫，突出和强化一些与一般散文写作既有联系又有区别的艺术元素，努力使笔下作品形成"词"与"物"、"言"与"意"、"形"与"神"之间的弹性和张力，最终收到以小见大、以少总多的审美效果。而这样的创作个性和文本特征在此次《红豆》的征文作品中，比较充分地表现了出来，恰好可以作为我们讨论问题的依据和例证。

首先，就题材选择而言，散文家撰写精短散文应当坚持小处着眼，点上切片，注意采撷生活的微观场景和生命的细节体验，加以精致的生发与点染。毫无疑问，题材作为生活的艺术反照，它是有大小巨细之分的，一般来说，大小巨细不同的题材总是对应着篇幅规模相异的作品。精短散文是文学海洋里的轻舟，它自然更适合承载生活中那些小或细的东西。而散文家一旦意识到这一点，便实际上具备了必要的文体自觉。在这方面，郭开合的《泥趣》、吴克敬的《鲜花与麻辣烫》、孙蕙的《拥抱》、黄三畅的《插秧》、李蕾的《树高千尺》、文萍的《落叶之美》，等等，或表达一片情趣，或感悟一种意象，或描绘一幅图景，或讲述一段经历，都紧扣着微观的生活现象与具体的生命心象，折射出精短散文特有的小处着眼的选材意识，堪称是用心而稳妥的量体裁衣。应当承认，如此这般的文体与题材的有机契合，为作品实现成功甚至完美的艺术表达，奠定了坚实的基础。

其次，就艺术构思而言，散文家撰写精短散文应当善于提炼恰当的"文眼"，抓住富有包蕴的闪光之处或者充满内涵的特殊物件，实施以巧取胜的布局谋篇。应当承认，在任何一位优秀作家的笔下，散文创作的艺术构思都具有无限的可能性。只是这种可能性一旦受到篇幅精短的限制，那么，它就不得不在寻找聚焦点和强化突破口上煞费苦心。因为这种努力足以给作品带来提纲挈领、事半功倍的艺术效果。不妨一读韦佐的《手机里的砍柴声》。这篇作品旨在表现农民父亲的勤劳自足以及儿子对父亲的牵念，但作家没有让这一切做平铺直叙的展示——那样需要耗费大量笔墨，不符合精短散文的要求——而是通过"我"倾听父亲手机里传来的砍柴声，并加以合理想象和生动补叙来完成。这时，手机里的砍柴声，便巧妙地浓缩了父亲的生命形态。它作为审美的聚焦点，不仅使父亲的形象更有个性和质感，而且给通篇作品带来了文有尽而意无穷的艺术效果。徐永鹏的《空空的首饰盒》，将审美视线投向了打工一族的情感世界。只是对于其中的辛酸苦辣，作家并不做泛泛的书写，而是把一个空空的首饰盒当作"文眼"，就此讲述了一对劳动夫妻重感情而不重物质的动人故事。这篇文字由于构思灵巧，笔力集中，所以不仅篇幅精粹，"少"中有"多"，而且情绪起伏，感人至深，同样颇见散文精短的优势。

第三，就思维方式而言，散文家撰写精短散文应当善用逆向思维，讲究反弹琵琶，力求别开生面。在散文创作中，顺向思维固然十分重要，而逆向思维同样必不可少。尤其是营造精短散文，作家若选择逆向思维，不仅有利于形成波澜起伏、出奇制胜的阅读效果，而且可以凭借陡转的情势，省却若干铺垫和交代，由此实现叙述的言简意赅。请看肖潇的《母亲心中的城市》。这篇作品先经女儿之口来讲述母亲对城市的向往，但是却没有让这种向往一味做顺势延续，而是在简洁交代一切之所以如此的过程中，渗入了女儿完全相反的情感走向：害怕城市的冷漠和肮脏，破坏母亲的向往，打碎母亲的梦幻。这一正一反的落差，便促成了有限空间的巨大张力和丰赡内涵，令人不禁做深入思考。黄佩玲的《渴望一片泪光》也是浸透了逆向思维的好作品。它写作家回到了久别的故乡，但接下来，却未按常规写出作家由此所产生的欣悦和感奋之情，因为现代生活早已使她的内心变成了波澜不惊的古井，以致失去了激动的可能。于是，她渴望一片泪光，渴望重塑生命。这种精神意脉的峰回路转，无疑有效地强化着作品的艺术辐射力，从而使一篇精短散文呈现出博大境界。

最后，就表现手法而言，散文家撰写精短散文应当更多使用象征、隐喻、意境、拟人等诗性手法，让笔下的艺术形象因虚实相生而意蕴丰富、题旨深远。从本质上讲，诗歌是一种凝练和浓缩的艺术。这决定了诗歌的表现手法，常常能够"笼天地于形内，挫万物于笔端"，具有很强的写意性与概括性。而这恰恰是散文实现精短所需要的，因此，主动引入和巧妙使用诗性手法，便成了精短散文强化自身特性的有效途径。而一些高明的精短散文作家和优秀的精短散文作品，也就在这方面匠心独运，显示了艺术上的敏锐与高超。譬如，吴佳骏的《太阳升起以后》，以简约的文字勾勒出一幅山乡晨景。从写实的角度看，它已经称得上精致而传神，但作家偏偏在这写实的画面里融入了诗性手法——无论老人还是太阳，都折射出明显的象征性和隐喻性，这使得通篇作品的内涵极大地丰赡起来，贻人以绵绵的沉思与不尽的回味。小山的《石头像马铃薯或花生》，由石头的性格以及它同农民的关系写起，一开始就赋予作品以诗的境界。在接下来的文字里，它以石头为核心意象，或以其点染农民的生存状态，或用其映照农民的精神质地，最后借作家之口，让石头呈现启迪人类的普遍意义，于是，整篇作品因为诗性盎然的表达，而形成了难能可贵的审美张力，让人浮想联翩，意味无穷。所谓"一花一世界，一石一乾坤"，其艺术真髓，庶几如此？

原载《文艺报》2008年3月1日，《阅读与写作》2008年第4期

呼唤作为流派的江西散文

一

六年前，借江西散文现象研讨会召开之机，我曾对江西散文做过一次尽管简略但绝不草率的描述。当时，我的基本观点是：在 21 世纪散文创作的宏观格局中，江西是毋庸置疑的散文大省与强省，不过，同国内其他散文大省和强省相比，江西散文的"大"与"强"，主要不是表现为拥有多少风标鹤立、声名远播的散文名家巨匠，而是展示了一种魏紫姚黄、各擅胜场的整体阵容，一种凫趋雀跃、各见精神的团队风采。质言之，江西散文是以均衡协调而又生机勃发的综合实力，彰显了自身的个性与优势，进而居于国内散文创作的领先地位。

六年来，中国文坛的散文创作虽然不无喧嚣和困惑，但就基本向度和内在精神而言，依旧呈现出繁荣发展和健康前行的态势。与这种总体态势相呼应，江西散文亦保持了深入拓展和稳定上升的内力，其总的格局愈发乐观向好：一大批老中青作家，以严肃认真、不急不躁的态度，从容丰富着自己的散文世界。其中陈世旭、刘上洋、刘华、郑云云、梁琴等文苑宿将，每有质文兼备的新作问世，显示了旺盛持久的艺术生命力；温燕霞的创作在小说、报告文学等多个领域都有成就，而散文集《客家我家》《嫁给一盏灯》等，则以独特的民族视角和丰沛的人生感受，表现出取法乎上的艺术品质；王芸原系湖北很有影响的散文、小说两栖作家，早就有《穿越历史的楚风》等个性化文集行世，调入江西后，又推出《因为懂得，所以慈悲》等一系列新作，把一个愈发绚丽多彩的散文天地留给了文坛；程维以诗见长，近期发表的有关江右历史文化的大散文，则别具目光和才情。此外，罗荣、丁伯刚、周亚鹰、朱法元、洪忠佩、蓝燕飞、简心、罗聪明、刘伟林、张慧敏、浇洁、谢宝光、王明明、邓涛、朝颜等，均不时有上乘之作捧出。所有这些，赋予江西散文一种斑斓多彩、踔厉风发、生机无限的气象。

二

在风生水起的江西散文现场，活跃着一个以中青年实力作家为主干的创作群体，其主要成员有江子、李晓君、范晓波、王晓莉、陈蔚文、夏磊、傅菲、安然和更为年轻的朱强等。这九位作家凭借坚韧执着的创作实践和丰饶超逸的艺术成果，以及由此产生的良好的文坛乃至社会反馈，不仅构成了当下乃至今后一个时期江西散文创作的骨干和中坚力量，而且从较深的层次体现了江西散文的基本色调和重要特征，因而很可以成为我们今天观赏和把握江西散文的标识性群体和缩影式存在。

这九位作家中，江子的创作一直保持着风正帆悬的强劲势头。从讲述人生经历和社会世相的《在谶语中联系击球》《赣江以西》，到钩沉井冈山红色革命历史的《苍山如海》，再到直击都市化进程中乡村境遇的《田园将芜》，直到正在撰写同时陆续刊出的"景德镇陶瓷史"系列，作家的笔墨虽有题材和场景的调整，但基本主题始终如一，这就是：透过现实与历史的流转与变异，叩问社会前行的内在规律，状写人在其中的迷惘、窘困与高蹈。这种立足时代前沿的精神思考，与作家深挚刚健的艺术表达互为条件，既凸显了作家的担当意识，又增添了散文的容量与重量。李晓君的创作经过悉心探索和自觉蓄势，于近年来进入了喷发和收获季节。作家将广泛的人文资源占有和细致的"田野考察"方式结合起来，同时借鉴小说、诗歌、地方志等多种表现手段，写出了建立在生命记忆之上的长篇散文《江南未雪》《后革命年代的童年》。这两部作品不单情致深沉，文笔秀雅，而且承载了丰沛的生活细节与大量的历史信息，具有从生活一隅认识一个时代的深远意义。范晓波虽然将部分精力转入小说创作，但散文仍是他的"主业"。如果说早先给他带来"21世纪文学新星"荣誉的《正版的春天》，主要是一曲新奇别致而又浪漫潇洒的青春之歌，那么新著《带你去故乡》，则在清丽奔放的叙事之外，增添了一种"我"与故土、与自然、与生命原乡的对话关系，这使得其散文获得了境界的深沉、繁复与开阔。王晓莉的散文多聚焦日常生活和平凡人生，但并不满足于对这些做表层描摹与胪陈，而是将笔墨尽量伸向人情物理的纵深处，努力发掘其中包含的人的奥妙和"物"的真趣，生动揭示人与物之间的种种关联与变异。于是，一部《笨拙的土豆》，就像作家所喜欢的碎花裙子，虽有世俗和家常的一面，却并不琐碎和平庸；相反让人觉得平中见奇，淡中有味，柳暗花明，风光无限。

安然一向视写作为红尘中的天堂。她的散文集《麦田里的农妇》，和后来使她两度获得老舍散文奖以及《散文选刊》新经验散文奖的《你的老去如此寂然》《哲学课》《亲爱的花朵》等，都是用来安置灵魂和梳理心路的——由对女性乡愁的独特体味，到心灵归宿的多方探寻，再到领略了生命真谛之后的重新出发，直到透过花木世界品味人生的丰富与多彩。一条有变化的内心线索，构成了一种有价值的精神自传。陈蔚文的散文以颖慧、灵动和俏丽的诗性见长，其早期作品不乏青春与时尚色彩，而作为晚近之作的散文集《未有期》《见字如晤》等，则明显向着生活和生命的幽深处开掘。其笔下展现的现代人，尤其是现代女性所面临的种种隐疾与困惑，以及普通劳动者的生存与命运，既体现了人文关怀，又闪烁着哲理辉光，委实难能可贵。夏磊喜欢读书，也爱好旅行，一旦心有所获，便精心结撰锦绣文章。他笔下的若干散文精品，如《月碎沱江》《匡庐晚钟》《杜鹃花季》《一枕清霜》《寂寞的书院》等，以"我"为圆心，做历史、人物和风景的多维辐射，其情致饱满，意境优美，笔调婉约，语词典雅，读来让人心驰神往，满口余香，堪称地道的美文。傅菲写小城风景，说身体隐喻，均有不错的收成。近些年来，他将目光锁定饶北河边的家乡枫林村，一卷《南方的忧郁》就是他经过长期观察之后，献给家乡的爱痛交织的咏叹调。其中那一系列充满命运荒凉和内心挣扎的人物与故事，有助于我们了解和认识后工业时代中国农民的生存状态；而浸透其中的文体探索，则为散文革新提供了借鉴。年轻的朱强尽管作品尚少，但才华横溢，出手不凡。他刊发于《人民文学》的《墟土》《行砖小史》等文，将青春史、家族史和城市史作巧妙的穿插与呼应，构成摇曳多姿的叙事框架，再补之以虚实相生的历史细节、跃动不羁的艺术想象、妙趣横生的议论点染，以及多样化的修辞方式，最终把一种开放式、召唤式的审美空间留给了读者，引其做不尽的遐想。

毫无疑问，单就审美意趣和语言表达而言，九位作家自是"各有灵苗各自探"，其艺术个性是突出和鲜明的。但是，如果我们姑且避开这种文本叙事的多样性和差异性，而将审视的目光集中于更深一层的精神底色和观念形态，又可发现，他们其实还有许多相通乃至共同的东西。这里，不妨稍加梳理与归纳：

第一，九位作家大都生在并长在江西，是地地道道的江西人，其中夏磊虽祖籍南京，但也在江西定居多年。这种相似的人文地理背景，不仅使他们笔下的审美对象多带有江右印记，如写赣江、写鄱阳、写瓷都、写书院、写南昌……更重要的是，为他们的整体创作注入了共同的内在精神气质。如观念上的家园眷恋和乡土牵挂，风格上的和谐守正与内敛含蓄，以及更多来自庐陵文化和临川文化的使命感与书卷气，等等。

第二，九位作家中的绝大多数在乡村度过了童年，专科毕业后较早进入了社会，有相对丰富的生活观察与工作实践。这样的出身经历培养了他们躬身向下的文化心态，反映到创作上便形成了殊途同归的取向：关注底层生存，同情弱势群体，对普通劳动者怀有天然的亲近，对文学的现实主义精神自有真切的认同。

第三，九位作家大都出生于 20 世纪六七十年代。作为和新时期一起成长的作家，他们经历了 20 世纪 80 年代的思想解放和精神启蒙，同时也接受了国门打开后异域文化与文学浪潮的淘洗。这双重的文化濡染成就了他们"复调"式的文学质地：既衔接"五四"以来中国的新文化传统，又呼应 20 世纪域外的文学思潮；既拥抱现实主义的创作主张，又看重现代主义的艺术滋养；既讲究继承，更强调创新。兼收并蓄大抵是他们的集体无意识。

第四，九位作家中有多位爱好艺术：江子爱好音乐，尤其喜欢器乐，少年时有过学习笛子、口琴、吉他和书法的经历；李晓君钟情美术和书法，如今的书法作品已多见于报刊；范晓波与音乐、绘画和摄影有缘，吉他和相机一直是他的生命伴侣；陈蔚文背过数年画夹，其美术素养已潜移默化；安然的歌声足以让人动容；夏磊的书法竟然值得一秀……无独有偶，他们中有多位曾是诗人，如江子、李晓君、傅菲等，都有大量的诗歌作品发表。这样的禀赋和来路，为他们的创作注入了无法消解的"文艺范"——即使在散文空前泛化的今天，他们依旧保持了对审美品质的敬畏，对语言结构的尊重，对艺术化境的追求。

正是九位作家身上这些相通乃至共同的东西，让我突发奇想：未来的江西散文是否可以具有流派意义？因为按照文学史家的说法，一个具有共同元素的作家群体的存在，是文学流派产生的基础和前提；而大致相似的生存环境和成长经历，又是促进文学流派形成的重要条件。

四

在文学生长与发展过程中，流派的产生与活跃自有其显见的积极意义：它代表了文学的自觉与自由，有利于创作的交流与互补；它是文学探索与繁荣的产物，同时又反过来促进文学的探索与繁荣。在这方面，中国现代文学三十年众多流派此消彼长，互渗互补，最终推动文学发展的事实，可谓有力的证明。遗憾的是，较长时间以来，中国文坛尽管不乏缭乱的旗幡和嘈杂的命名，但真正的、严格意义上的文学流派已近乎销声匿迹，这无疑是文学现状的一大缺失。而此种缺失之所以出现，固然同众声喧哗、漫天扰攘的后现代语境有关，但更为内在，也更为本质的原因，恐怕还是作家内心的浮躁与感受的粗疏。唯其如此，我们呼唤流派意义上的江西散文，说到底还是弘扬纯正的文学观念和严肃的创作态度，是推动散文领域的个性化和多样化发展，是一种积极有效的正能量。

那么，未来的江西散文会成为一种流派吗？对此，现在就下肯定性结论，显然为时尚早。因为"文学上的派别，是事过之后，旁人（文学批评家们）替加上去的名目，并不是先有了派，以后大家去参加，当派员，领薪水，做文章"（郁达夫《中国新文学大系·散文二集·导言》）。此时此刻，笔者想到的，只是与江西的散文同人做一点纸上的交流：不妨有一种流派眼光和流派意识，在此基础上，为出现具有流派意义的江西散文推波助澜。譬如：要以辩证的目光，进一步审视研究古往今来的江右文化，在肯定其优越的同时，认清其局限；要以平和诚恳的心态，深入总结盘点已有的创作成果和艺术个性，一分为二地扬长避短或补偏救弊。当然，在此过程中，最重要的一环还是作家自身素养的充实与提升。应当通过深入生活、系统阅读，以及对人文和社会科学研究成果的积极借鉴，抢占时代精神的制高点。然后由此出发，一方面努力寻找历史镜像与现实生活的对接点，并予以全新的阐释和评价；一方面注重在历史的坐标上把握和描写繁纷的现实景观，使其更具有纵深感和说服力。一言以蔽之，要切实强化江西散文作为一个群体的质的规定性与超越性。这里顺便说一句：江西散文家曾多次以"新散文"为旗帜亮相于文坛，这"新"究竟包含了什么？体现在哪里？在流派生成的意义上，似乎也需要进一步研究和厘定。

原载《中国艺术报》2015 年 7 月 1 日，《翠苑》杂志 2015 年第 4 期

新松自应高千尺

——读第八届"白鹭洲文学大赛"获奖和入围作品

"九江银行杯白鹭洲文学大赛"已经成功地举办了八届。作为大赛一直以来的"裁判员",我不想用"芝麻开花节节高"之类过于乐观的语言,来对参赛作品做浮泛随意的喝彩——事实上,即使在文学的"黄金时代",一座城市群体性的创作水准,并不总是高歌猛进,直线攀升,相反,它更像田野里的庄稼,常常是有"大小年"之分的,而其中的得失、优劣与升沉,也许只有在较长的时间距离之外,才能形成相对清晰和准确的评判……不过,有一种事实现在就应当承认:以《井冈山报·庐陵阅读》为载体的"白鹭洲"文学大赛,已经催生了一大批基层写作者的文学梦想,出自其笔端的洋溢着热情与才华的优秀作品,正潜移默化地浸入众多读者的心灵,成为推动一座城市乃至一个时代精神文化建设的正能量。

现在,让我们怀着文学的"平常心",来讨论一下第八届赛事的获奖以及入围作品。本届赛事共有二十三件散文、随笔和诗歌作品入围,其中十件作品最终获奖。这些作品与上届赛事的同类作品相比,其整体的质量与水准大致是一种平稳均衡、波澜不惊的态势。但其中有不少篇章在题材选择、意旨发掘、构思经营和修辞提炼等方面,还是呈现出独特的匠心与不俗的追求,并收到了良好效果。这自然很值得加以总结盘点。

立足现实生活和经验世界,写自己的所遇所见、所思所感,这是作家进入散文天地最基本的艺术路径,也是散文作品最常见的叙事形态。散文家要想写好这类作品,关键的一点还是要真正实践当年鲁迅所强调的:"选材要严,开掘要深。"参赛作家显然懂得个中道理,其多篇作品在这个向度上做了积极有效的努力。杨兰琼的《清明茶·谷雨诗》，就是一篇飘洒着生活和生命双重芳香，因而读来让人眼前一亮的佳作。该文以清明谷雨两个节气的茶场为特定环境，展开作家的青春记忆。其清雅、灵动而又活脱、诙谐的笔触，不仅激活了"茶艺"与"茶经"，而且勾勒出两个性格鲜明的"茶人"——强悍兼有慈爱的谭场长和粗放不失精细的"我师傅"。更为难得的是，作家没有满足于对"茶人茶事"作表层书写，而是从中引申和拓展出了生命的要义和做人的境界，这就使通篇作品既形神俱肖，又神余象外，别有一番韵味。

刘述涛的《竹子开花啰》和陈炜的《向阳的草》，从不同的角度讲述"扶贫"的故事。在前一个故事里，一个从事旅游工作的生性软弱的"她"，克服多种困难，硬是凭着智慧和耐心，引领心灰意懒的帮扶对象，走上了凭手艺脱贫的道路。后一个故事则透过"我"的目光与感受，凸显了一个身有残疾的孤寡老妪，即使在异常艰难的生存条件下，依旧不曾放弃对美好生活的憧憬、笃信与追求。这两篇作品在艺术表现上或许还有可以斟酌和提升的空间，但其中包含的时代亮色和人性光彩，还是因为揭示了生活的真实而令人感动和起敬。刘晓花的《月光下的流光溢彩》透过童年视角，描绘山村月夜。其行文之间，有热闹的屋外晚餐，也有幽静的房顶纳凉；有劳动的艰辛，也有收获的欢乐；有淡淡的怀旧，也有绵绵的乡愁。所有这些汇成一幅生机盎然的写意画，足以让久居城市的现代人心驰神往。

近年来，聚焦中国革命历史的"红色散文"佳作不断，出现了探索前行的好势头。这在本届参赛作品中亦有呼应。刘晓雪的《从塘登出发的长征》，让年轻的"我"遥望家乡革命老前辈郭德仁的红色生涯，着重讲述主人公与前后两位妻子不同寻常的情感经历。"我"在表现这些时，没有选择从史料出发的静态叙事，而是让"爷爷""岭花""余敏"几位知情者和当事人，沿着记忆长廊，重返历史现场，还原当年情景。这样的手法不仅丰富了艺术叙事的色彩与节奏，而且使作品展现的血与火的岁月更趋立体真实，也更有感染力和征服力。郭远辉的《井冈十二章》是一卷意象缤纷、思绪辽远的交响诗。作家时而品味八角楼里伟人的沉思，时而汲取黄洋界上碑石的力量；时而在"离歌"与"归来"中抒发激扬的情怀，时而从"旧居"和"博物馆"里驰骋壮阔的想象……所有这些，构成对革命摇篮井冈山的妙笔写意，从而给读者以新的感受和新的认识。

以议论为血肉、思考为骨架的"审智"散文，是 21 世纪散文创作一个新的增长点，也是本届参赛作品着力尝试的一个品种，其中不乏值得关注的篇目。剑鸿的《秋风辞》以"我"的巧思、灵感与颖悟，来碰撞秋日的自然万物以及与之相关的汉语之花，一时间，瞬间的发现照亮了恒久的存在，一己的体验接通了普遍的人生，作品因此而有了奇异的风姿和隽永的意味。甘雪芳的《遥知玄豹在深处》，披露了作家围绕阅读与写作的心路历程。其中对田野与自然的向往，对经典与深度的亲近，尤其是对当下知识领域存在的浮躁与浅薄的反思和警惕，都显示了弥足珍贵的清醒与睿智。美中不足的一点是，作品以"玄豹"作"文眼"，出典有些生僻，与通篇的氛围和境界亦不甚协调，稍加润色，庶几更好。黄友祥的《唯有沉潜、辽阔和谦卑》也是一篇与读书相关的文字。作家以虔诚的态度和平实的笔调，讲述了自己在读书生活中的所遇、所听和所思，就中传递出作家对知识的渴望，对阅读的理解，以及对真正的知识者的尊重和崇拜，这些自然都有意义。但作家若能对这些再加发掘与提炼，进而开启有关阅读方法与路径的思考，无疑更值得期待。

显然同吉安大地上丰厚的历史遗存和文化积淀相关，每届参赛作品中都有一定数量的历史文化散文。这类作品有的内容比较充实，文笔也朴素畅达，如本次获奖的肖韶光的《庐陵镇石》。但也有一些因为主题缺乏新意和语言过于铺张而显得空泛、沉闷或雕琢，给人以华而不实或大而无当的感觉。坦率地说，历史文化散文是一种不易驾驭的文体。要写好这类作品，作家不仅需要相应的专业储备和文化修养，更重要的是必须拥有深邃独特的史识与史见。就此而言，吉安作家似乎还有较长的路要走。

本届赛事入围的诗歌作品凡三件。相比之下，简小娟的组诗《总有一朵花永不凋谢》更为出色。按照我粗浅的理解，这组诗大约是吟咏友谊和爱情的。环绕这一主旨流向，全诗想象飞动，意境优美，修辞层面多见高妙的意象与通感，语言灵动而富有弹性："你长满阳光的骨骼和脉络／总是以树的形象和高度／扬起亘古不变的浪漫，清绝和纯粹／于是，

第二辑　文海纵横

123

那些水样的笑靥同风声一道／潜入轮回的月色和霜雪。"我喜欢这样的诗句，更喜欢这诗句所传递的坚韧而亮丽的境界和情思。

新松自应高千尺。我愿以略加改动的杜甫诗句，与吉安的作家朋友共勉！

原载《井冈山报》2018 年 6 月 8 日

第三辑

佳作品赏

历史潮流的时代玄览

——《明斯克钩沉》读赏

梅岱的散文新作《明斯克钩沉》(《人民文学》2018 年第 4 期），记述了作家 2013 年秋天访问白俄罗斯首都明斯克的见闻与感怀。这篇属于国际题材的作品，约计一万二千言，篇幅虽然不算很大，但内涵却丰赡超拔，不同凡响。其笔墨所至，不仅勾勒出异域景观，而且关联着人类命运；不仅激活了历史脉跳，而且扣动着时代节律；不仅传递出思想的震撼力，而且散发着艺术的感染力……所有这些交汇融合，最终化作摇曳缤纷、纵横跌宕的诗性表达，读来让人情潮起伏，思绪万千，有一种"心事浩茫连广宇"的感觉。

正如作品题目所标示的，《明斯克钩沉》重在讲述沉埋在时光深处的明斯克的"城南旧事"。不过作家在从事这种讲述时，并非是静止地、单向度地发掘史实，追怀已逝，而是选择了一种更为鲜活新颖，也更具艺术匠心的方式和路径——在充分了解明斯克以及白俄罗斯历史，尤其是其近代史的基础上，把访问期间曾经亲历且印象极深的三个场景——与明斯克"80 后"司机小伙子一席谈、参观俄罗斯社会民主党一大会址博物馆和斯大林防线博物馆——置换为三个画面相对独立，题旨彼此呼应的长镜头，就此展开立足当下而又思接百年，物与神游而又神驰象外的描绘与感发，由此构成作家与时代、历史与现实、异国与中国、中国与世界的多重对话，从而有效地增强了作品的精神重量与艺术张力。

请看作品中"我"与异国司机深入交谈的长镜头。那位有点儿像北京"的哥政治家"的小伙子，由衷喜爱今日幸福安定的白俄罗斯。而当"我"向他询问幸福生活与自主自由的因果关系时，小伙子的回答竟然出人意料地深刻、辩证与警策："自主、自由都是好东西，但对于一个民族、一个国家来说，我们更看重的是自主，而不是自由。自己当家作主，自己的命运自己决定、自己安排，这是最重要的。没有自主，哪来的自由。你在那里整天折腾要自由，谁能给你自由呢？自己连自己的主都做不了，还谈自由，那不是南辕北辙吗？有自由没有自主，自由能牢靠吗？"

显然，"我"是小伙子的拥趸，也是小伙子的知音。在接下来的叙述中，"我"沿着小伙子开辟的思路，联系近年来发生在白俄罗斯邻居乌克兰的动荡和剧变，进一步剖析着西方所宣扬的"民主"和"自由"："西方人制定的游戏规则，西方人描绘的民主蓝图，当然游戏背后的操盘手也是西方，他们操纵木偶的提线，而不幸的乌克兰人像木偶一样地表演。无休无止的游行示威、广场集会，没完没了地烧汽车、砸商店，自由变成无法无天，随心所欲变成'橙色革命'。虽然得到西方政客们的廉价赞扬，虽然受到西方媒体的狂热欢呼，但民主的结果成为国家的灾难、老百姓的灾难。自由的游戏最终落进了一个难以脱身的无底陷阱，一个好端端的乌克兰陷入了暗淡无望的泥潭。"如此犀利辟透的言说，足以令读者醍醐灌顶，不仅瞬间明白了乌克兰悲剧的实质，而且很自然地开启了联想与诘问：西方式的民主与自由果真放之四海而皆准？它所携带的"基因性缺陷"我们该不该警惕？今日中国能否建成不同于西方的新的文明形态？斯时，作品的主题走向了旷远与高迈。

作品中关于"我"参观俄国社会民主党一大会址的长镜头，同样视野开阔，意味深长。俄国社会民主党是苏联共产党的前身，因此，该党一大就是苏共一大，而坐落于明斯克市中心广场一侧的该党一大会址，也就是苏共的"产房"。

如所周知，苏联共产党曾经是世界上一切进步力量所崇敬的政党，由苏共领导的苏维埃社会主义共和国联盟，是世界上第一个超级强大的社会主义国家。然而，历史的车轮常常曲折前行，苏共在他 93 岁的时候，连同他经过浴血奋斗所建立起来的国家，一起轰然倒塌，上演了国际共运史上空前的大悲剧。正因为如此，作家——来自中国的拥有坚定信仰的共产党人，置身于"门前冷落鞍马稀"的苏共一大会址，未免心境复杂，感慨万千，别有一种滋味。

一方面，对于苏共这个曾有近两千万党员的大党，因为失去了人民包括绝大多数党员的拥戴而大厦倾圮，作家感到由衷的惋惜和痛心，当然更多的还是深刻的警醒与反思，是对"水可载舟，亦可覆舟"这句老话愈发真切的理解与体认。不过作家又坚信：历史注定不会把社会主义苏联曾经辉煌的一页彻底干净地抹除；全世界共产党人也不会轻易忘掉克里姆林宫红墙上那颗熠熠闪烁的红星。我们会吸取教训，总结经验，让共产主义运动朝着更加健康光明的方向前进。

另一方面，面对苏共一大会址，作家不禁联想到中共一大会址和南湖红船，特别是联想到党的十九大闭幕后，习近平总书记带领政治局常委到上海和嘉兴，瞻仰中共一大会址和南湖红船的庄严情景。不忘初心，牢记使命！这铿锵有力的誓言，使作家"感动万分而热泪盈眶"，同时也自信满满地认识到：中国特色社会主义进入新时代，中国共产党正站在新的历史起点上，带领中国人民进行一次新的长征。在这场伟大的实践中，中国共产党人必将对历史沉思，向历史追问，正视苏共的悲剧和教训，永远保持同人民的血肉联系，谦虚谨慎，戒骄戒躁，不断把人民的事业推向高潮，引向胜利。

作品描写"我"参观斯大林防线博物馆即该防线遗址的长镜头，亦别有感悟和洞见，值得仔细品味。斯大林防线是苏联当年在西部边境为防御德国法西斯而修筑的军事工程。围绕这一工程的修建，出现过若干堪称吊诡的历史事件，其结果是耗费巨大、固若金汤的防线，却未能阻止侵略者的突然袭击。对于这段历史以及相关说法，作家进行了扼要的介绍与睿智的评说，但却没有就此止笔，而是在此基础上，将思绪扩展到"世界上曾经有过的、现在仍然存在的，甚至还在不断修筑的各种各样的防线和'围墙'"。如德国已经倒塌的柏林墙、巴勒斯坦拉姆拉用水泥板筑就的隔离墙，以及特朗普上台后在美国和墨西哥边境竖起的难民墙等。在作家看来，所有这些有形之墙的背后，都有一堵无形之墙，它们意味着隔膜、分离、芥蒂、纠纷乃至仇恨，阻碍的是人类精神、情感和文化的交流，是民族之间的对话与沟通。而在已是"地球村"的今天，修路架桥，互联互通，团结合作，共同发展，才是人间正道。读着如此洞明澄澈的文字，我们不禁更加理解了习近平总书记所倡导的人类命运共同体的重要理念，也更加理解了中国正在实施的"一带一路"建设。于是，作品的题旨又一次接通了时代潮汐和人类命运，进而升腾起风云激荡的大气象。"世事沧桑心事定，胸中海岳梦中飞。"当年冰心所集龚定盦之句，庶几可以作为作家心灵的写照吧？

《明斯克钩沉》承载着深刻的社会主题和丰沛的历史内涵，但却没有因此就忽略作品的审美表达。在这方面，作家同样寄寓了潜心斟酌和苦心经营，并收到了良好效果。

首先，作家善于运用心中储存的表象和经验，把密集的思想元素同鲜活的形象、生动的场景以及特定氛围恰当地结合在一起，形成了互为条件、相辅相成的"有我之境"。譬如，有关自由与自主的精见卓识联系着侃侃而谈的司机小伙子；苏共过山车般的命运悲剧幻化为冷清而凄凉的木质房舍；而作为"二战"时期苏联人民抗击德国法西斯之精神象征的，应该是那位迄今仍穿着当年苏联红军军装的博物馆讲解员。所有这些，连同明斯克市内宽阔整齐的林荫大道、花红树绿的袖珍公园、窈窕妩媚的清纯少女，最终构成既有魅力又有深度的明斯克风景，足以让人在如临其境之余浮想联翩，兴味绵绵。

其次，作家具备充分自觉的文体意识，娴熟地调节和驾驭着作品的笔墨色彩与叙事节奏。全篇以三个长镜头为基本构架，而每一个长镜头都在突出其焦点内容的同时，斜出旁逸，穿插进一些建立在联想基础上的知识性或背景式的陈述。譬如，在写到苏共一大会址时，很自然地介绍了我党一大以及成立前后的一些情况。在写到明斯克的斯大林防线时，不失时机地引出了我国的长城和法国的马其诺防线。而在拉开三个长镜头之前，作家首先介绍了俄罗斯、白俄罗斯与乌克兰之间的历史渊源与相互关系。这种扩展性书写不仅延伸了作品内涵，而且增添了作品的趣味性与可读性。

最后，却是极重要的：整篇作品的主旨和意蕴虽然高远博大，厚重沉雄，但作者在表达这一切时全不见那种居高临下大而无当的空洞说教，而代之以平实亲切、推心置腹的叙事口吻。即坚持从作家自己的认知与感受出发，或娓娓道来，或鞭辟入里，真诚地与读者对话交流。于是，作品生成了一种朴素自然的风度，一种大美无形的境界，让人读过之后，久久回味，久久难忘。记得有一位西方哲学家说过："美是显现真理的一种方式。"梅岱的散文《明斯克钩沉》，庶几可作如是观。

原载《文艺报》2018 年 4 月 13 日

面对人类文明的沉思与发现

——《忘不了的泰姬陵》读赏

印度泰姬陵，以其辉煌卓越的建筑风采，被誉为世界新七大奇迹之一。显然是惊讶于这座建筑异乎寻常的感染力和震撼力，曾经身临其境的欧美达人，情愿借此建立一种不无夸张和自炫的说法：世界上只有两种人，见过泰姬陵的人和没见过泰姬陵的人。而在我看来，对于见过泰姬陵的人，还可以做另外一种区分：走马观花的抑或"乘美游心"（庄子）的；满足于一饱眼福的抑或钟情于"美的发现"（罗丹）的；一味耽于赞叹的抑或认真开启思索的……如果这样的区分可以成立，那么，梅岱无疑属于后者——多年前邂逅泰姬陵，一种超凡脱俗的大美，不但"夺目"，而且"夺心"，以致"永远定格在我的记忆中"。唯其如此，在以后的岁月里，泰姬陵不仅化作一张名片、一种象征，牵动着作家的印度想象，而且无形中成为"我"研究和追问的一个问题：泰姬陵的美从何而来？缘何而生？它承载着怎样的历史文化密码？面对这稀世之美，人类应当采取怎样的态度？最近，作家将自己这方面的思考与发现写成《忘不了的泰姬陵》（《中国作家》2018 年第 8 期，以下简称《泰姬陵》）一文，赠予读者。于是，我们面前呈现出一座意蕴丰沛、况味深远的泰姬陵。

一

泰姬陵是莫卧儿王朝第五个皇帝沙贾汗为皇后泰姬·玛哈尔修建的陵墓。这座陵墓连接着一段爱情故事——泰姬·玛哈尔貌美如花，多才多艺，深得沙贾汗的宠爱，但不幸在三十八岁，生下第十四个孩子后，病逝于随夫南征的途中。修建泰姬陵是泰姬·玛哈尔的临终遗愿，也是沙贾汗对妻子的缅怀。显然是基于这一背景，在泰姬陵落成后的三百六十多年里，中外作家诗人写到它，大都不离凄楚悲怨的爱情基调，就像泰戈尔把它看成"永恒面颊上的一滴眼泪"。相比之下，《泰姬陵》传递出全新的视角与主题。在作家看来：人类历史上的帝王之爱，是不值得歌颂赞美的。无论周幽王与褒姒的烽火戏诸侯，抑或唐玄宗与杨玉环的七夕长生殿，概莫例外。具体到泰姬陵的爱情故事，作家则明确指出："在莫卧儿王朝的帝王中，沙贾汗本就是最为挥霍无度、奢靡荒淫的。作为权倾天下的一国之君，不惜耗费国家大量人力物力，穷奢极欲，劳民伤财，只为爱妻遗愿，这本该受到世人唾骂的，怎么可以冠以爱情的名义来赞美呢？"

显然，在如何看待和评价帝王爱情的问题上，作家的观点和某些流行说法截然不同。这里，应该看到的是，作家对帝王爱情的否定，是植根于大量历史事实与先进理论资源的。恩格斯有言："只有以爱情为基础的婚姻才是合乎道德的。"然而，在帝王主宰一切的古代社会，女性即使贵为后妃，说到底仍是帝王的私产。这种身份和角色的本质落差，决定了帝王与后妃之间，很难产生那种除了"相互的爱慕之外，再也不会有别的动机"（恩格斯语）的真正爱情，因而也鲜有合乎道德的婚姻。取而代之的是后妃对帝王的屈从、奉迎或献媚，当然更主要的，还是帝王在异性身上的强暴占有和纵欲无度。楚文王为了得到美丽的息夫人，不惜动用军队，毁灭其国家，拆散其家庭，硬性劫掠。唐玄宗喜欢杨玉环，竟然全不顾对方是自己的儿媳，以致践踏最起码的人伦。至于沙贾汗与泰姬·玛哈尔，尽管收获了动人的爱情传说，但只要想想泰姬·玛哈尔以三十八岁之身，却一连生下十四个孩子，我们便禁不住要问：沙贾汗对她究竟是爱还是欲？而沿着这一思路追索下去，不仅沙贾汗的爱情变得可疑，就连缠绕着泰姬陵的爱情神话，也难免落入一厢情愿的郢书燕说。

然而，在作家心目中，泰姬陵的美是毋庸置疑的，这种美与爱情无关，它属于泰姬陵本身，属于建筑艺术。而从文本叙述看，作家感知的泰姬陵之美，固然联系着足以赏心悦目的形式要素，如和谐、新颖、精致、富有动感等，但究其根本，仍是人的本质力量的对象化——两万多名劳动者在长达二十二年的时间里，忍受着异化劳动的压迫与伤害，历经艰苦卓绝的劳作，最终创造了人类文明长河中超凡脱俗的大美，此乃何等悲壮的伟力呈显！——这里，作家透过自身的观察与发现，重申了马克思主义美学的重要观点。

二

在充分肯定泰姬陵之美的基础上，作家将艺术视线很自然地投向成就了泰姬陵之美的莫卧儿王朝，开始勘察这个王朝精神气度与泰姬陵之间的关联。这时，泰姬陵之所以成为泰姬陵的诸多原因得以呈现：莫卧儿王朝是印度历史的鼎盛时期，空前强大的国力，为泰姬陵的修建提供了可靠的物质保障；莫卧儿王朝早期的帝王们属于外来征服者，他们都希望用宏伟坚固的建筑，来宣示国威和震慑叛逆，修建泰姬陵原本亦带有这方面的考虑；莫卧儿王朝的多位帝王均不乏个人爱好，沙贾汗则尤其喜欢建筑，且多有实践，屡见实绩，因而被称为"印度历史上的建筑狂"。帝王的个人爱好往往具有祸福相依的两重性，"正业"的玩物丧志和"副业"的风生水起，一向并非鲜见。正是在后一意义上，泰姬陵不啻沙贾汗的纪念碑……

综观作家对莫卧儿王朝与泰姬陵之关系的分析梳理，其中最引人瞩目之处，莫过于当时的执政者以外来者的超脱心态，对印度这样一个多民族、多人种、多教派、多层级的国家，所采取的开明通达的宗教文化政策，它使得包括建筑在内的各类艺术，在一种宽容、平等与共生的氛围中，实现了嫁接、交汇和互补式发展。具体到泰姬陵而言，更是堪称多元艺术的结合体，是异质文化碰撞而成的创新之作。正如作家所指出的："泰姬陵既有印度艺术雄浑大气的底蕴，又有伊斯兰阿拉伯艺术精柔别致的特色，还有波斯艺术空灵简洁的气韵。"它的某些细部甚至明显带有蒙古和意大利元素。此处，作家明确告诉读者："生物界提倡远缘杂交，提纯复壮，其实艺术也一样。多元的结合才能创造出更新奇、更有生命力的作品，近亲繁殖的结果是停滞和退化。"要之，泰姬陵的伟大，就在于它融合了多种传统，创新了建筑艺术。

应当看到，作家围绕莫卧儿王朝与泰姬陵之关系所作的文化解读，具有重要的现实意义。时至今日，世界范围内的一体化进程不断加快，地球果真成了密不可分的村庄。显然是基于这样的历史条件，习近平总书记提出的"构建人类命运共同体"的重要理念，赢得了越来越多的关注、赞赏和共鸣，并必将影响和推动人类社会的未来发展。正因为如此，在当下和今后一个时期，不同国家、民族和各种文化之间的相互学习，彼此借鉴，"各美其美，美人之美，美美与共"，就显得必不可少，格外重要。也正是在这一意义上，我们说，阿克巴、沙贾汗等尽管是封建帝王，但他们在文化发展与建设上所表现出的那种开放均等、兼容并包的精神与态度，是值得肯定和发扬的；而某些21世纪的印度政界人士，从狭隘的民族主义和本土观念出发，对泰姬陵的误读、诋毁乃至封杀，则是完全错误必须摈弃的。这应当是《泰姬陵》留给读者的又一重启迪。

三

《泰姬陵》立足人类文明生成与发展的高度构建叙事和论析，这决定了作品之于泰姬陵，不但有"前世"的钩沉，而且有"今生"的剪影，即作家在深入发掘其历史意蕴和审美价值的同时，还认真探讨了其"身后"境遇和现实命运。而在后一维度上，作家联系自己国内外见闻所展开的思考与言说，主要集中在两个方面：

第一，泰姬陵的稀世之美收获了广泛赞誉，但也引来了许多山寨式的模仿。模仿包含着热爱、认同和向往，并非全是坏事，但模仿的出路在于创新，在于通过创新发展传统，就此点而言，人类还需要加深认识，努力实践。

第二，人类创造文明，但又破坏文明；人类享受文明的恩泽，但又总是忽视文明的存在，这是一种矛盾，也是一个悖论。这样的矛盾和悖论在物质高度发达的现代商业社会，更多表现为欲望和资本对文化遗迹、人文胜景的强力挤压或过度消费。作家泰姬陵之行所看到的"一边美轮美奂，一边脏乱差"的情景，便是极突出、极典型的例证。而国内一些地方打着文物开发和利用的幌子吸金捞钱，其症结亦在这里。于是，在市场经济条件下，保护文化遗产，赓续文明血脉，传承人文精神，便成为现代人必须面对和承担的义务。这当中，全面强化文物保护意识，树立正确的文化发展观，固然是当务之急；而印度考古机构为减少旅游对泰姬陵的损害而提出的控制游客流量和时间的建议，亦值得高度重视，因为它体现了一种在文物保护与使用之间，寻找并确立科学的"点"与"度"的努力。而这种努力庶几是现代人面对文化遗产，兼顾有效保护和合理使用的唯一途径。显然，这样的思考和言说承载着自觉的当下性和问题意识，因而具有从认识到实践的双重意义。

《泰姬陵》视野开阔，气象繁复，意深旨远。与这样的整体风格相呼应，作家在艺术表达上选择和使用了发散性思维与扩展性叙事。即环绕泰姬陵这一中心物象，让笔墨或由此及彼，或从点到面，或远绍近征，或斜出旁逸，作亦今亦古、亦中亦外的夹叙夹议，其纵横摇曳或鞭辟入里之间，不仅多角度、多侧面地绘制出泰姬陵和莫卧儿王朝的风度气韵，而且为作家相关的思考和识见增添了深度和魅力。这也是《泰姬陵》的卓尔不群之处，值得我们观赏和回味。

原载《中国艺术报》2018 年 9 月 10 日

探寻中华文明的深层魅力

——《走进〈敕勒歌〉》读赏

《走进〈敕勒歌〉》（《国家人文历史》2019 年第 6 期）是梅岱继《明斯克钩沉》《忘不了的泰姬陵》之后，郑重捧出的又一篇意深旨远，内涵厚重的大散文。

诚如标题所示，这篇作品以在中国文学史上流传千载，迄今仍活在人们日常文化生活中的北朝乐府民歌《敕勒歌》作为切入点，铺开叙述，构建文本。为此，作家起笔先从时代意识和个体感知出发，对《敕勒歌》进行了一番立体多面而又目光独到的品味与解读。诸如打捞它在文学乃至文化史上留下的光彩印记，阐发它的精神质感与艺术特色，辨析它的真正的作者，梳理它的语种转换直至汉语翻译……所有这些，不仅从一个较新也较深的层面，凸显了《敕勒歌》的意义与价值，而且在很大程度上揭示了文学经典之所以生成的基本要素、潜在规律，以及它可以心口相传，与记忆同行的恒久生命力和深远影响力。这时，读者又一次领悟到，对于一个国家和民族而言，包括文学创作在内的文化"软实力"的发展与积累，委实至关重要，不可或缺。

《走进〈敕勒歌〉》所承载的美的发掘与采撷是丰足的、精当的，但作家显然不想让笔墨滞留或局囿于此，而是坚持在此基础上，开启更加宏阔的历史探照和愈发深邃的精神勘察，以求把作品引入一个雄浑苍茫的艺术境界。于是，聆听着清新天然而又雄奇高旷的《敕勒歌》，我们依次走进了孕育并催生了这"慷慨歌谣"（元好问语）的敕勒族、敕勒川。

作家告诉我们：原居贝加尔湖一带的敕勒族，在东汉时进入蒙古高原的漠北草原。这个逐水草而居，以"高车"著称的民族，聪慧勤劳而又豪放刚健。面对强大的北魏政权和柔然汗国，他们有归依，有隐忍，也有抗争，但更注重在夹缝里求生存，于忧患中谋发展，从而绘制出"风吹草低见牛羊"的繁荣景象，并最终建立了英气勃发的高车国。尽管由于自身的局限，高车国连同敕勒族仅在世间存活了五十四年，但它所创造的文化，还有它拥有的战神式的英雄，却永远留在了历史的长廊里，成为中华文化基因的有机构成，同时也成为中国记忆的一部分。

如果说敕勒族的载沉载浮是一幕悲喜跌宕的传奇，那么敕勒川的历尽沧桑，就是一首波澜壮阔的史诗。且看作家的生动讲述：北依阴山，南临黄河，绵延一千两百公里的敕勒川，既是中华多元文明的源头之一，又是中华版图农耕和游牧两种文明的交汇区与分界线。正因为如此，数千年来，尤其是秦汉、南北朝和明清这三个时期，"敕勒川这块地方目睹了游牧民族与农耕民族之间的争执与冲突，更见证了二者之间的交流与融合；经历过许多大大小小的矛盾和事端，更有惠及双方百姓的和平和谐之光景。回溯中华民族多元一体的演化进程和追求一统的历史传统，敕勒川可以说是一个很好的样本"。此时此刻，作家已化身为洞晓古今的智者，一方面将敕勒川的故事娓娓道来，一方面将自己的思考和发现水中盐、花中蜜般地融入其中，进而形成丰沛的意义空间和显见的召唤性话语，期待着人们的理解、破译和阐释。

在展开对敕勒族、敕勒川的讲述时，《走进〈敕勒歌〉》很自然地涉及一个重要的历史文化问题，这就是游牧民族与农耕民族的交集、碰撞与融合。时至今日，我们理应警惕由西方殖民史学衍生的抽象绝对的文明等级论，也不必过于在意亚当·斯密把游牧和农耕两种生产和生活方式划分为两个社会层级的观点，但是，我们又必须承认，就文明的程度而言，历史上的边地与中原、游牧民族与农耕民族，确实存在某种落差。为此，前者被后者所昭示、所吸引，进而产生钦慕与向往实属必然。作家所写拓跋珪重返敕勒川，将国号由"代"改"魏"，以及"敕勒新民"归依北魏政权并与之和睦相处等，都是这种情况的反映。毋庸讳言，在丛林法则扮演历史动力的语境中，游牧民族对农耕文明的羡慕和向往，有时会被"入主中原"的欲望乃至铁马金戈的战争所置换。然而，即使如此，文明本身并没有中断。因为掌握了政权的游牧民族，同样崇尚和热爱中原文明。作家笔下，像北魏那样如日中天，已雄踞中华半壁江山的王朝，依旧坚持效法中原，融入中原，即可作如是观。这使我们不禁想起马克思的论断："野蛮的征服者总是被那些所征服的民族较高的文明所征服，这是一条永恒的历史规律。"（《不列颠在印度统治的结果》）由此可见，作家申明的"中国文化讲'道'，大一统就是中国人的大道天道"，"中华大地没有分裂，中华民族没有分离，中华文明没有断代"，分明是有理有据的不刊之论。

纵观中原文明与边地文明、农耕民族与游牧民族的交流史和演进史，也许我们无法否认大汉族主义的曾经存在，但是，我们更应该看到：就整体和本质而言，中原文明和汉民族自有一种海纳百川的大格局和天下一统的大气度。在这方面，《走进〈敕勒歌〉》同样留下了浓重而不失细致的笔墨。你看，面对呼啸而来的游牧文化，汉民族没有视若异类，盲目排拒，而是放出眼光，积极吸纳。从赵武灵王的胡服骑射到敕勒川上的"汉人胡化"，上演的正是中华文明多元一体，于融合中壮大的历史正剧。在敕勒川的苍茫大地上，农耕民族同游牧民族之间，固然可见刀光剑影，但同时也不乏理性的对话与温情的携手。如果说被作家浓墨重彩的昭君出塞，胡汉"和亲"的故事，集中反映了存活于民间的远见和大义，进而筑成民族和睦的美好意愿与永久象征；那么发生在明朝隆庆年间的"隆庆和议"，则更多传递出当政者希望"华夷一家，并生宇内"的开阔胸襟，以及"大道低回"的政治智慧，其结果是开启了汉蒙各族人民长达六十余年的和平福祉。

当《走进〈敕勒歌〉》的视线投向秦汉时的敕勒川时，秦始皇着手建造的两大工程被推向前台：蜿蜒六千公里的长城，在北方的崇山峻岭间崛起了一条雄奇的巨龙；全长七百公里的直道，实现了帝国心脏与战略要地的空前贯通。作家如此用墨，固然是为了突出拉弓搭箭这一形象化比喻，由此凸显敕勒川在秦国边防体系中的特殊性和重要性。不过在我看来，它同时还是对大秦帝国恢宏气魄、开拓风貌的不写之写，进而告诉读者：一种文明的发展，一个民族的崛起，必须首先致力于国防和基础设施的建设，必须集中力量办大事，必须努力具备经济实力与生产水平的先进性。显然，这样的画外音，既属于历史，亦烛照现实。

曾经听到这样的说法：中华文明是一种内倾性、封闭性的超稳态结构，这种结构虽然有利于国家和社会的长治久安，却也因自身缺乏动感与活力而不利于发展与创新。这类说法或许有其局部的针对性与合理性，但用它作为中华文明的本质描述，则无疑是片面和不准确的。事实上，由多民族文化聚合交流、竞相发展而成的中华文明，自有其内在的活性因子与鼎新能力，是一种动态的、多声部交响的"复调"结构。而在这一维度上，《走进〈敕勒歌〉》的相关讲述，恰好为我们提供了有力的佐证。

在中国历史上，中原和边疆民族一向存在双向流动的现象。近代以降，华夏民族更是出现了三次移民高潮，即所谓"闯关东""下南洋"和"走西口"。其中"走西口"指的是晋陕一带民众，经长城杀虎口到关外草原谋生，而出关第一站便是敕勒川。当时，数不清为生计所迫的农民，艰难地跋涉在出关路上，其命运基调自然煞是凄凉，然而其日后的结果却让人由衷欣慰——走西口的人们，把属于农耕文明的生产技术和生活方式带到草原，不但丰富了当地人的生产方式，而且逐步改变了他们的生活习俗，从而提升了整个草原的文明程度；同时，逐渐形成的亦农亦牧、农牧结合的生产方式，促进了生产力发展，使敕勒川的经济状况有效改善，物质财富不断增加，并由此催生了日趋繁荣的远距离的商贸活动。声名远播的晋商和草原丝绸之路，都在这里留下了重要节点和清晰踪迹。所有这些，正是中华民族"在路上"的尝试、采撷与收获，是中华文明在流动、变革与创新中绽放的璀璨花簇。难怪作家行文至此，会情不自禁地联想到今天正在高歌猛进的"一带一路"的伟大实践，在二者之间，我们确实听到了遥远的历史呼唤和嘹亮的时代回声。

沧桑无语，历史有情。一篇《走进〈敕勒歌〉》留下的不仅是敕勒川古往今来的传奇故事，更重要的还有中华文明的深层结构和独特魅力。

原载《文艺报》2019 年 5 月 20 日

忧患而强健的精神远行

——读雷达散文

一

翻开雷达散文，迎面而来的是一个丰富多彩的艺术世界。其中有人物印象的生动摹写，也有地域风情的精彩描绘；有生命记忆的潜心打捞，也有社会世相的多维摄照；有环绕文化焦点的辟透剖解，也有针对体育竞技的颖异感悟；有诗性勃发的叙事抒情之什，也有哲思充盈的析理辩难之制……所有这些，摇曳变幻，不拘一格，仿佛在诠释作家曾有的"夫子自道"："我写散文，完全是缘情而起，随兴所至，兴来弄笔，兴未尽而笔已歇，没有什么宏远目标，也没有什么刻意追求……我写散文，创作的因素较弱，倾吐的欲望很强，如与友人雪夜盘膝对谈，如给情人写的信札，如郁闷日久、忽然冲喉而出的歌声，因而顾不上推敲，有时还把自己性格的弱点一并暴露了。"（《我心目中的好散文》）

雷达散文在很大程度上保持了生活的繁复性、艺术的率真性以及作家主体的随机感与自由感，却不见同类追求之下常常难以避免的内容或风格上的散漫、杂芜和琐碎。这里起到化合与统摄作用的，是一种强大的生命磁场与浓郁的心灵色调，二者互为条件，不仅为多姿多彩的散文世界注入了"血管里流的总是血"的整体感，而且十分清晰地凸显了作家高度个性化的文化面影——置身于充塞着物质化、商品化和功利化的消费时代，他不时感到有困惑、怀疑和悲哀来袭，却始终不情愿让这些统治内心，更不承认它们天经地义。为此，他将忧患的思绪化作遒劲的笔力，叩问历史与现实，对话社会与人生，力求以饱含哲思与激情的审美化言说，实现精神自救，同时为喧嚣扰攘的物化世界，留下一片可以安置心灵的绿洲——这庶几就是作为散文家的雷达。

二

作为中国改革和巨变的亲历者与见证者，雷达从不否认现代化进程带来的社会进步与民众福祉，但也从不把眼前的一切理想化、完美化、绝对化。在他看来，历史的现代化进程，具有明显的两面性。它所产生的空前强大的物质力量在给人以舒适和便利的同时，也会造成对人的挤压。而这种挤压通常表现为一种全方位的"缩略"形态。正如作家在《缩略时代》一文中所写："缩略乃时代潮流使然，其中不乏积极因素，但从根本上说，所谓缩略，就是把一切尽快转化为物，转化为钱，转化为欲，转化为形式，直奔功利目的。缩略的标准是物质的而非精神的，是功利的而非审美的，是形式的而非内涵的。缩略之所以能够实现，其秘诀在于把精神的水分一点点挤出去……于是，我们想起了'物的世界的增值，同人的世界的贬值成正比'这句话。"

显然是为了抵制和反拨几成潮流的物对人的"缩略"，雷达散文每每将视线投向现代人的生存状态与精神图景，努力揭示其中的繁复、亮丽与斑驳。《乘沙漠车记》透过作家身临其境的观察体验，描述了沙漠石油勘探鲜为人知的艰难情境，凸显了石油建设者使命中或者说宿命里的悲壮，以及构成这种悲壮的忘我的拼搏与奉献精神。《秋实凝香》聚焦辽东桓仁县女医生李秋实。她身上熠耀的善良、仁爱、敬业、无私，不仅赓续了传统的道德之美，而且告诉人们：即使在物欲膨胀的商品时代，高尚的人格与人性，依然是珍贵的、不可或缺的存在，依然拥有巨大的精神感召力量。《行走的哲人》将由衷的激赏送给了孤身徒步走西藏的余纯顺。而之所以如此，则是因为作家从这位"哲人"身上，发现了物化时代难能可贵的人道关怀和慈悲心肠，以及他对自然人化和人化自然的执着追求。《辨赝》《摩罗街》取材于作家的文物收藏经历，而其中最让人过目难忘的，便是人性在物欲中的沉沦或升华，即一种出现于不同时空的或利欲熏心，或大美卓然的社会风景。这种无意中生成的不比之比，将作家激浊扬清的济世情怀表现得生动而剀切。

对于现代人的生存状态和精神图景，雷达散文敏于发现，亦精于描摹，但不曾满足和滞留于此，而是在此基础上，注重发挥作家同时又是学者的优势，让思想和学养恰当适时地进入经验或现象世界，展开由知性引领的联想与阐发，就中完成更见深度的意旨表达。请读《尔羊来思》。该篇由朋友馈赠的"百羊交泰"篆刻起笔，旋即过渡到中国文化传统赋予羊的美善性情。接下来在"羊性"与人性之间展开生存与伦理的回忆与思考，就中指出"文明愈发达，人性愈复杂"，人类的疾病时常伴随文明而生的严峻事实。最后则引入马克思所说的人的自由发展和人性复归的观点，呼唤人类在获得物质极大丰富的同时，实现精神的极大完美，即人性在更高螺旋上的由浑浊而清澈，由复杂而单纯。这时，一种理想健康的人性发展观，呈现在读者面前。《化石玄想录》讲述了"我"对化石的由衷喜爱和由此产生的一连串遐想：许多翩若惊鸿、矫若游龙的动物，为什么会在一瞬间成为永恒的雕像？这当中除了物种进化的原因，恐怕更多是大自然灾变的结果。而面对自然界的种种变化，动物并非被动无为，听天由命，而是物竞天择，新陈代谢。动物如此，人类何为？尊重客观规律，善待世间生灵，强化自身素质，才是正确的选择。显然，诸如此类的思索关联着现代人生存与发展的宏大主题，是作家与时代和现实的深入对话，因而很值得我们仔细咀嚼与回味。

三

在谛视和发掘现代人生存状态与心灵图景的过程中，雷达始终敞开着内心，袒露着灵魂。也就是说，他把自己的精神思考、情感起伏和意识流动，包括其中的迷惘、纠结与焦虑，等等，统统当成了审视和表现的对象，不加掩饰地端给了读者，从而使作品具有一种真诚的、在自省中省人的艺术力量。

不妨一读《还乡》。这篇记述作家回乡见闻的作品，自然而然地写到了家乡和家乡人在历史进程中的某些变化。不过，所有这些变化在作家眼里，却有些喜忧参半：物质生活已经向好，自然环境却不容乐观；侄女在人生路上的"不安分"，透显出农民观念和命运的双重改观，而侄子在官场的情绪起伏，却意味着强悍本色的最终丢失；乡音和柴火味令

"我"感到亲切，只是这亲切里又分明掺杂了生疏与隔膜。唯其如此，作家一时说不清这次还乡，"究竟是失望，还是充实"。《天上的扎尕那》记述了作家神往已久的扎尕那之行。然而，一旦身临其境，"我"却陷入了深深的矛盾之中：偏远的扎尕那美如天界，令人沉醉。出于保护这人间美景的考虑，"我"不希望它像许多已经开发的风景区那样，名传遐迩和游人如织。可一旦如此，这穷困的边地又该怎样走向富裕？这确实是一个难以两全的难题。《我们为什么读书》是一篇读书随笔。在谈到当下司空见惯的功利阅读时，作家不惜现身说法："一卷在握，正襟危坐，每个细胞都很紧张，为的是在最短时间里抓住一些要领，形成一个评论的框架。所谓艺术的直觉，沉醉自失，含英咀华，都谈不上了。我读得专注，读得累，可就是没有发自深心的感动。这不能不说是读书的异化。"而读书的异化说到底，还是人的异化。此时此刻，作家端的是推心置腹，忧思深远。

也有一些时候，雷达的内心世界是在相对安静自适的情况下，以沉思的方式和从容的笔调展开的，是一种带有较浓的形而上色彩的意识流动，其基本主题则是解读精神现象、探索生命奥秘。譬如：《论尴尬》由人生之尴尬想开来，既梳理其语义转换，又勾勒其场景变化，进而发现："尴尬是人的不自由状态的自然流露，是消灭不掉的……只要我们不矫情，不造作，抛弃虚伪的遮饰，敢于直面自己的灵魂，也就敢于坦荡地面对尴尬了。"可谓要言不烦，切中肯綮。《说运气》是"我"对运气的认识和理解：运气这东西看似神秘，其实不过是主客体的一次奇妙的、充满无数可能性的、出人意料的遇合。因此，对于每一个人来说，与其做命运的奴仆，不如忘掉运气，我行我素，在自由创造中接近运气的最大可能性。显然，这是更为积极和睿智的人生态度。《生命与时间随想（18章）》荟萃作家日常生活的片段思绪，其话题大都直抵现代人的心理症结或精神困境，而由此展开的作家的内心独白不仅烛幽发微，别开生面，而且每每衔接着一个时代的思想乃至理论前沿。于是，我们在收获作品醍醐灌顶般的心灵启迪的同时，领略到作家难能可贵的清醒、敏锐与深刻。

四

对于现代生活和现代人，雷达的观察是持久而细致的。某一天，他突然发现："人为了生存、舒适而改造自然，可真的舒适起来，就又损伤了它本身这个自然……意志软化了，野性驯服了，耐力减弱了，蛮魄消解了，卧在病床上的现代人终于恍然大悟，他的一切努力似乎只是在为自己建造一座精美的囚笼，编织一条柔软的绞索。"（《为自己建造囚笼的现代人》）

应该是对现代人生命与生存悖谬的积极反拨，雷达散文开始自觉营造另一种精神向度：呼唤强健体魄，崇尚激扬人生。请看《冬泳》。该篇围绕作家与冬泳的一段缘分，以饱满酣畅的笔墨，极富感染力地写出了"我"搏击冰水，对抗寒潮，外冷内热，体痛心畅的奇特感受，以及"我"在一个天人合一的环境中，冲破精神闷局，享受心灵自由的愉悦情形。同时又将作家有关冬泳可以磨炼意志，净化心灵，澡雪精神，进而唤醒人类原始御寒本能的哲思穿插其间。这使得通篇文字蒸腾起坚忍勃发、急流勇进之美，读罢让人身心为之一振。《足球与人生感悟》是雷达的名篇。该文虽以观赏世界杯足球赛破题，但作家的目光和思绪早已从绿茵场转向人生的广阔疆域。于是，我们看到：喀麦隆队的胜利是斯巴达精神的复活；马拉多纳的眼泪里包含了被名声所困的委屈；米拉和斯基拉奇截然相反的球风，划清了自由与功利的界限；弱势球队的崛起和替补队员的惊艳，则意味着竞争的诡谲与机遇的可贵……所有这些归结到一起，庶几昭示人们：一个民族要想在历史的长河里不断发展前行，就必须保持从体魄到精神的刚毅坚卓，一往无前，正所谓"天行健，君子以自强不息"。此外，《无可逃遁的反思》《旦夕祸福论》《多一些狼气和虎气》等系列随笔，锁定的都是体育活动，但关注的还是人的心理、意志、状态、气势，弘扬的仍是强悍的体魄与勇猛的精气神，是一种强力超拔之美。联系现代社会出现的人越来越慵懒、娇贵和脆弱的现象，雷达的这种努力自有无法忽视的积极意义。

五

    雷达出生于甘肃天水，在兰州长大并接受系统教育，是地道的西北人。正像许多散文家在创作中都会频繁调动有关故乡的人生储备一样，雷达散文中亦每每活跃着中国西部特有的地理标识、文化基调与精神底色。可以这样说，对西部大地的无限眷恋、细致打量和泼墨书写，构成了雷达散文的突出特征。

    先看《皋兰夜语》。该文旨在为西部名城兰州立传，其锁定的中心意象是静卧千年、俯瞰全城的皋兰山。围绕这个意象，作家一方面回溯过往，将多种记忆、史实与学养，整合为摇曳而浑厚的叙事，勾勒出历史上兰州曾有的集强悍与保守、坚韧与封闭、叛逆性与非理性于一身的矛盾性格；一方面立足现实，透过皋兰山顶建起公园，以及"我"和朋友们居高临下夜观灯海的写意性描述，象征性地展现了新时期的兰州，打破闭锁，锐意变革，努力汇入大时代的情景。这时，通篇作品呈显出梳理和打通兰州精神与文化脉络的主题，进而提示人们：一切变革都离不开传统的铺垫与滋养，都必须经历对传统的改造和扬弃，变革只有实现对传统的有机性衔接和创造性赓续，超越和进步才成为可能。

    《听秦腔》以秦腔为文眼。其跌宕起伏的讲述，不仅活现了秦腔牵人心魂的"苍凉悲慨"，以及"我"和无数西北人对秦腔渗入血脉的酷爱；而且将秦腔和秦腔之爱的心灵化、社会化过程同大西北的地理与历史结构，以及西北人的情感与伦理方式，紧密地联系在一起。正因为如此，一篇《听秦腔》所揭示的，便不单单是一个剧种历久不衰的奥秘，同时还有包括优势和局限在内的整个西部文化的当代生态及其未来走向。显然，这样的作品并不缺少与现实生活的对话关系。

    天水地界上的新阳镇是渭河上游的古镇和名镇，也是雷达严格意义上的家乡。以镇名为篇名的力作《新阳镇》，便是作家透过岁月烟尘朝着家乡的深情回望。应该是得益于记忆与经验的厚积薄发，这篇作品将家乡的山川形胜、自然物产、历史沿革、文化习俗等，描述得多彩多姿，曲折有致。其中以简约有力的笔墨勾勒出的大嫂谢巧娣的形象，更是丰满真切，感人至深。她身上特有的那种刚强、坚韧、泼辣、豁达、敢踢敢咬和不畏强势，无疑是粗粝而艰难的西部生存留给她的性格印记。而一篇《新阳镇》则不啻一卷西部古镇的风情画。

还有《多年以前》《黄河远上》《费家营》《凉州曲》《走宁夏》……它们将雷达的目光和思绪，一次次拉回苍茫浑厚的西部大地，拉回这片大地上的山山水水，万物苍生。所有这些与作家个人经历血肉相连，但又不是"纯粹的个人化"记忆，而是让那一片片丰饶的记忆沃土，开满了社会心理、民间传说、历史事件、地域风味、时代氛围的花朵，它们交织在一起，分明构成了甘肃乃至整个西部的风俗史和精神发展史。唯其如此，对于雷达来说，西部书写已不再仅仅是一种题材的选择或意象的熔铸，也不单单是一种乡恋的表达和乡愁的寄托，而是明显承载了现代人精神还乡和心灵充氧的意义——当作家常年奔波于都市的喧嚣，发现物欲的侵蚀已经使心灵变得苍白羸弱的时候，便禁不住一次次情牵桑梓，神驰故园，就中梳理生命根系，寻找精神资源，实施灵魂保健。显然，在作家的意识或潜意识里，传统而质朴的以前现代为基本形态的西部生活，包含了许多具有恒久价值的东西，它值得现代人深入省察、仔细回味以致常读常新。

六

雷达散文看重思想文化视角，却不曾因此就忽略社会历史维度。事实上，从20世纪80年代的《王府大街64号》到20世纪90年代的《依奇克里克》，再到近年来陆续刊发于《作家》杂志的"西北往事"系列，进行历史的审视与反思，一直是雷达散文的一个重要主题。值得注意的是，同样是审视和反思历史，雷达散文依旧有着属于自己的价值取向和审美特点，这主要表现在两个方面：

首先，区别于某些反思性作品较多罗列社会现象的习惯，雷达散文的历史反思重在进行灵魂的审视与人性的拷问，努力强化作品的"人学"含量。如《王府大街64号》打开了作家的"文革"记忆，其中的文字固然涉及田汉等诸多文艺名家惨遭批斗凌辱的灾难性场景，但真正让作家耿耿难忘和心灵不安的，却是藏在这灾难性场景纵深处，长期未能彻底清算的一些人的精神阴影与心理暗疾，是民族根性中负面的"集体无意识"，这是种更让人担忧的存在。《黄河远上》《费家营》讲述了雷达 20 世纪 50 年代在兰州读小学和中学时的情景。其中透过"我"的目光和经历，牵引出若干老师、同学以及相关人物。这些人物有着不同的状貌、行为和命运，但同时又仿佛承载了来自作家的某种问询：他们为什么会有这样的行为与命运？如此行为和命运的背后又蛰伏了怎样的社会因子、心理动机或情感逻辑？对于这些问题，作家没有给出更多的主观解析，而是将答案留给了读者。事实上，正是这种有意或无意地"留白"，将作品的人性勘察引向了深入。

当然，雷达散文有时也会直接面对历史上曾经发生的闹剧或悲剧。不过即使在这种情况下，作家的笔墨也没有陷入绝望，更不曾带有"戾气"，而是坚持从历史的本真与本相出发，在正视其扭曲与病痛的前提下，悉心发掘其并存的生活亮色和人性暖意，这是雷达散文反思历史的又一特点。譬如，《依奇克里克》沿着一座油矿的废墟走进岁月深处，打捞出十年浩劫中的生活奇观：外边是狂热的革命风暴，这里是艰苦的夺油会战；墙上贴着阶级斗争的标语，但真正的兴奋点却是油井出油；晚间也有批斗会，只是发言过后，被批斗的领导照样安排明天的生产……如此反差巨大的镜头对接，让人心绪复杂，感慨万千。难怪连作家都要发问："依奇克里克，面对历史，你究竟是耻辱的象征，还是光荣的大旗？"同样的追求在《梦回祁连》里表现得越发充分，也越发圆融。这篇作品激活了作家在读大四时被编入工作队，到老君山下参加"社教"的一段经历。其笔墨行进间，固然涉及那个时代和那片土地上极度贫瘠的物质与精神生活，以及异常畸形的政治氛围，但最终活起来的却正如作家所说："是隔着历史烟尘的各种亲切的面影，是那个久远年代里，人性的淳朴与异常，残酷与美丽。"其中少女环子那清纯、善良而略带野性的形象，以"把美好的东西毁灭给人看"（鲁迅）的浓重的悲剧基调，让人扼腕叹息，过目难忘。应当看到，这种在苦难中淘洗人性光华的成功实践，不仅有效地强化了作品的生活真实感，而且显示出作家从整体上把握历史与现实的能力。

七

有读者反映，雷达散文"好看"——行文转折自然，叙述引人入胜，好像每篇作品都生动摹写了一段生活流程，都是一气呵成似的。这固然不错，只是穿过其质朴无华浑然天成的外表，将会发现，雷达散文其实包含了卓荦的艺术匠心，"好看"，恰恰是作家苦心经营的结果。

雷达散文构思自由灵活，体式新颖多变，叙事不拘一格，不少作品堪称形神互惠，随物赋形。如《重读云南》是作家对云南的重新"发现"和整体写意。其行文一改常见的由风物民俗入手的套路，而借来前人形容云南的"倒挈天下"作为纲目，在阔大辽远的中华版图上，斜出旁逸，纵横捭阖，展开历史与地理的宏观挥洒，其结果不仅酿成了作品跌宕恣肆、雄健奇崛的风度，而且成功彰显了云南的文明地位与文化个性。《黄河远上》以兰州战役先声夺人，随即进入"我"的少年视线，即通过作者上学路上所经过的一个个"点"，牵出一件件往事，演绎历史风景，揭示心路历程。《味外之味》让文思顺着舌尖上的味道作层层递进：先介绍"我"由衷喜欢的西部饮食，然后从西部饮食谈到江南菜肴。由西部饮食和江南菜肴的差异，谈到文化含量的多寡与文明程度的高下。从江南菜系不断推出的新菜品、新口感和新味道，谈到人的想象力和创造力，直至万物流变与传统更新。从舌尖之美谈到地域文化，再谈到生命质量。于是，品味美食的美文果然有了"味外之味"，而作品本身亦呈现出起伏跌宕之美。

同时，雷达散文又很注重谋篇布局的层次感和曲折美。如《新阳镇》以一条渭河贯穿全篇。由于这条河曾是秦国乃至中华民族农耕文明最早的发祥地，所以作者下笔精细而富有情致，渭河两岸的灌溉、纺织、节庆、人文，依次跃然纸间，最后以一个人格化的象征，渭河边上的坚强女性——大嫂的形象作总束，可谓豹尾一甩，精神全出。《皋兰夜语》围绕皋兰山与黄河展开叙述，写"山与河的较劲"，融入大量历史文化细节，最后以登上山顶看夜景结束全文，同样有万取一收、余音袅袅之妙。《梦回祁连》是一篇不可多得的力作。作家以"我"、环子、工作组长老刘、"坏分子"郝得全等几个特色人物，支撑起一个骨架，调动多种手法，丰满而有趣地写出了历史上难忘的一页，以及活在其中的人性的美丽与残酷。整篇作品苍凉浩阔，凄婉沉郁。

雷达散文的语言是偏于传统的。作家没有年轻一代的俏皮、犀利、华美、反讽，也没有被余光中所批评的"中文西化"式的生涩拗口，他的语言简洁，精炼，有质感，有力度，无论叙述还是描写，都极富逼真性和现场感。他的词语明显受中国古典文学的影响，笔墨之间，时有《聊斋志异》和《唐代传奇》式的风度。

显然与作家长期从事文学研究与评论相关，雷达散文具有比较明显的理趣之美。而这种美质的形成，明显得益于作家思维方式的一大优长：善于围绕一些复杂现象或疑难问题，展开发散性思考，通过多维互动式分析和两极扩展型探究，努力酿造行文的辩证性风度乃至悖论式效果。不妨来看《假如曹雪芹有稿费》。该文以中国古典文学巅峰之作的生成为切口，来谈现代社会艺术与金钱的种种夹缠：艺术在本质上具有神性，它与存在、本体、永恒一脉相通，而同金钱、功利无缘；然而，艺术家置身于现代社会，又必须直面生存的需要，因而也必须接受金钱的制约。在艺术创作中，艺术家只有驱逐了金钱的重压，精神才能飞扬。但现代人驱逐钱魔，就像驱逐自己的影子一样困难，其中一个重要原因，就是作品中的商品化成分大大加重了。正因为如此，作家认为，现代作家"怀着比古代人更发达的七情六欲，注定了要在物质与精神的二律背反中忍受更大的煎熬。这是他们与生俱来的悲哀。然而，他们的存在困境又正是他们的优势所在。如果他们坚持不让物欲主宰心灵，并且深刻地写出了人们挣不脱物欲的痛苦和反抗物欲的勇气，他们就展现出古代作家不曾有过的现代魅力，就在通往终极关怀和人的自由的永恒之路上做出了卓越贡献"。洵可谓峰回路转，柳暗花明，而作品的魅力恰在其思辨转折之中。与该文异曲同工的篇章，至少还有《论疼痛》《论牢骚》《我们还需要文学吗》等。

雷达散文有一种刚健之风，不过细细品味又会发现，这种刚健之风并非是单一的存在，有的时候，它分明被一种悲凉之气所裹挟，所压倒。这时，我们听到了作家真诚而顽强的心灵告白："当我奔波在还乡的土路上，当我观看世界杯足球赛熬过一个深宵，当我跳入刺骨的冰水，当我踏进域外的教堂，当我伫立在皋兰山之巅仰观满天星斗，当我的耳畔回荡着悲凉慷慨的秦腔，我便是在用我的生命与冷漠而喧嚣的存在肉搏，多么希望体验人性复归的满溢境界。可惜，这只是一种痴念。优美的瞬间转眼消失，剩下的是我和一个广大的物化世界。"（《我心目中的好

散文》)

　　必须承认，雷达这种充满悲剧意味的内心感受，并非仅仅属于作家本人，而是在很大程度上构成了一个时代的精神投影，唯其如此，它具有足够的启迪心智、砥砺灵魂的力量——这庶几是雷达散文的核心价值和终极意义。

　　原载《作家》2017 年第 8 期，部分内容以《浸入生命的忧思与美感》为题，载《文艺报》2017 年 7 月 28 日，并作为雷达散文集《黄河远上》的序言

忧乐总系苍生梦

——读王巨才"退忧室"系列散文

《退忧室散记》和《退忧室散集》（作家出版社）是王巨才继《退忧室散稿》之后，于近年来相继出版的两本著作。这两本著作主要收录散文作品，构成了作家迄今为止比较完整的散文系列。

翻开巨才的散文，迎面扑来的是一种浓郁的时代氛围和强烈的生活气息，一种契合着历史大势和社会走向的艺术图景与审美风度。它使我们想起一些由来已久而又历久弥新的文学命题："文章合为时而著，歌诗合为事而作。""凡一代有一代之文学。"改革开放以来，我们国家正经历着一个划时代的转型与发展过程。这个过程所催生的史无前例的社会实践，以及由此带来的举国上下的沧桑巨变，充分体现了人民的创造智慧和历史的发展进步，也有力推动着实现中华民族伟大复兴的伟大梦想，因此，它理应获得文学的高度关注和作家的浓墨重彩。然而，一段时间以来，由于某些消极经验和模糊观念的影响，一些作家对近距离审视和表现时代，缺乏正确的态度和足够的热情，以致使笔下作品不仅失去了火热的现实生活的滋养，而且最终放弃了文学烛照时代的责任。正是在这种情境下，巨才和他的散文创作呈现出清醒、坚定、难能可贵的价值追求。多年来，作家怀着对党和人民事业的一腔爱恋，不辞辛劳地跋涉在祖国大地上，进行田野调查式的采风与踏访，每有发现，即泄笔为文，从而为文坛增添了一系列与时俱进、为事而歌的精彩篇章。

请看《哦，恩施》。在这篇作品中，作家以恩施土家族苗族自治州为聚焦点，一方面让"我"的目光和感受自由驰骋，就中凸显了鄂西一隅的物宝天华，风土人情；一方面将"我"的视角与当地几位领导干部的记忆相衔接，通过转述和引录，真实再现了当年胡耀邦同志到恩施考察调研的情景。而《品读番禺》将视线对准了地处改革开放前沿的广东番禺：这里有"历史"的深远与厚重，但更多的是"现代"的辉煌与惊艳——交通的改善，产业的飞跃，经济的崛起，观念的提升。凡此种种，交织成中国改革开放的缩影和民族腾飞的实证。此外如《扬州思维》《宁波二题》《沂蒙行》《这一方水土》等篇，或写人，或记事；或工笔，或泼墨，都透过"我"的耳闻目睹和感同身受，真切地传递出历史前行的风生水起与波澜壮阔，从而完成了对一个时代笔酣墨饱的传神写照。

在江山行走、大地撷英的过程中，巨才很自然地写到了曾经养育和成就了自己的一方热土——革命圣地陕北和延安。每当这时，作家总是禁不住情潮涌动，思绪翩飞，而笔下文字亦随之出神入化，流光溢彩，屡见言近旨远的妙处。譬如，在《父老乡亲》里，作家借一位老人之口，追述了当年马文瑞同志乔装进入任家砭开展革命工作的情景。生动的细节和起伏的过程，不仅折射出民众的心碑，而且浸入了作家虔诚的景仰和不尽的缅怀，是作家对革命传统的深情回眸。《唱吧，二妮》的主人公，是沿着"星光大道"走上歌坛的草根歌手。对于这位陕北小老乡经过奋斗取得的成功，作家给予了由衷赞美和热情激赏。而这种赞美和激赏又分明包含着太多的社会内容——农民的命运改观，家乡的人才辈出，时代的有容乃大，因而不啻为社会进步的悠扬回声。《沉重的负债》写了作家与养母和生母的奇特亲缘，其中无论是"我"对两位母亲的难以言表的感念，抑或是两位母亲对"我"方式不同的慈爱，都极为真切而深挚，委婉而含蓄，让人联想到黄土地上特有的质朴与凝重。而《家在瓦窑堡》《回陕北》《老家的年味》等篇，更是借助作家一次次回乡时的见闻与感知，展现了今日老区的崭新风貌。那一个个春意盎然、活色生香的场景和画面，因为同时充盈着作家的乡土深情和共产党人的天下大爱，而别有一种强大吸引力与感染力。

巨才的散文闪耀着时代的华彩，回荡着生活的壮歌，贻人以奋发向上的力量，不过，所有这些在作家那里，并不是单一和孤立的存在，与之相伴随的，常常还有另一种色调和声音，这就是富有责任感与使命感的作家，因看到某些社会弊端和不良现象而生出的强烈的内心焦虑，即一种渊源有自而又挥之不去的忧患意识——从孟子的"乐以天下，忧以天下"，到范仲淹的"先天下之忧而忧，后天下之乐而乐"，一向是巨才崇仰并用以自勉的精神品格。为此，他将自己的书房冠以"退忧室"的名号。也正是在这一意义上，"进亦忧，退亦忧"，以天下忧乐为己任，成为巨才笔下不时呈现的心灵原色。不是吗？《一往深情》以十分欣喜的笔调，书写了广西田东县领导机关艰苦奋斗、勤政为民的模范事迹，但真正构成作品"文眼"的，却分明是县委书记所讲的那个引导干部防微杜渐、清廉自守的寓言故事。它是"人物"的为官箴言，又何尝不是作家的苦心所在？《孝子峰随想》由西岳华山与神话故事的联系说开去，通过捡拾作家当年的看戏记忆，首先肯定了民间自有健康向善的审美趣味，然后笔锋一转，严厉批评了当下文艺创作存在的种种不接地气的现象，并指出了改变这种现象的正确途径。于是，作家的精神忧思、文化识见跃然纸间。在这一维度上，最能体现作家拳拳之心和殷殷之情的，当属力作《回望延安》。按照作家的说法，这篇作品关注的是战争风云之外的"历史散叶"。只是细读之后即可发现，它散叶不散，其基本主题只有一个，这就是：真实描述老一辈无产阶级革命家宵衣旰食、穷且益坚、严于律己、密切联系群众的优良作风，以及相互之间的真诚关爱，彼此敬重，同心同德，共度时艰，从而启迪和警示社会主义事业的后来者。正如作家那意味深长的卒章显志："毋忘延安，毋忘老区。毋忘那些卓立奋发的红色岁月。忘记，意味着背叛。"显然，此种忧患意识的在场，使得巨才的散文世界因有"复调"而趋于深沉。

　　巨才的散文创作高扬价值追求的主旋律与正能量，但却没有因此就忽略艺术表现的精粹、完美与陌生化。在这方面，作家始终以取法乎上、一丝不苟的态度，进行着持久不懈的追求，使笔下的散文世界进入了较高的审美层次。取材于闽地风景的《上清溪记》，视角变幻，笔墨摇曳，且有作家的灵思妙悟贯穿其间，因此，有限的篇幅就活现了一片山水。《遍地莲花》借莲花写石城，其亦花亦人、物我双会的手法，把莲乡之美和石城人对美好事物与高洁品格的向往，表现得笔酣墨饱，光彩夺目。《泰州去来说胡瑗》可归入历史文化散文一类，但作家为文时自觉避开这类文章每见的引证过多的毛病，而代之以在异乡邂逅同乡先贤，以及后来寻找其历史踪迹的生动过程，从而赋予作品一种柳暗花明、曲折有致的美学效果。另如《大洼红了》《坝上的云》等篇，或以构思新奇见长，或以状物生动取胜，均颇见作家的锦心绣口，堪称风姿卓然的美文。

纵观当今散文领域，反映时代变革和表现民族情感的创作取向不断强化，但一些远离现实、思想贫弱、矫揉造作、孤芳自赏的浅俗之作也屡有所见。面对民族振兴的伟大事业，散文如何更好地承担起激扬正气、凝聚人心、推动社会文明进步的光荣使命，是需要认真思考和长期解决的问题。在此过程中，巨才的散文实践，显然能给我们提供有益的启示。

原载《人民日报》2014 年 7 月 8 日

人生如诗也如歌

——读《高洪波文集·散文随笔卷》

高洪波是活跃于当代文坛的多面手。从新时期到 21 世纪，他沉潜其间且卓有成就的文学门类，至少包括诗歌、散文、随笔、杂文、儿童文学、文学评论等。作为高洪波的文友，我对他的创作情况是比较熟悉的，多年来，曾陆续读过他为数不少的各类作品，且不止一次将所感所悟披露于报刊。正因为如此，当近日收到安徽文艺出版社惠赠的八卷本、皇皇四百万言的《高洪波文集》时，我除了阅读上的温故知新和拾遗补阙外，想得更多的是一个由博而约、提纲挈领的问题，这就是：高洪波全部的创作实践给中国当代文学注入了哪些新的东西？它所呈现的个性鲜明的文学世界有着怎样的特殊意义？

几乎与共和国年轮一起成长的高洪波，在走出校门、告别军营之后，于新时期初年进入文学界工作，并旋即翻开了具有职业特点的多样式、多门类文学写作的新一页，直至成为今天著作等身、声名远播的文坛骁将。统观高洪波的创作历程与文学实绩，穿行其间和光照其内的自有植根于特定社会历史土壤，且迄今仍保持着强大生命力的诸种精神元素，如理想主义、现实主义、爱国主义、集体主义，等等。而当所有这些溶盐于水般地浸入诗歌的韵律、散文的灵性，以及一系列生动鲜活的成人与儿童文学形象，并构成其核心价值观念时，作家笔下的艺术境界不仅明显具有了丰赡、亮丽与开阔的特点，而且很自然地同整整一代人的心灵走向和一个时代的发展轨迹联系在了一起，从而平生出为民族传神、为世纪留影的重要价值。

高洪波的文学创作呼应着历史的跫音与民族的脉跳，但是却没有因此就抑制主体的彰显或个性的高扬，事实上，高洪波毕竟是高洪波——

作为出生之地和童年摇篮的科尔沁草原，早在他的天性里植入了阳光、聪睿与浪漫的基因。而红色家庭相对优越的成长环境和绿色军营勃发向上的生活氛围，不仅使这种天性得以健康顺遂的发展，而且为其增添了乐观、热忱、刚劲、奔放的元素。接下来，这一切有幸同新时期清明、开放、宽松的历史条件和文化气候相遇，并在如此背景之下，饱经了生活的洗礼，畅饮了艺术的滋养，最终伴随着旺盛的精神创造力，生成了跅踔不羁的文学气质和独具魅力的审美风度。于是，我们在当代文坛上看到了高洪波之所以为高洪波的根本标识。

譬如，同样是持守着唯物论和反映论的哲学立场，并执着于文学对生活和现实的能动性介入，高洪波不像同时代的许多作家那样，主要致力于社会全景、当下现实或历史细节的再现性描绘，而是更喜欢将艺术瞳孔对准作为社会和历史主体的人——包括自己和自己之外的种种个人——着重呈现不同的生命主体在不同的历史条件下和生活环境中，所具有的不同的精神风貌与心路历程，尽可能地展示其内在的个体性、独异性与丰富性。在高洪波笔下，无论诗歌还是散文，无论成人文学还是儿童文学，灵动鲜活的人物形象（在童话作品里则常常幻化为动物形象）和真诚强大的抒情主体，特别是他们（当然也包括自己）多姿多彩、各自不同的性情世界，永远占据着作品的核心地位，是其艺术成就的集中体现，也是其精神散射与魅力感染的关键所在。庶几可以这样说：主体性、抒情性和内向性，构成了高洪波文学世界最直观和最突出的审美特征。而这种特征之所以形成，固然与作家下笔多使用诗歌和散文这类便于主体表达的文学体裁相关，但起决定作用的恐怕还是作家那一腔源于生活的机敏睿智而又丰沛勃发的主体情怀，是它让作家无形中把诗歌和散文当成了与生活、与他人对话的理想通道，同时又很自然地化为自己以文学立身和入世的基本姿态。

毋庸讳言，在当代文学开阔的时空里，把诗歌和散文当作主要载体，努力营造以主体性和抒情性见长的文学世界，这并非是高洪波的首创和专属，相反，经过新时期之初有关文学主体性的讨论和倡导，它早已成为不少作家文学之旅的共同选择。只是必须指出的是：即使在这共同选择的维度上，高洪波的文学创作依然不甘心做流行的附庸和众数的趋随，而是继续保持了属于自己的鲜明而突出的艺术个性。不是吗？在向着生活和读者敞开心扉的过程中，高洪波固然不曾回避对思想的推许和对道义的承担，也没有忽视文学表达所珍视的风云气与忧患感，只是在更多的时候和更常见的情况下，他却情愿将硬朗刚健的笔墨，指向内心那充盈着乐观、旷达、风趣以及潇洒和柔润的地带，就中凸显生命自身的余裕、舒展和美丽。你看作家的诗歌，其笔起墨落，时而怀古，时而咏今；时而九州览胜，时而域外撷英；时而赠答唱和，时而自抒款曲，但跳荡其间和引领其上的，总是一颗澄澈颖异、兴致盎然的诗心，它向你传递着人生的大快乐、大智慧与大悲悯。再看作家的散文和杂文，那清新明丽而又率意不羁的文字，或谈天说地，或借古论今，或打捞岁月况味，或捕捉心灵风景，或勾勒雅人深致，或点染智水仁山，均堪称从容睿智，博雅诙谐，颇见胸襟之阔与性灵之美。其中特别是那些谈收藏、说寻宝、鉴文物、品书画的篇章，如《玉缘》《挂花》《印考》《书斋石》《墨趣与砚韵》《史树青先生二三事》《感受黄庭坚》等，更是真意扑面，妙趣横生，令人心驰神往而又心醉神迷。作家这种对生命情趣的向往和对生活快意的追求，理所当然而又水到渠成地贯穿到了他的儿童文学创作中。翻开他的童话作品和儿童诗歌、散文、小说，但见小咪、丫丫、叶叶、板凳狗、不不兔、大耳朵聪聪、戴墨镜的小鹿、骄傲的狗熊们，天性流溢，生趣无限，喷洒出由衷的快乐、调皮、纯真、幽默，以及充足的游戏精神和神奇的想象力。而所有这些说到底是作家与之相对应的心灵风景的天然外化，是他一颗赤子之心无法掩饰的艺术升华。至此，我们终于领略了高洪波文学创作的异数与神髓所在，即一种源自生命而又浑然天成的诗性建构，一种立足于现实世界而又通向审美理想的精神攀缘与艺术超越。

应当看到，在"五四"以来中国新文学源流发展沿革的过程中，像高洪波这样带有明显的写意性、趣味性乃至唯美性的创作风格与取向，虽然不是一种主流和强势的存在，但也绝非是无源之水、无本之木。面对它的文采风流，我们会禁不住想起20世纪上半页由梁启超最先提出，接下来被朱光潜、丰子恺、宗白华诸位赓续与光大的"生活艺术化"和"人生艺术化"的主张。如果说这种于责任中求趣味，于入世中祛功利，最终实现人性净化和人格提升的主张，在内忧外患的战争岁月和疾风骤雨的斗争年代，因为缺乏起码的环境支持和必要的社会氛围，而只能落入小众化和边缘化的境地，那么，到了社会发展和生活安定的新时期，它经过张中行、汪曾祺、贾平凹等人的努力，已经转化为别具韵致且颇受推崇的文学实践。相比之下，高洪波的创作虽然自有其独异和"破体"之处，但从大的审美路向看，则无疑属于意趣相近的同行者，是他们当中极重要的一位。关于这点，我们读《高洪波文集》，恰恰可以找到直接的内证。譬如，作家有一篇散文，题目就是《喜欢丰子恺》，其中不仅生动讲述了"我"与丰子恺多次的精神邂逅，而且具体录载了"我"阅读丰子恺散文时的内心感受，它留给读者的是一种发自肺腑的喜爱和向往之情。同样，为汪曾祺剪影的《星斗其文　赤子其人》《落帽湖》等，也将深切的缅怀或真诚的赞许寄寓了字里行间，让人感到了精神的贴近和文脉的衔接。除此之外，作家多次言及，由衷激赏的还有清代文坛上那位"一箫一剑平生意"的龚自珍。不过，我总觉得，隔着一百多年的时空长廊，龚氏留给作家的恐怕还是"箫心"多于"剑态"，而这"箫心"又何尝绝缘于梁启超及其后来者的"艺术"和"诗意"？站在这样的层面和角度上，我们庶几更能看清高洪波文学创作的审美特点、血缘关系和当下意义。

时至今日，面对物质主义、科技主义和享乐主义的合围，现代人如何保持内心的丰富与精神的澄明，进而实现自由全面的发展，已成为无法回避的重要课题。在这方面，西哲所谓"生存的美学""诗意的栖居"固然值得重视和借鉴，而近代国人针对西方社会现代化进程中暴露出的弊端所提出的"人生艺术化"命题，以及它所倡导的那种远离现实功利而又热爱生活、积极入世的辩证的人生态度，同样是不可多得的精神资源，而一部《高洪波文集》正是这一命题和这种态度充分而精美的艺术体现，它所承载的思想与情感，堪称是现代人祛除浮躁、安置心灵的保健剂。正因为如此，窃以为，它很值得我们作为枕边之书，不时地浏览一番。

原载《文学报》2010 年 6 月 10 日

激活传统风韵 谱写时代弦歌

——读《充闾文集》

如果从 1957 年在大学校园里写出第一篇散文并刊发于校报算起，王充闾先生与文学结缘已经整整六十年。这六十年间，中国的社会环境发生了巨大变化，作家的人生角色也经历着一再转换，其中不变的是充闾心中对文学的那份深情与挚爱，是他从这份情感出发，所进行的锲而不舍的读书、创作与治学。正如作家所说："我的生命存在方式与文学之梦同构。"于是，在充闾的人生旅程中，生成了一片由文学创作以及相关学术研究构成的葳蕤多彩的精神林带。它是作家辛勤劳作的结晶，也是当代文坛的重要收获。而全面承载这一结晶和收获的，则是由万卷出版公司郑重推出的二十卷本、合计六百余万言的《充闾文集》。

翻开《充闾文集》，迎面而来的是古人所谓"文备众体"的生动景观——举凡传记、散文、随笔、诗词、评论、演讲、书信、鉴赏、序跋、对话等，林林总总，竞相辉映。它们不仅承载着作家特有的思想、感情、学养、才华，而且由此映现出缤纷摇曳的历史画卷与现实人生。而在这个气象万千的文学世界里，最堪称流光溢彩也最让人过目难忘的，当是作家以古今兼备的腹笥，对中国传统文化所进行的游刃有余的撷英咀华和举重若轻的推陈出新。可以这样说：激活千秋风韵，谱写时代弦歌，是《充闾文集》最基本的精神和艺术色调，也是它对中国当代文学乃至文化建设的突出贡献。

随着思想文化领域本土化浪潮的强势回归，如何看待和借鉴中国传统的文化遗产与文学资源，进而实现其创造性转化与创新性发展，已成为亟待探索和必须解决的问题。在这方面，《充闾文集》以其个性化追求，提供了有益的经验。

由于当年故乡环境的特殊，少年充闾曾读过八年私塾，这一经历使他不仅具备了相对系统完整的古典文化素养，而且在内心深处养成了对中国传统文化的难以割舍的亲近与眷恋。不过，作为后来同样经历了新文化淘洗的现代知识分子，充闾这种融入血脉的情感，始终不曾取代清醒的目光和理性的态度。具体来说，对于轴心时代以及史前的中国文化，充闾一向给予倾力推崇和充分阐扬。如《叩启鸿蒙》精心解读贺兰山岩画，由衷礼赞原始先民生机盎然的心灵创造。《人文初祖》真诚表达祖先崇拜，热情呼唤中华民族坚不可摧的向心力与凝聚力。《生生之谓易》深入诠释《周易》包含的生命生存之学和发展变化之道，从源头上揭示中华文化的活力所在。《"遗编一读想风标"》多维勾画孟子高旷勃发的精神世界，着力凸显儒家一脉的本色追求。而对于定于一尊之后的儒家文化，充闾明显多了一份警惕、反思与批判。如《用破一生心》在解剖曾国藩内心悲苦与性格分裂的过程中，指出理学"功名"观念对人性的挤压、扭曲与戕害。《灵魂的拷问》透过李光地背信弃义、卖友求荣的丑恶行径，直斥理学道德教条的虚伪性与欺骗性。而一篇《驯心》更是以酣畅犀利的笔墨，抨击了程朱理学、八股制艺在钳制知识分子思想方面所起的消极作用……充闾如此评价传统文化，让人联想到鲁迅笔下的孔子——对于史上的孔子，他留下"确是伟大"的称许，而对于"现代中国的孔夫子"，他给予的是严厉批判——这种有选择有区别的态度，显然植根于中国思想史和世界近代史的实际境况，因而透显出作家难能可贵的辩证意识与唯物立场。

在充闾心目中，中国传统文化是一种多元共存的结构，它以儒家为主体和主导，而儒、释、道三足鼎立，尤其是更具本土性质的儒道互补，则是它的常见形态。正如鲁迅所说："我们虽挂孔子的门徒招牌，却是庄生的私淑弟子。"庄子是道家思想的集大成者和重要代表，更是充闾一向心仪的文化前贤。唯其如此，庄子的身影不时出现于《充闾文集》。从散文《寂寞濠梁》到演讲《庄子其人》《庄子善用减法》，再到《逍遥游——庄子传》，作家不仅精致勾画出庄子的生命轨迹与精神风貌，而且深入发掘着庄子思想的当代价值，诸如他对自由的崇尚，对现世的忧患，对底层的关注，对人生有限性的强调，以及由此派生出的对欲望的节制、对万物的包容，等等。所有这些都有效地推动着当代庄子研究的发展，同时也为中国传统文化增添了新的内涵。

《充闾文集》具有较高的思想和学术含量，但构成其文本主体的毕竟是多种样式的文学作品，这决定了作家对中国传统文化的借鉴与创新，更多需要通过一系列的旧"象"新解、旧话新说、旧瓶新酒来实施和完成。而在这方面，《充闾文集》同样亮点频频，佳作迭见。

譬如，《两个李白》《千载心香域外烧》《终古凝眉》《情在不能醒》诸篇，依次聚焦李白、王勃、李清照、纳兰性德四位诗词大家，所写人物和所用材料自是"白发苍苍"，但作家由此展开的演绎与阐发，却分明对话当下——或探讨浪漫诗仙相反相成的精神路径，或追怀天才作家蚌病成珠的命运历程，或发掘艺术天地的心灵底色，或揭示情感世界的人格魅力，凡此种种，足以让现代人或醍醐灌顶，或深长思之。《逍遥游——庄子传》和《成功的失败者——少帅写真集》是传记作品，却选择了一种折扇式、辐射式结构，这种结构方式，联系着作家从苏东坡处拿来的"八面受敌"读书法，也折映出鲁迅曾指出的《儒林外史》"虽云长篇，颇同短制""集诸碎锦""时见珍异"的特点，当属于典型的遗产借鉴，只是所有这些在为"我"所用时，都经过了自觉的变奏与巧妙的熔裁，以致最终成就了熠耀时代光彩的历史回望，其中若干形象、观点和见解，都具有显见的开创性与建设性。《春宽梦窄》《辽海春深》二卷，是纯粹的游记散文。其基本内容尽管仍是由来如此的仁山智水、长亭短亭，其抒写方式亦不乏古人惯用的登临远目、思接千载，但字里行间不见了那种基于个人境遇的"思古之幽情"，取而代之的是叩问沧桑的深邃，是生命还乡的喜悦，是行走于华夏大地特有的舒展与自豪，总之是一种健朗博大的现代情怀。至于旧体诗卷《蓬庐吟草》，更是坚持现实为体，传统为用，将今天的生命体验成功地镶嵌进昨日的艺术形式，从而古韵新声、老树新花，别有一番风采和韵致。

与价值判断的辩证扬弃和艺术表达的融通古今相呼应，《充闾文集》在语言建构层面，亦呈现出衔接传统、整合资源、推陈出新的稳定追求。"五四"以降，白话勃兴，文言式微。从推动社会转型和民众启蒙的角度看，这无疑是顺时应势、功德无量的事情；但在汉语自身发展和完善的意义上，却因为一种从观念到实践的矫枉过正和骤然断裂，而留下了若干迄今依旧可见的后遗症。反映到当代散文创作中就是：有的作家语言资源贫瘠，只能耽于生活化、口语化的行文表达，以致使作品拖沓直露，索然无味；有的作家虽然具备汲取古汉语营养的意识，但缺乏将意识转化为文本的功力和路径，结果下笔往往文白杂陈，生硬造作；还有的作家在使用汉语时，由于根基不牢，脉络不清，最终让现代汉语变成了余光中所批评的"西化中文"。相比之下，《充闾文集》展现出另一种语言气象。作家凭借自身特有的新旧合璧的汉语功力，熔文言、白话和书面、口语于一炉，写出了一系列质文俱佳的篇章，从而为今天的散文语言建构提供了可资借鉴的范式。这里，我们不妨从《撑篙者言》中摘取一段，以期管中窥豹：

> 两个小时的游程就要结束了……下筏前，大家卸下马甲式的救生衣。男篙工故意学着赵本山的腔调，逗乐说："脱了马甲，我也会认出你们来的——希望我们能够再见。有道是，十年缘分同船渡，百年缘分共枕眠。看来，咱们至少都有十年的缘分。"
>
> "这么说，你们两位是有百年缘分了？"我对他们颇有好感，因而这么随便问了一句。
>
> "不是。"女篙工笑着摇了摇头。
>
> "白天同摆一条船，夜晚回家各自眠。朱老夫子英灵在上，山野小民是不敢胡来的。"男篙工的话刚一落音，立刻又引发出一阵哄堂笑声。

这里有旧词新用，也有文言活用；有对现代小品语言的借用，也有对古代传奇唱词的活用；整段叙述句式灵活，长短搭配，自然流畅；主客双方古意充盈的问答中，又饱含着现代人的生活情趣。所有这些，融为一体，让人不能不相信，打通了血脉的汉语，果真是魅力无穷！而这正是《充闾文集》对当代散文的又一贡献。

原载《光明日报》2017 年 4 月 17 日

回望传统的"有我之境"

——读王充闾的《国粹——人文传承书》

时至今日，中国的思想、文化和学术风气，正朝着本土化方向强势回归。这一全新语境把一个由来已久而又常说常新的话题，再度摆到作家学者面前，这就是：我们该以怎样的态度、理念和方法，传承和弘扬中国传统文化？在这方面，补苴罅漏，正本清源，"我注六经"，固然必不可少；但更重要的恐怕还是立足时代认知的制高点，亮出自己的胸襟与目光，博采众长，取精用宏，"六经注我"。因为只有这样，中国传统文化才能在精神淘洗和历史砥砺中，不断激活底蕴，融入新质，从而与时俱进，实现自身的创造性转化和创新性发展。正是基于这种认识，笔者愿意向文坛和学界郑重推介文史大家王充闾先生的学术随笔新著《国粹——人文传承书》（北京大学出版社 2017 年 7 月版，以下简称《国粹》）。这部洋洋洒洒三十六万言的著作，聚焦五千年中国文化史，其行文洒墨、取材立论自是保持着作家一向奉行的扎实、缜密与严谨，然而统摄全书的最大特点，却是悄然贯穿和浸透于字里行间的属于作家特有的历史意识、文化情怀、人格理想、审美趣味、价值判断，它们无形中完成了有关中国传统文化的别一种描述与解读，同时也凸显了作家历史和文化回望的"有我之境"，其文心所寄，很值得认真揣摩和仔细回味。

"文主秦汉，诗规盛唐。""书不读汉唐以下。"这样的说法，如果从文学创作的角度加以审视，大抵难免刻舟求剑、泥古不化之嫌；不过，倘若就学术研究而言，却又不能不说它颇有道理。因为研究者要在广度与深度的结合上把握传统文化，确实需要从精读元典、洞悉上游、夯实基础入手，确实需要一种溯源而上、由源及流的意识与能力。张之洞所谓："读书宜多读古书，除史传外，唐以前书宜多读，为其少空言耳。"

（《輶轩语·语学》）余嘉锡断言："欲研究中国学术，当多读唐以前书，则固不易之说也。"（《古书通例绪论》）都包含这层意思。对于这一问题，充闾似乎未做直接论述，但从他近年来的创作与研究多围绕先秦展开且硕果累累的情况看，他应当与张之洞们"所见略同"。而一卷《国粹》亦可证明这一点。该著拿出多个章节专门透视先秦和汉唐文化，它们或从容叙事，或睿智析理，均可谓深入浅出，别有会心。譬如，《生生之为易》在充分吸收相关研究成果的基础上，锁定"生命之学""生存之学"和"发展、变易之学"三个维度，深入发掘和精心诠释《易经》的丰富内涵，从而在本源意义上揭示了中华民族何以能够久历沧桑，生生不息。《士君子》从王安石的怀古诗《孟子》说开去，其生动的夹叙夹议，不仅勾勒出孟子其人雄强善辩、清高自持的风标气度，而且凸显了这位"亚圣"于思想史和儒学史上的独特贡献，如呼唤知识阶层的群体自觉，高扬"民贵君轻"的旗帜，发展儒家的"民本"观念等。这时，孟子的话题便与时代潮流相衔接。还有《始祖》《鸿蒙开》《秦始皇之道》等文，均采撷不同的历史事件或文化现象，展开钩沉与思考，就中完成了对先秦乃至远古历史重要段落或场景的新颖解读，同时也传递出作家渊博扎实的学问功底。这样一些立足源头、厚积薄发的篇章，带给全书的是一种幽邃旷远之境，高屋建瓴之美。

中国传统文化以儒家为中心意脉，以儒释道多元互补为基本形态。其中道家与释家相对于儒家，都是边缘性、异质性的存在。而道家与释家相比，少的是哲理性和仪式性，而多的是本土性和世俗性。唯其如此，道家对国人性格和民间习俗的养成，对中国文化尤其是文学艺术的变易与发展，都产生过广泛而深刻的影响。正如鲁迅所说："人往往憎和尚，憎尼姑，憎回教徒，憎耶教徒，而不憎道士，懂得此理者，懂得中国大半。"（《小杂感》）然而，不知为何，鲁迅的说法并没有得到充分呼应，迄今为止，道家文化在文学世界仍是一种清浅模糊的存在，对道家文化素有研究的充闾，显然希望促进现状的改观，而一卷《国粹》便有意识强化了对道家文化的梳理与推介。请看《道家智者》。该篇在开阔的文化视野之下，着重解剖道家学派主要代表人物庄子始终如一"做减法"的生命实践，其精到的条分缕析，既阐明了这种生命实践的心理依据，又归纳出它何以可能的精神途径，其结果是不仅彰显了庄子其人的个体追求，而且完成了对道家文化的浓缩性皴染。《邯郸道》涉及曾经在古赵大地长期并存的儒家和道家文化。但透视和分析的重心分明还是后者——流传逾千载的"黄粱梦"和吕翁祠，以虚幻离奇的故事，演绎着"凡功名皆成梦幻，无少长俱是古人"的道理。这当中无疑包括消极成分，但也不无合理元素：对利欲熏心、贪得无厌者，它不啻当头棒喝；而对命乖运蹇、求进无方者，它又何尝不是一种心灵抚慰？这时，道家文化的积极意义，以及它与儒家文化奇妙的转换与互补关系，获得了清晰而客观的展现。《千古文人心》《达人境界》分别阐释李白和苏轼两大文豪的命运轨迹。其场景与事件自是缤纷摇曳，但内中贯穿的却是一种清晰自觉的理性判断：儒家支撑其社会行为，道家成就其艺术实践。这是作家对道家文化的别一种观察与解读吧？这样的努力使中国传统文化愈见斑斓、繁复与博大。

毫无疑问，中国传统文化汪洋恣肆，博大精深，它的若干基本理念与核心主张，代表着人类文化的先进、合理乃至终极向度，因而自有巨大的生命力与辐射力。然而，正像几乎所有的文化形态都难免长短共生，优劣互见一样，中国传统文化也是一种复杂多面的存在，它也有自己的弱点和软肋。尤其是近代以来，它更是在西方文化的强力冲击下暴露出多方面的不适应和不得力。正因为如此，今天的作家学者要想对传统文化做出准确深刻的描述与评价，除了需要拥有坚定的文化自信之外，还必须具备高度的文化自觉，即一种清醒的目光、辩证的思维和客观的态度。而这种资质在充闾笔下和《国粹》书中，得到了精彩完备的体现。譬如，少年充闾曾读过八年私塾，这使得他对儒家文化有着格外深切的理解、敬重与认同。于是，《士君子》《贤母品格》《和亲者》《古晋北》《女杰》等文，以饱含激赏的笔墨，绘制出孟子、孟母、岳母、文成公主、杨业、秦良玉等充注了儒家精神的形象。不过，这并不妨碍作家用一分为二的目光，指出儒家文化在漫长的历史进程中所暴露出的糟粕与缺陷，以及所产生的负面影响，在这方面，我们读《家天下》《平常心》《苦味人生》《科举》等篇，都会有程度不同的省察与体味。同样，在谈到道家文化时，充闾固然欣赏其自由潇洒的精神风度，肯定其戒贪节欲的人生主张，但同时亦不忘提醒人们，道家文化毕竟浸透了"苟全性命于乱世"的被动与无奈，且与"玩世"和"厌世"相毗邻，因而自有其局限性。《隐士》承载了作家有关隐逸文化的思考。其中既有围绕东汉大隐士严子陵展开的具体问题具体分析，又有引入儒家和帝王视角之后，对隐士之"隐"所进行的立体透视，二者结合，历史上众说纷纭的隐士现象便得到辩证自洽的解说。诸如此类的文字，自然有效地增添了全书的科学性、严谨性与说服力。

　　《国粹》是以文学为主视角的文化史建构。既然是史的一种，它就必然要遇到如何处理历史上"人"与"事"的关系问题。对此，充闾提出"事是风云人是月"，从而"烘云托月"的观点。他认为："历史中，人是出发点与落脚点。人的存在意义，人的命运，人为什么活、怎样活，向来都是史家关注的焦点。"（《中国心》）事实上，正是这样的观点幻化为《国粹》的中心线索。请看构成全书的四大板块：第一章"人文命脉"，集中讲述庄子、孟子、秦始皇、李白、苏轼、纳兰性德、袁枚、曾国藩等历史人物的思想、艺术、性情和命运，其笔墨所至，或知人论世，或由史通心，而落脚点都是为现实人生提供滋养与借鉴。第二章"生命符号"，相继介绍贺兰山岩画、广陵散古曲，以及诗词密码、楹联趣味、姓氏文化、座次格局等。它们是文化的积淀与升华，但更是心灵的投射与创造，是人对自身的审美化与对象化。第三章"文明大地"，着力呈现"三峡气象""江南传奇""凉山云和月""丝绸之路"等人文地理，但行文洒墨并不是单纯的模山范水，借景抒情，而是在此基础上，调动时空交错、散点透视的手法，牵引出相关的历史人物，从而增添江山的人文色彩和大地的精神重量。第四章"生活智慧"主要从制度和观念层面，切入传统文化和古人生活，其锁定的话题以及打捞出的文化现象或生活场景，虽有不同的色彩和异样的基调，但作家的初心与重心却始终是：在关注民族生存与发展的意义上，烛照其精神生态，弃扬其文化传统。由此可见，对于读者而言，《国粹》是有诗意的文化史、传统史，但更是有深度的心灵史、精神史。它所传递的不单单是文学家的历史意识，同时还有以《左传》《史记》为开端的文史合一的写作方式。这也是《国粹》值得重视和珍视的重要理由。

原载《中国艺术报》2017 年 12 月 27 日

只缘胸次有江湖

——读李舫散文

在 21 世纪十分活跃的女性散文家当中，李舫是极具个性的一位。读她的散文，不难发现，作家拥有丰沛而高超的拥抱生活和表达内心的能力，出自其笔下的《死生契阔，与子成说》《为了忘却的纪念》《生命的迷藏》诸篇，或打捞难忘的记忆，或抒发铭心的感怀，均系情真意切、笔酣墨饱之作。不过，在更长时间里或更多情况下，一种知识型、学者型作家特有的精神视野、文化储备和思维习惯，还是让李舫的创作毅然超越个体的经验世界，进入了缤纷浩瀚的"第二自然"，说具体些，就是进入了由典籍和图像构成的历史与艺术王国。这时，在作家笔端，除了依旧鲜活的情致与感受，又多了透辟的思想、敏锐的识见和厚实的学养。它们融为一体，相得益彰，通过亦情亦理的纵横挥洒，最终化作气象万千而又花团锦簇的艺术景观。平心而论，这在当下的女性散文中并不多见。

盘点历史，叩问沧桑，是不少散文家的题材选择，也是李舫散文的重要内容。不过，同样是在历史长河里寻幽探胜，李舫散文没有像一些同类作品那样，更多追求物象的完整性或话题的系统性，而是恪守"文以意为主"的古训，让文字在思想的引领下，与特定的人物、事件和场景结缘，就中展开体现时代高度的"故"事"新"说，努力激活历史潜在的生命力。请看《千古斯文道场》。该文聚焦中国历史上最早的智库性机构——春秋战国时齐国的稷下学宫。其笔墨所至，不仅清晰地勾勒出这座学宫历时一百五十年的流变沉浮，以及它在中华文明乃至"轴心时代"坐标上的意义所在；更重要的是透过这种流变沉浮，凸显了中国历史上一段流光溢彩的文化风景：临淄城西，学宫巍峨，它像一个从容的智者，敞开博大的胸襟，接纳千里之奇士，八方之贤达；学宫内精英荟萃，名家林立，孟子两度莅临，荀子三为祭酒，各有主张的方家学子数以千百计；学术上尊重不同见解，倡导兼收并蓄，贯彻百家争鸣，体现有容乃大；学宫怪才淳于髡面对迷局中的齐王，或以隐语讽谏，或以妙喻解惑，而齐王亦能幡然省悟，从善如流……显然，这一番文化奇观浸透了作家的热烈憧憬和由衷激赏。换句话说，作家浓墨书写稷下风流，实际上是在深情呼唤中国文化传统固有的自由而高蹈的精神创造与构建能力，呼唤知识者应有的社会担当性和历史责任感，这对于今天中华民族的复兴与崛起，无疑是不可或缺的正能量。《能不忆江南：一座"天城"的前世今生》关注历史文化名城杭州。单就锁定的对象看，或许算不上新鲜，但作家进入对象的路径却相当别致——基本避开了湖光塔影、苏白佳话等人们耳熟能详的本土元素，而把视线集中到马可·波罗、哥伦布、托勒密、鲁布鲁克、鄂多立克、马黎诺里、利玛窦、李约瑟等一批生活于不同时代，但与杭州均有交集的外国人身上，透过他们不断的追寻与描述，让一座天堂般的东方之城，以罕见的亮丽和富庶，浮现于西方视野。斯时，通篇作品所传递的不仅是华夏文明的源远流长，惊艳"他者"，同时还有作家从容坚定的文化自信。此外，《在火中生莲》写韩愈南谪瘴疠之地，仍坚持以民为本，造福一方；《苟利国家生死以》写中国远征军浴血滇缅，殊死杀敌，为了国家和民族的安危，不惜流血牺牲，都在不同程度上连接着当代国人的精神脉动，是作家别有情怀的历史回望。

李舫散文注重营造历史与现实的对话关系，但不曾因此就忽视历史自身的厚重感与多面性。事实上，对历史景观做深入发掘或崭新解读，也是李舫散文重要而稳定的追求，且同样收获了独异与精彩。譬如：一些学人习惯将澶渊之盟与靖康之耻相提并论，认为它和后者一样，是宋朝积贫积弱的注脚。李舫的《大道兮低回》没有盲从这种说法。作家让目光和思绪潜回时光深处，核查史实史料，触摸历史肌理，不仅雄辩地揭示了澶渊之盟带给宋王朝长达一百一十六年国富民安的事实，而且敏锐地指出了这一事实中包含的源于老子的大邦守雌、大道低回的治国理念，从而顿显中国传统文化的雍容博大。《春秋时代的春与秋》深情瞩望史书上著名的"孔老相会"。其灵动的行文，一方面描述孔子问礼于老子的生动场景，以及他们机趣满纸的对话，一方面围绕这种场景和对话展开随机而深入的生发，就中道出华夏思想史上儒道两家的不同特征、彼此差异、相互补充，以及所有这些对于中华民族心灵安置与文化发展的价值和意义，可谓新意迭见，举重若轻。《纸上乾坤》讲述历史上的"开化纸"由风靡朝野到销声匿迹的事实，旨在引出一个严肃的话题：文化的发展与文明的赓续并非是必然如此的线型进化，在很多时候、很多情况下，它既需要时运有情，更期待人力呵护，否则，再璀璨的遗产都有可能走向沉沦与湮灭。而这正是以往的历史言说所较少涉及的。

在李舫的散文世界里，还有相当一部分作品是作家在艺术王国，尤其是电影和美术园林里撷英咀华的结果。其中有关电影的作品曾作为专栏文章，长期连载于《国家人文历史》杂志，后结集为《在响雷中炸响》一书行世。与作家的历史言说多选择宏大叙事、多关注江山社稷有所不同，其艺术书写则主要从不同艺术门类的本质特征出发，抓住人物形象、视觉感受和艺术家自身的诸种要素，展开高度个人化的分析与叙事，着力开掘其中的精神内涵与人性奥秘。于是，我们读到一系列重在"向内转"的文章：《"善为易者不占"》在对影片《沉默的羔羊》的观赏中，精心梳理三个主要人物——传奇教授汉尼拔、女警官史达琳和杀人狂"野牛比尔"的心理逻辑，就此把人性的丰富与缺失以及其变化演进的复杂与曲折，诠释得触目惊心而又发人深省。《乌合之众何以可能》锁定俄罗斯翻拍电影《十二怒汉：大审判》，其中对十二位陪审团成员心态转换的深刻解读，足以说明现代社会大众心理形成的一般情境，从而启发人们重新考虑真理与多数的问题。而一篇《弗里达：不安的缪斯》，则大胆进入墨西哥女画家弗里达·卡罗的生命旅程和情感世界，通过画家与作品的对读与互映，由表及里地绘制出墨西哥雄鹰特有的勇敢倔强的艺术形象。

李舫的艺术言说注重开掘作品中的人格与人性内涵，但这种开掘并不在孤立和封闭的语境中进行，而是注意将人格与人性置于特定时代条件和具体社会环境之中，准确阐发二者的联系与碰撞。唯其如此，作家的艺术言说常常具有极强的概括力和穿透力，足以构成对作品主旨既高屋建瓴又切中肯綮的总结。譬如：《念念不忘，必有回响》认为，王家卫导演的四部《一代宗师》，代表了四种境界，是以电影为手段，对20

世纪中华民族睡狮般惊醒的深情回眸;《"宽恕不可宽恕的"》指出,电影《朗读者》的深刻之处,在于"用普通人的'平庸之恶'和'平庸之痛',揭示了经历战争创伤的德国普遍弥漫的麻木、冷漠、怯弱、自私和虚伪";《与人和解,与神和解》断言,电影《阿甘正传》的主人公"凝聚着美国人期冀的一切美好品格……是美国人的美国梦"。所有这些,均可作如是观。应当承认,诸如此类的篇章,有效地增添了李舫艺术言说的思想重量和认识价值。

与独具匠心的题材选择和意旨提炼相呼应,李舫散文在文本建构与文体营造上,亦复跨踔高蹈,恣纵不羁,极具特色。就这一维度而言,作家除了语言修辞上的葳蕤多彩和审美风格上的刚健清新之外,最为卓尔不群,也最让人刮目相看的,是一种自觉摆脱文体束缚,大胆凿空文体壁垒,积极探索跨文体写作的意识与能力。在李舫笔下,鲜有某些散文常见的程式化、套路化的手法与技巧,取而代之的是一种自由舒展的"意在笔先"和灵活机动的随物赋形——只要表达需要,各种文学乃至艺术样式的标志性元素,如诗歌的意象提炼,小说的场景描摹,报告文学的直抒胸臆,电影的镜头组合,戏剧的个性对话,以及评论文章的睿智说理等,均可信手拈来,为我所用,化为作品的血肉。这很容易让人想起余光中先生的"文体贯通"说:"我这一生写诗虽愈八百首,但是我的诗不尽在诗里,因为有不少诗意已经化在散文里了。同样地,所写散文虽达一百四十篇,但是我的散文也不尽在散文里,因为有不少文情已经化在评论里了。说得更武断些,我竟然有点以诗为文,而且以文为论。说得耸动些,这简直是'文体乱伦'。但说得豁达些,不过是'文体贯通'。"在我看来,李舫也是一位深谙"文体贯通"之道的作家。

或有人问,李舫散文何以会有这样一种大境界、大气象?妥切的答案庶几用得上南宋诗人杜范的诗句:"只缘胸次有江湖。"只是这"江湖"对于李舫来说,除了江河与大地,又有了新的内涵,这就是民族伟业,国家梦想。愿李舫的散文百尺竿头,更进一步!

原载《光明日报》2017 年 7 月 31 日

散文的神髓

170

诗思茶念两缱绻

——读潘向黎的两本散文新著

前不久，才华横溢的女作家潘向黎，在三联书店出版了散文集《看诗不分明》和《茶可道》。因作家有书见赠，我自然先睹为快。而一进入书境，但见奇思妙想目不暇接，清词丽句纷至沓来，一时间只觉得心动神摇，齿颊生香，仿佛真真体会到了古人的清赏之乐。及至掩卷，禁不住琢磨起个中堂奥。斯时，董桥的观点不期而至："文字可以素服淡妆，也可以艳若天人，但万万不可毫无情致，毫不婉绝。"看来，向黎的两本散文集正是以丰沛、奇异而又绵长的情致吸引和打动了我。

在汉语表达里，情致与趣味近似互文，都是指人对生命余裕的感知或享受，发现或创造；都展示了人的优雅而睿智的精神风度，是人之所以为人的重要标识。唯其如此，当年的梁启超才明言，我的人生观"拿趣味做根柢"。因为"趣味是生活的原动力。趣味丧掉，生活便成了无意义"。按说，这种可作"生活原动力"的情致或趣味，呼应着现代人追求个性解放与发展的潮流，理应成为今日散文创作的基本元素和重要品质。然而，一种有目共睹的事实是：近些年来，中国社会一直经历着急剧变革与强力转型，物质主义与技术主义的不谋而合，双重挤压，使得为数众多的散文家，几乎无法摆脱来自现实生存的紧张感、焦虑感和功利性；当然也很难形成必须以精神安宁和心灵自由作支撑的情致或趣味。相比之下，向黎是另一种情况——凭着家学的滋养和濡染，更凭着内心的丰赡与充实，她在文坛漫天的喧嚣、扰攘与诱惑里，始终保持了一份难得的从容、适意与淡定，一种远离了"异化"的、近乎"为艺术而艺术"的写作态度。用她自己的话说："我真的爱文学，而且自认是很纯粹的那种爱。我不用它来改变命运和糊口养家，我不明白为什么喜欢文学就一定要弄成职业。"我"觉得有趣、写得开心，就写，想写什么就写什么，想怎么写就怎么写，想什么时候写就什么时候写。而且，生活永远放在第一位……为了养活自己，我也确实一直保持一份'正经营生'。应付生计之余，还热衷于烹调、茶饮、插花等零零碎碎的乐趣。"（《为了永远不告别》）于是，情致或趣味牵手天性的颖慧，化为向黎人生的偏得，进而化为她或"看"诗或"道"茶的天然魅力和独特优长。

对于莘莘学子而言，古诗是功课，也是学问。这功课加学问，便弄得他们有关古诗的文字，常常因为过度阐释而显得呆头呆脑，索然无味。向黎不是这样。在她那里，"看诗"与其说是必做的功课，不如说是应有的修养；与其说是侍弄学问，不如说是抒发性灵。这一切反映到《看诗不分明》中，遂形成了一种目送手挥、举重若轻的叙事风度。譬如，作家谈诗不愿因袭那种"无一字无来历，无一诗无寄托"的经院套路，而是更喜欢放出自己的感觉、性情和体验，去营造活色生香的"有我之境"。这时，你突然发现：秦汉民歌储存了"不朽的牢骚"，宋代诗词隐藏着人间的美味；炎炎夏日中不妨读王维以求清凉，瑟瑟秋风里可以捧杜甫一暖心肺；题为《江南》的采莲曲之所以美不胜收，是因为字里行间充盈着"新鲜湿润的空气"，而一首《春江花月夜》能够千年不衰，靠的是"人生在世，时空行旅"的意味……真可谓"不涉理路，不落言筌"而又别有洞察，意趣盎然啊！

当然，面对博大精深的古诗研究遗产，向黎并非一概"绝圣弃智"，置若罔闻，相反，她在说诗品艺时，很注意也很善于借鉴前人的见解和智慧，不过即使如此，她仍然能够以"我"为主，取精用宏，进而独具只眼，推陈出新。譬如，《"色衰"，然后"爱驰"？》一文，由相传是班婕妤所作的《团扇诗》，引出古诗中的"宫怨"和"春怨"主题，并举例分析了多首此类诗作及前人评价，而一个"色"未衰，爱先"驰"的指证，即从女性悲剧和男权意识两个方面，更新和丰富了这一切的内涵。《绚烂往往归平淡》是写唐代大诗人王维的。其中对王维人生和创作轨迹的梳理，包括就此完成的作为标题的理性归纳，大抵是作家站在巨人肩上审视的结果；然而，在此基础上，文章结尾却这样写道："想想做人实在是难的。若心怀天下，积极进取，则容易受挫，难免郁闷、愤恨，若是执着更可能痛苦一生；若沉湎功名、醉心利禄、纵情声色，绝对是俗不可耐，而且容易自祸其身；那么像王维这样超然物外、清净到底呢？倒是不染红尘，又难逃漫漫的枯寂、彻底的虚无。人生如此，如此人生，难怪连弘一法师这等高人，到了圆寂之前，还是要'悲欣交集'。"端的是峰回路转，柳暗花明！它不仅使通篇作品"豹尾"一甩，备见精神；而且将无边的玄想和隽永的机趣留给了读者，让他们咀嚼再三，味之无穷。

如果说《看诗不分明》，浸透了向黎将艺术和审美生活化、生命化的积极努力，那么，《茶可道》则旨趣相反，它折射出的更多是作家让生活和生命艺术化、审美化的有益尝试。你看该书：从作家倾心喜爱并颇有心得的茶道荡开笔墨，既讲述茶与水之关系，又历数花与茶之区别；既详解茶的名目，又细说茶的品性；既关心产茶的要领，又探索喝茶的奥妙；既远绍茶人的绝代风雅，又旁搜茶具的千秋造化，而所有这些，殆皆兼有茶香与书香，性情与才情，见识与知识，它们互为条件，彼此生发，足以让人们于情趣的陶冶中，感受到生活的美好与生命的诗意，进而升腾起热爱生活，珍视生命的健康情愫。与此同时，作家穿插于字里行间的有关茶与人生的种种意念、联想与感悟，更是有如清溪里的珍珠，熠熠生辉。这里，不妨随手采撷两段：

> 正是因为人世有太多的龌龊，所以需要茶的清洁；正是人世有太多的缺憾，所以需要茶的圆满；正是人世有太多的局限、仓促、无奈，所以才需要茶里的舒缓从容、无边自在……饮茶带来的特殊时空感，是虚幻的，又是真实的，它无限广阔，澄清无尘。
>
> ——《人世真局促》

> 在生活中需要姑息容忍，但面对紫砂时，我们可以放纵完美主义的梦想，甚至偏执狂的苛求：器形、土质、做工。形、气、神。若说传承之功，且看萧规曹随传承了几分？若论独到之想，则看别出心裁创新了几许？可传达了制壶人的气质？可有独特的趣味风神？此后经过了多少年代，甚至它后来的命运——可是像守住信念一般，始终专一和一种茶相守？可消尽了火气、晕染出水色？茶气可浸染了壶身，茶香可全占了壶的魂？
>
> ——《水色·茶香·壶魂》

显然，这样的表述已经是"茶可道""非常道"了。面对它，我们也许只能道一声"壶里乾坤大"才算得体。

在向黎笔下，无论艺术和审美的生活化、生命化，抑或生活和生命的艺术化、审美化，其始终在场的是人生和艺术。这便使我想起了中国近代以来由梁启超发端在先，朱光潜、丰子恺、宗白华等赓续其后的"人生艺术化"——以艺术精神来建设国民人格的主张。如果说这种包含了自由与超越的人生设计，在梁启超们所处的那个动荡且贫瘠的时代，更多带有理想与憧憬的性质，尚不具备普遍的实践意义；那么，到了21世纪的当代中国，它已经拥有了由理想和憧憬变为现实的充分条件。因此，人类如何突破资本利益与技术理性的合围，以实现诗意的栖居，变得至关重要。在这方面，向黎的散文创作及其所表现出的精神生态，正好提供了一种示范——这庶几是我看重作家的终极理由。

原载《文学报》2011 年 11 月 9 日，《法制资讯》2011 年第 11 期，《黄河文学》2011 年第 12 期

且将文心作虹桥

——读李元洛的"古典流连"系列

作为文学经典的唐诗、宋词、元曲，有着穿越时空、历久不衰的魅力。而这种魅力之所以生成并延续，除了因为作品自身的丰富、深邃、超卓、高蹈之外，还有一个重要条件，这就是现代作家和学者，在与这些经典相遇时，已不再满足于胶柱鼓瑟式地吟诵与诠释，而是每每以睿智、自由和积极的心态，调动自己特有的学术储备、艺术才情与生命体验，展开能动地、富有创造性地审视、发掘和重构，以此为经典作品注入新的内涵与活力，从而使其在岁月长河里实现艺术的保值与增值。在这方面，出自著名诗学家、散文家李元洛之手，由《唐诗之旅》《宋词之旅》《元曲之旅》三部散文作品构成的"古典流连"系列（中国青年出版社2013年版），当是一个重要的收获。

一切历史都是当代史，一切经典接受也都是当代人的阅读感受。这决定了今天的作家要成功实现与经典的对话，必须首先具备一种强烈而鲜明的当代意识。即站在时代认知的制高点上，用发展与前进的目光，去重新阐发和估价经典作品，元洛先生深谙个中道理，他的"古典流连"系列恰好自觉地贯穿了这种追求。请看《唐诗之旅·华夏之水　炎黄之血》。该篇围绕既是生命之源，又是精神之泉的江河湖泊展开笔墨，一方面回溯历史，由衷激赏古代诗人伴水而生的锦心绣口，无限才情，以及由此呈现的碧水蓝天，红花绿树；一方面直击晚近，深切忧患工业文明流弊导致的江河污染，生态恶化，以及所有这些带给人类的严重灾难，于是，通篇作品有了一种洞穿千载，古今合鸣的力量。《宋词之旅·卷起千堆雪》聚焦历史上的苏轼与黄州。其笔墨所至，不仅于文学创作、文化积累的层面，重申了苏轼永恒的价值所在；更重要的是透过苏轼逆境中的生存，着力张扬了其乐观旷达、自强不息的处世态度。而这同样是负荷超常的当代人所需要的精神品格。《元曲之旅》中的《骗你没商量》和《财神爷与孔方兄》，分别由"诚信"和"金钱"说开去，那辛辣、尖锐、入木三分的言说，既是分析作品，又是透视人心；既是回望历史，又是针砭现实，内中蕴含的良苦用心，令人慨叹和警醒。至于那每每穿插于经典遨游之中的对"古已有之，于今为烈"的庸劣世风的无情嘲讽和严厉鞭挞，更是充分展露了作家的批判意识与当下情怀，从而使经典流连与历史同行。

由于时空条件的差异，今人阅读唐诗、宋词和元曲，难免会有一些思想、情境和语言上的隔膜，以致在某种程度上妨碍他们对作品的亲近和理解。因此，尽量消除这种隔膜，有效拉近读者与作品的心理距离，便成为当代作家重释经典时的一项重要任务。在这方面，元洛先生选择的方法和途径主要有二：一是梳理并锁定特定诗人的创作踪迹，以"亲到长安"的态度，对曾经的诗歌现场，做人文地理的寻访，设身处地地考察诗人的精神堂奥和艺术走向。于是，流连古典的字里行间，映现出作家精读山水、细品遗存的睿智身影，也贯穿着他打通古今的奇异想象与独特体验，而所有这些，不仅深化和强化了作家的经典解读，同时也将一种身临其境的感受传递给读者，使他们无形中融入了经典的氛围，收获了经典的魅力。二是结合对诗歌现场的追溯与还原，调动丰厚充盈的知识学养，展开灵动自如的艺术分析与审美鉴赏。其神思与健笔，时而远绍近搜，时而斜出旁逸；时而知人论世，时而以意逆志；时而"八面受敌"，时而一矢中的。一时间，作家与经典的对话，发散出密集的文化信息和精粹的诗学经验。它引领读者穿透蔽障，消弭隔膜，从容进入古诗的疆域，最终撷英咀华，满载而归。

以散文的形式与诗歌经典对话在本质上是一种文学创作。它要求对话者不仅具备学者的修养，而且更须拥有作家的才情。元洛先生正好是一位学者型的作家或作家型的学者。这使得他与经典诗歌的对话，在保持坚实的学术品格的基础上，始终洋溢着丰沛充盈的审美表现力和感染力。你看，整个"古典流连"系列，思路别致，取材新颖，不少话题堪称苦心孤诣，独具只眼，显示了作家高超的变法求异的能力；语言精致，笔墨摇曳，若干篇章从内容出发，或刚健清新，或诙谐幽默，形成了质文互补、相得益彰的艺术风范。加之所有这些无不浸透了作家或褒或贬的真情实感，故而三卷大著，烟霞满纸，美不胜收。

总之，李元洛的"古典流连"系列以其流光溢彩、新见迭出的表达，在时代和经典之间架起了一座漂亮的虹桥。漫步于这座虹桥，人们可以更多领略唐诗、宋词和元曲的无限风光，同时也越发深入地理解了卡尔维诺的名言："经典是每次重读都像初读那样带来发现的书。"

原载《人民日报》2013 年 10 月 28 日

点亮现代人"回家"的心灯

——读《郭文斌精选集》

如果把现代人比作一匹奔腾不羁的烈马，那么，在我看来，所谓"本来要奔向草原，结果却闯入了马厩"的说法，便是其命运悖论的传神写照。不是吗？近三百年来，自诩为万物之灵长的人类，凭借手中掌握的科技利器，一直在现代化的征途上高歌猛进，所向披靡。然而，就在财源滚滚、奇迹连连之际，他们蓦然回首却发现，自己并没有真正踏上人类发展的康庄大道，反倒是无形中陷入了空前的困局和危局——由疯狂无序的经济开发所导致的生态失衡，环境破败，已经深度危害到人类的生存质量、生命安全，以及社会发展的科学性与可持续性；而商业时代的拜物主义和趋利原则正在泛化，由此派生的人类的浮躁、冷漠、偏执、狂妄、贪婪、自私、虚伪、短视，等等，大肆蔓延，几成顽疾，以致从根本上破坏了现代人精神圈层的健康、和谐与澄明。

毫无疑问，面对此情此境，一向担负着人类心灵滋养和精神救赎之使命的文学创作，是不能回避和缺席的；也正是在这样的人文背景之下，植根于中国西部大地的实力作家郭文斌，向世人捧出了一个独具精神价值和艺术神采的文学世界——大抵是20世纪八九十年代之交，还在教育学院读书的郭文斌，便以诗歌、散文、随笔、小说等多种形式，开启了自己文学的寻梦之旅。最初一段时间，他笔下的作品多从温馨的乡土记忆或多彩的校园体验出发，去书写民风的淳朴、人性的善良、爱情的纯真、大自然的神奇，等等，即在一个比较宽泛的语境里，发掘和光扬生活中固有的美好亮丽的东西。进入21世纪之后，随着社会观察的日益深入和精神认知的不断提升，郭文斌越来越清醒地意识到现代人精神生态所出现的种种病灶和危机，以及对其加以修复与改变的刻不容缓和时不我待。于是，他笔下那些着重表现生活之光和人性之美的文字，便逐渐增添了与现代人对话，为现代人疗伤的品质。反映到创作上，便是推出了一系列旨在唤醒心灵迷失，同时构建正面价值的作品。如先后获"人民文学奖""小说选刊奖"和"鲁迅文学奖"的短篇小说《吉祥如意》，获"北京文学奖"的短篇小说《冬至》，获第八届"茅盾文学奖"提名的长篇小说《农历》，在文坛内外广泛传播、多有好评的散文集《守岁》，随笔集《寻找安详》《〈弟子规〉到底说什么》，以及作家在担任央视大型纪录片《记住乡愁》《中国年俗》文字统筹时写下的相关文章。前不久，作家从已问世的数百万言的作品中选优拔萃，裒为《郭文斌精选集》一帙七卷，由中华书局郑重推出。这时，一个忧心常在而又智慧充盈的郭文斌，便立体多面地站在了读者面前。

在郭文斌看来，现代人最大的痛苦，"一是无家可归，二是找不到回家的路"。此种苦果之所以酿成，其原因在于："四种飓风把现代人带离家园。一是泛滥的欲望，二是泛滥的物质，三是泛滥的传媒，四是泛滥的速度。"其中，"泛滥的欲望抢占了人们的灵魂，泛滥的物质抢占了人们的精神，泛滥的传媒抢占了人们的眼睛，泛滥的速度抢占了人们的时间"。(《安详视野中的〈弟子规〉：回"家"》)因此，对于亟待解除心灵痛苦和精神迷惘的现代人来说，探寻一条"回家"之路至关重要，自有纲举目张的意义。而所谓"回家"，按照郭文斌的理解，就是人置身于天地自然之下所进行的反思与检讨，调整与扬弃，是人在摆脱物欲和"心魔"之后的精神还乡，即回到内心原有的朴素、清洁与快乐。从这样的理念出发，郭文斌将"回家"视为与现代人对话的聚焦点和切入点，同时也作为自己创作的基本线索和稳定主题，不仅用议论来直接诠释，而且通过艺术形象加以生动演绎。

应当看到，郭文斌的选择体现了一种难能可贵的警醒与睿智。按照新一代物理学家的说法，整个宇宙都是一个不断膨胀收缩的球形体，它没有直线，只有曲线。这便意味着，人类社会的发展也常常是曲折的、回旋的，而不可能总是一日千里，一往无前。况且事实已经证明，在很多时候，很多情况下，"回家"恰恰就是先行，就是抵达——当一路狂奔的人们，被自己的愚昧和盲目迎头棒喝，不得不做周而复始的运动时，却发现你早已在那里以逸待劳。你的原地不动，也就成了捷足先登。针对现代人的躁动不安，一味求进，韩少功曾做过诚恳的提示："不断的物质进步与不断的精神回退，是两个并行不悖的过程，可靠的进步也必须同时是回退。这种回退，需要我们经常减除物质欲望，减除对知识、技术的依赖和迷信，需要我们一次次回归到原始的赤子状态，直接面对一座高山或一片森林来理解生命的意义。"（《进步的回退》）我想，韩少功的"回退"和郭文斌的"回家"，堪称同频共振，声应气求，它们都是留给现代人的精神清凉剂。

然而，人生多歧路，"何处是归程"？对此，郭文斌给出的答案概括说来就是：重返本真，重返自然，回归历史，回归传统。而对于传统，郭文斌又有着属于自己的划分和理解。在他看来："中华传统文化主要有两部分组成，一部分是经典传统，一部分是民间传统。经典传统固然重要，但民间传统更重要。因为经典只有化在民间，成为气候，成为地力，才能成为营养，也才能保有生命力，否则就只是一些华美的句段，也不牢靠。民间是大地，是土壤，经典是大地上的植物。只要大地在，就会有根在，只要有根在，就会春来草自青。"（《想写一本吉祥之书》）正是基于以上体认，郭文斌在化传统为归程的过程中，切实付出了两方面的艰辛劳动：

第一，坚持回归经典传统，认真研读古代典籍，以随笔和演讲的形式，潜心发掘和阐扬其中的精华妙谛。在这一向度上，作家除了作广泛的涉猎，着重解读了孔子的快乐，老庄的通达，《了凡四训》的明心见性、自救救人，《弟子规》的孝悌仁爱、见贤思齐。其中对《弟子规》的阐释尤其系统深入，其字里行间不仅每见别有会心之点，而且多有正本清源之处，从而为现代人的成才和"回家"提供了久湮不彰的精神滋养。

第二，也是更重要的，就是坚持回归民间传统，注重开掘记忆储存，以小说和散文的形式，形象再现诗意盎然且生机沛然的人生画卷。围绕这一向度，作家充分调动丰厚的生活积累和独特的艺术才情，精心幻化出一个洋溢着东方气派与传统韵致的文学世界。其中长篇小说《农历》透过一年之中所有的传统节日或节气，表现出人在天地自然之间的无比澄明和由衷欢悦。而那一对精灵可爱的山乡儿童——五月和六月，凭借一种童年视角的映照，简直就是天人合一、天地狂欢的化身，令人过目难忘。短篇小说《今夜我只想你》，也许算不上作家的重要作品，但主人公李北烛深怀的对世间一切生命的悲悯与牵念，以及由此决定的爱情取舍，依旧让人怦然心动。还有散文《点灯时分》《永远的堡子》《大山行孝记》等，那一个个浸透了民族风俗或人伦之美的生活场景与人物细节，无不具有动情走心的审美效果。毫无疑问，所有这些都是匆匆赶路的现代人所需要和所想要的。它们是作家为现代人"回家"而热情点亮的一盏盏心灯。

对于中国传统文化，郭文斌以虔敬之心和礼赞之情，实施着认真的梳理、解读和阐发。但所有这些并不是经院式、注疏式和封闭式的，而是以传统文化为基本坐标，同时密切联系现代人的精神语境和生活现实，进行再度思考、重新整合的结果。正因为如此，在郭文斌笔下流淌的传统文化的河流里，出现了若干属于作家自己的精神命题，诸如"寻找安详""回归喜悦""文学的祝福性""正能量阅读观"等。围绕这些命题，作家做出的具体诠释，或许还有不够精确、不甚周严之处，但是，倘若就整体意蕴而言，却显然实践着鲁迅当年提出的"取今复古，别立新宗"的主张。譬如，那"寻找安详"的说法，就一方面闪烁着源于道家文化的静默无为、无用之用的生存智慧，一方面打通了现代西哲倡导的"简单生活""诗意栖居"的先锋理念。而所谓"回归喜悦"的观点，则既容纳了美国心理学家大卫·霍金斯博士的能量层级理论，又自觉或不自觉地连接着李泽厚有关中华民族拥有乐感文化的说法。至于"文学的祝福性"，更是可以让人联想起包括孔子"温柔敦厚"论在内的诸多中外文学主张，甚至联想到文艺起源于宗教的说法。其实，诚挚表达对人类命运的美好祝愿，从来就是文学的神圣使命之一。

值得特别称道的是，在确立自己的精神命题时，郭文斌没有满足于时下文学界常见的逻辑自洽和坐而论道，而是从知行合一的目标与原则出发，进一步探讨了如何将精神命题落实于人生实践的问题，并提出了相应的措施和路径。譬如，在谈论安详时，作家不仅强调了"享受安详""向孔子学习安详"，同时还阐明了人通过什么"走进安详"，如何"在生活中应用安详"。同样，作家呼唤"回归喜悦"，也是一边讲述喜悦的真谛和意义，一边探讨走向喜悦的方式和通道。即使是导读《弟子规》一书，作家也是既提炼出"打开《弟子规》的六把钥匙"，又总结了"践行《弟子规》的六条原则"，以求让书中内容有益于读者的世间行为。这样一种追求，显然将文学的教化功能推向了极致。

近代以降，中国大地经历着欧风美雨的一次次冲击，言必称西学，已成为思想文化领域不少人的心理积习与精神偏颇。在这种情况下，郭文斌以逆行者的姿态，努力向中国传统文化提取精神资源，无疑具有补偏救弊乃至取精用宏的积极意义。我们预祝他在这条路上且行且悟，再接再厉，不断取得新成绩。

原载《文汇报》2016 年 3 月 29 日，《博览群书》2016 年第 9 期

鸿飞何须计东西

——读王必胜散文集

　　案头摊放着王必胜近年来出版的两部散文随笔，一曰《东鳞西爪集》（作家出版社出版），一曰《雪泥鸿爪》（广东教育出版社出版）。收入书中的文章，或细读一过，或回味再三，均已不再陌生，只是掩卷之后，仍觉余兴绵绵，意犹未尽，还想来日有暇，再续前缘。而之所以如此，并非单单因为这两部文集里的作家，凭借真诚、质朴而又从容、平实的讲述，敞开了自己的心灵世界，让我感到了朋友之间对坐神聊、海阔天空的惬意，以至欲罢不能；更重要的是，作为作家生命与才思的表达，它们在经意或不经意之间，似乎触及了文章写作中某些带有普遍性和规律性的问题，同时又提供了直接的经验和有益的启示，从而让我们不由得沉下心来，去认真探究内中的奥妙和道理。

　　翻开《东鳞西爪集》和《雪泥鸿爪》，一种最突出也最强烈的感觉，或许可以用一个"杂"字来形容和概括。这里所说的"杂"，一是指内容，二是指文体。就内容而言，这两部集子或写人物，或说经历，或记行旅，或描景致，或抒心怀，或谈见解，或叙闲情，或绘浮世，或言文坛，或品书香，端的是五光十色，异象纷纭。依文体而论，书中的篇章有的是纯正的散文，有的是典型的随笔，有的近乎评论，有的疑似杂文，有的标明日记，有的自谓序跋，有的是散文叙事穿插着书信往来，有的是文学表达引入了新闻元素，委实算得上诸体皆备，光怪陆离。"赤橙黄绿青蓝紫，谁持彩练当空舞？"读王必胜的作品，我竟联想到这两句诗。

　　必须指出的是，无论作家抑或作品，以"杂"见长，并非坏事；而批评家贻其以"杂"字亦非贬义。事实上，现代作家以"杂"著称或自命者屡屡可见。俞平伯有《杂拌儿》一再行世，钱锺书有《七缀集》饮誉文苑，即使经典如鲁迅，也从不讳言自己是"杂感家"，写的是"杂文"。此种情况，乍一看来，仿佛是作家的意趣与风格使然，细一琢磨，即可发现，它最终连接着文学的内质和文章的真谛。即：一方面，"杂"意味着嫁接，意味着融合，意味着营养上的兼收并蓄和精神上的取精用宏——这是艺术创新发展的必要条件。另一方面，"杂"包含了恣肆，包含了自由，包含了观念上的不落窠臼和艺术上的无拘无束——这是作家安身立命的不二法门。而王必胜集子之"杂"，恰恰又一次佐证了这两点。

你看，在前一维度上，作家时而以随笔的体式作文学批评，如《新时期散文三十年》《打量南北，杂说京沪》；时而以杂文的笔法谈文化问题，如《文事杂刺》《当前中国文化热点》；时而以书信作媒介为作家剪影，如很有意义也很有意思的《读写他们》；时而以日记作线索谈朋友情谊，如看似琐细却十分感人的《病后日记》；时而在文学与文化的衔接处有所发现，直抒胸臆，如《短论杂章》《怀念过去的"东方时空"》；时而在文学与新闻的交叉点加以拓展，以广见闻，如《沙家浜一日》《大众啊，大众》。一言以蔽之，作家以从内容到形式的跨越与打通，有效地丰富了作品的承载力和表现力。而在后一维度上，作家的表现同样充分而出彩，你看他的文心与笔致，既善于主体挥洒，又注重客观描摹；既关心苍生社稷，又不弃世俗烟火；既点击文化现象，又透视社会景观；既留墨于国内，又撷英于域外；既秉持清晰的理性，又拥有灵动的感性，全然是一派信马由缰，物与神游，从而把一种人生的自在之气与艺术的逍遥之美，呈现在读者面前。

王必胜的这两本散文集具有"杂"的特征和个性，但却不是为"杂"而"杂"，而是坚持意在笔先，因意生文。也就是说，作家是从有深度的精神思考出发，然后展开自由不羁、随物赋形的语言挥洒，努力让思考成为文字的血脉与骨骼。譬如，在《好梦中的隐忧》《"有效批评"何处寻》《浮躁的作家，沉寂的文学》等看似随意的议论文章里，你会看到作家面对商潮和物欲侵蚀文学的深深忧患，以及对于抵制和改善这一切的用心求索。在《小城大馆》《邂逅美国大选》《莫斯科墓园》等信笔而成的域外游记里，你会发现作家旨在不动声色地鉴别和沟通多种文化与文明，以求从中获得启示或借鉴。而《读写他们》《这个时代的文学如何》

《为了心中的神圣》《思想与道德的力量》，以及配合选编散文年选而写下谈散文的系列短论，尽管林林总总，包容甚多，但始终有作家立足于文学的人文关怀贯穿其间，发散其内。所有这些，都使得作家的书中世界，"杂"而不碎，"杂"而不轻，别有一种形散神聚、匡时济世的力量。

王必胜的《东鳞西爪集》和《雪泥鸿爪》是"杂"的，但我们读起来，却感觉"杂"而不芜，"杂"而不枯，相反倒是"杂"中有持守，"杂"中有深味。究其原因，则在于作家将一种诚挚而温馨的情愫注入了字里行间，使其拥有了一种动人的"底色"或"底韵"。请看《朋友许中田》。该文写的是省部级干部许中田，但作家所取的是"朋友"的视角，用的是第二人称，于是，一种发自心底的爱戴与敬重，连同一个个源于日常交往的、平视的片段或镜头，整合成"平民"且亲民社长的真切形象，让人不禁怦然心动。《老田》为著名散文家袁鹰（袁鹰的本名是田钟洛）传神写照。通篇文字是基于交往的平实讲述，是恪守闻见的细致勾勒，是远离夸饰的娓娓道来，它们与作家积淀已久的殷殷之情相汇相融，相辅相成，便成就了饱满鲜活的人物绘像。还有《怀念丁一岚先生》《感念珞珈》《生命与故乡》等，都是情动于中而形于言的好文章，经得起人们再三阅读。当然，在这方面表现得最为充分和得力的，恐怕还是近七万言的长篇随笔《读写他们》。此文围绕《小说名家散文百题》一书的选编宕开笔墨，采用连接互文、穿越时空的手法，写了作家眼中和心中的汪曾祺、叶楠、铁凝、韩少功、方方、池莉、蒋子龙、陈建功、梁晓声、李存葆、刘恒、邓刚、刘震云、刘兆林等近二十位实力派作家。其成功之处自有多个方面，但核心的一点，窃以为还是一个"情"字，即作家以自己的真感情写出了朋友的真性情，从而使作品呈现出"情感的安然滋润"的境界。难怪硬汉子蒋子龙读罢该文，也禁不住以"为文坛存佳话，为文学存温暖"嘉许之，喝彩之。

王必胜的作品还有一种明显的优长，这就是：在那些斑驳多样、不拘一格的作品里，总有一种来自先天所赋而非刻意营造的余裕心和幽默感在流转，在发散。关于这点，无论是《球迷W》《同情弱者，向往激情》《学车》《牌局》一类的性情文字，还是《病后日记》《五十断想》一类的沉吟之作，乃至像《读写他们》这样的跨文体篇章，均有适度而出色的表现。透过这样的表现，我们看到了作家淡然顺生的性情，也领略了人类乐观旷达的智慧，而它带给作品的则是一种审美品格与叙事风度，即"杂"而不塞，"杂"而不滞。

王必胜的两部作品集以"雪泥鸿爪"和"东鳞西爪"命名，其意象自然来自东坡的诗句："人生到处知何似，应是飞鸿踏雪泥。泥上偶然留指爪，鸿飞那复计东西。"表达的意思则是作家自喻笔下为零思断想、不成系统的谦虚。其实，无论东坡的诗句，抑或必胜的书名，我们都可以做另外的理解，这就是：生命的真自在和精神的大自由。倘若这样的理解并不荒谬，我情愿将东坡先生的诗意略加修改和引申，以为本文点题：文章从来无定法，鸿飞何须计东西。

原载《文艺报》2011 年 9 月 2 日

幽思邈邈，逸趣翩翩

——说王彬的散文

王彬的散文，多写历史上的人和事，在这一意义上，将其归入历史文化散文的大门类，自非郢书燕说，全无道理。不过，同样是以散文回溯和烛照历史，出自王彬笔下的诸多篇章，分明又呈现出属于作家自己的风格特征。这突出表现为：面对风云变幻，异象交织的千秋记忆，它既不追求汪洋恣肆的高谈宏论，以显雄阔丰赡，也无意于振聋发聩的史识颠覆，以见敏锐深刻；取而代之的是一种信马由缰的撷英咀华，一种从容不迫的寻美探胜，一种承载了邈邈幽思和翩翩逸趣的才情挥洒。而这样一种艺术风格，不仅将王彬的历史文化散文从时下同类作品的流行色彩中间离出来，同时也为整体的历史文化散文写作，提供了若干新的经验，开辟了一种新的可能。

崛起于 20 世纪八九十年代之交的历史文化散文，从根本上说，是作家以文学为本位与历史老人的对话。既然是对话，作为言说主体的作家——"我"，便必然要或隐或显地存在于具体的艺术表达之中，进而发挥统御物象、调度全篇的作用。王彬的历史文化散文自不例外，其中"我"的精神旨趣，不仅一向丰沛饱满，鲜活生姿，从而构成了作品的意脉与灵魂，而且每每独辟蹊径，自出机杼，以致使笔下景观别有寄托和深味。你看，作家很喜欢结合自己的行旅与闻见，从微观的地理入手，追踪旧时人物，钩沉昔日事件。只是这种追踪与钩沉，仿佛习惯性地回避着时下的种种喧嚣与热闹，而对那些荒僻与寂寥的去处却每生眷顾，多有流连。于是，久湮不彰的龙道村，历尽沧桑的古北口，零落杂乱的方砖厂，墙残脊落的太清观，以及那多与冷月寒风相伴的龚公山宝华寺、几被时光遗忘的赤湾少帝墓，等等，遂一起化为作品的前景，构成了搬演前尘旧影的天然舞台。"我为什么对这类地方，与时代不合节拍的村落，荒寒的殿宇，陋巷穷街感兴趣？"作家曾在文章里做过这样的自问或问人，而有的评论家则以古人的幽怀或"幽栖志"来说明之，阐释之。这不能说不对，但也似乎不是全对。在我看来，王彬这种寻踪蹑迹上的避"热"趋"冷"，或许有性情、经历和癖好方面的因素，但说到底还是当代知识分子特有的怀疑和忧患精神的折现——置身于当下的历史文化现场，作家不屑或不甘于沿着已有的知识通道和话语体系，做舒舒服服的趋随与滑行，更警惕着后现代语境里种种霸权、潮流与时尚，对精神的遮蔽与裹挟。为此，他情愿从被常人所忽略、所冷落乃至所遗忘的地方，进入历史和咀嚼历史，就中打捞或开发出一些有价值和有意义的东西。譬如，《龚公山麓的禅云》由高僧马祖道一说开去，肯定了其弟子怀海身在佛门却不弃稼穑的行为，从而让宗教信仰与民间福祉联系起来。《川底下》聚焦尚存明清四合院的京西一隅，透过其景物沿革和境遇陡转，反思了我们对于传统文化曾经有过的简单、浅薄和浮躁。而《观周》《大屯》《龙道村》等文，则立足古都洛阳和北京，直观历史遗迹在社会都市化进程中的命运遭际，最终把现代文明无限膨胀有可能中断历史脉络的严峻现实展露在读者面前。这时，作家笔下的历史沉吟，便具有了可以让现代人思索和回味的内力。

　　就像人的感觉并不总是被理念所规约所引领一样，在历史文化散文领域从容漫步的王彬，其兴趣和思绪有时也会突破自己避"热"趋"冷"的有意选择，而指向一些已经较多覆盖了精神视线和文化符码的地方，如古代的什刹海、独乐寺、桃花源，以及现代的鲁迅故居、庐山别墅，等等。只是在这样一些篇章里，作家仍然没有沿着人云亦云、大而化之的路径走，而是坚持用新鲜和别样的目光，潜心打量被锁定的对象，力求发他人所未发，言他人所未言。不妨来看《红粉》。该文通过"我"的九江和洛阳访古，引出屡被称引的唐代大诗人白居易。不过，在作家笔下，白氏已不单是因同情落魄歌女而泪湿青衫的江州司马，同时更是指责已故朋友之爱妾关盼盼不以身相殉的卫道诗人，是冷酷无情的非人道的封建官员，这无疑揭示了道德的矛盾和人性的复杂，很值得人们掩卷深思。同样，《香光》也是一篇推陈出新之作。乍一看来，该文似乎主要是指斥女皇武则天在变态心理驱使下的种种阴鸷与残暴，只是细加体味即可发现，这一切竟然同卢舍那大佛的庄严、雄伟、睿智、慈祥，乃至女性的柔媚相联系，相表里，这时，通篇作品便因为美与丑和善与恶的尖锐对比，而平生出强烈的反讽与警世意义。此外，《翠屏山》透过《水浒》里的地点和故事，无情抨击男权与暴力，进而触及名著新读和观念矫正。《秦陵》抓住自然景观与历史色调的错位，细致咀嚼皇权政治与民间生存的复杂关系，由此发掘着封建社会的某些规律和本质。显然，诸如此类的作品，都有效地增添了王彬历史文化散文的精神重量。

历史文化散文是审美化的历史叙事，这样的文体性质决定了散文家在从事此类本文创作的过程中，必然要面对如何借鉴和使用相关典籍与史料的问题。毋庸讳言，在这一问题的处理上，不少散文家暴露出了令人遗憾的捉襟见肘和力不从心——过于呆板也过于频繁的资料称引，使得艺术文本无形中陷入了观念压倒情致，史料窒息性灵的泥淖，以致在很大程度上损耗了自身应有的美感与魅力。相比之下，王彬的历史文化散文较好地化解了此种毛病与缺憾。在他的作品里，同样是剖解人物或分析事件，同样是借鉴典籍或运用史料，但并不给人以晒学问、掉书袋和钻故纸堆的感觉。相反，所有这些殆皆统摄于作家的艺术气质之下，无形中化作其散文叙事的一部分。而如此效果之所以产生，恐怕与作家长期研究中国传统文化和古典小说的学者资质相关——对于一般作家来说，通常需要"恶补"和"速成"的历史文化知识，到王彬这里，统统变成了胸有成竹的专业储备和潜移默化的学术修养，而这些一旦与作家同样具备的出色的文体转换和语感掌控能力相结合，便足以让那些在岁月长河里沉睡已久的文字顿时活跃和生动起来，进而形成一种"不涉理路"、"不落言筌"、感性充沛、收放自如的叙事风度，甚至直接酿成一种以还原历史和传播知识见长的文本特征。

你看，在王彬的历史文化散文中，表情达意和讲述知识常常是互为条件、彼此补充、融为一体的。譬如，《我对一种树的认知过程》是一组品类相似的作品，主要写了"我"与楮树、栾树、五柳等几种树的缘分，以及由此而生的情思和感悟，而所有这些都渗透到了"我"对树的具体了解和认识过程之中，于是，树的形状、习性、特点和"我"的精神流动联系在一起，前者支撑着后者，后者开发着前者，一时间物我双会，相得益彰。《走进尚书第》落墨于明代朝廷重臣李春烨现存于福建泰宁的府邸，其重心虽是写李氏的宦海沉浮，但同时也勾勒和介绍了明代此类建筑的样式、规模与礼法，具有较强的知识性。后者的出现不仅有益于读者知人论世，而且作为一种环境氛围，有效烘托着作家的情感表达，当然，作家的特定情感也为笔下的建筑知识注入了活力。而在有的时候，作家的笔墨则更为大胆，即干脆把知识当作审美对象，或者说把文本看成知识载体，让经过选择的历史物件与场景直接获得艺术呈现。如《水浒的酒店》《王婆的茶坊》，以《水浒传》中相关文字为线索，虚实结合地钩沉和描绘宋代的酒店与茶坊，由此打开当时社会的经济一角。《丝织、皮毛与青缎子背心》《史湘云、孙行者与小骚达子》等文，集中分析《红楼梦》中的人物服饰，既交代服饰本身的奥妙，又揭示服饰与人物的关系，从而完成文化与民俗的普及。诸如此类的知识，原本具有时光打磨出的磁性，加之作家下笔或旁搜远绍，侃侃而谈，或剥茧抽丝，娓娓道来，因此，便别有一番表现力和感染力。有必要稍加提示的是，王彬所写的这类散文于当下文坛并不多见，但在中国散文史上却是渊源有自。读它们常令我禁不住想起《东京梦华录》《陶庵梦忆》《帝京岁时纪胜》之类的古人笔记，以及周作人、邓云乡，乃至郑振铎的某些散文，进而意识到，赓续传统有时也是一种艺术创新。

与整体的精神和审美追求相协调，王彬的历史文化散文在语言表达和文体营造上，亦呈现出鲜明的个性，在这方面，至少有两点引人瞩目：一是空间开放，意脉自由。王彬写散文既不喜欢设置封闭的主题，也不看重编织严整的结构，更不怎么讲究凤头、猪肚、豹尾之类的章法与技巧，而是情愿让笔墨随着自己的思绪、意趣和感觉，做无拘无束的伸展和挥洒，行其所当行，止其所当止。关于这点，我们读《沈园香碎》《兆惠与北顶》《万历三十六年冬天的一篇日记》等文，均会收获充分的体验。而这样写成的文章，极容易将读者带入一个乘美游心、怡然自得的精神世界。二是行文从容，每有闲笔。在《古北口》一文的结尾处，王彬写到民国时冯玉祥的古北口会议和他的回忆录《我的生活》。斯时，作家特引出回忆录中"从怀柔到古北口，到密云，大路两旁都是枣树"一段，称其为"颇可注意"的闲笔。接下来，作家便亮出了自己的闲笔："在我们走的这条道路上，一株枣树也没有见到。它们都到哪里去了？它们都飘进历史的册页里去了。"由此可见，对于散文中的闲笔，王彬不但在欣赏的层面给予重视，而且还成功地运用到了自己的创作实践中。而为文从容，善用闲笔，恰恰是王彬散文的又一特点和优长。在这方面，《夹马营》《张家湾》《居庸关》《大屯》等文，均有可资圈点的例证，从而为作家的散文世界增色不少。

原载《南方文坛》2012 年第 2 期

从容咀嚼缭乱的风景

——读彭程《在母语的屋檐下》

读罢彭程散文新著《在母语的屋檐下》（线装书局 2016 年初版，以下简称《母语》），脑间浮现《北史·祖莹传》所载传主的名言："文章须自出机杼，成一家风骨，何能共人同生活也。"在我看来，《母语》作为彭程散文近作的荟萃，其最可贵的品质和最重要的贡献，正在于其艺术世界的自出机杼和自成风骨——无论整体取向抑或具体行文，都呈现了属于作家自己的个性化路径与独特方式，都打上了彭程之所以是彭程的鲜明印记，从而丰富并启示着当下的散文创作。

进入 21 世纪以来，许多成熟敏感的散文家，都日益深切地感受到来自网络媒体和电声技术的强力裹挟。为此，他们开始调整自我，以求突围。在这方面，散文家一个多见的举措，就是以强化语言艺术便于实现的"深度"和"长度"，来抵御和反拨数字传播几乎是无法避免的感官化、浅表化与碎片化。这些年来，文坛上锁定某一题材或主题，做系列化、工程化开发的"大散文"屡见不鲜，其深层原因庶几就在这里。彭程是一位学者型散文家，自然深谙"时运交移，质文代变"的道理，且不乏"酌于新声""日新其业"的意识。不过，从《母语》的情况看，作家并没有像时下倾注新变的同行那样，用主要精力来构建集中稳定的题材领域或话语主题，而是选择了一种更接近散文传统特征与既定优势的叙事策略，即一种自由洒脱、流动不羁的行文风度，一种丰富多彩、摇曳多姿的言说方式，一种因境生情、随物赋形的表现手法。用作家在《母语·后记》中的话说，就是让心灵和笔墨，"随风飘荡，任意东西，从变动不居的风景中，感受各自的美，收获一份惬意和迷醉"。

《母语》为何呈现这样的艺术形态？对此，彭程留下了认真而坦诚的

"夫子自道"，有成就的散文家，往往是"目光专注，精神凝聚，各自选择了自己最感兴趣也最具实力的话题范围，既穷追猛打，又精耕细作"。自己虽然向往这样的写作，但并不属于这类写作者。"没有格外倾心和投入的目标题材，诸多方面都有所触及，但却都谈不上深透。仿佛步入了一座姹紫嫣红开遍的园林，每一朵花我都想看一眼，凑上前闻闻它的香气，但须臾间目光又被另一朵吸引了，脚步也挪移过去。仿佛驿路看花，眼花缭乱，丰富多彩，但过后寻思，却不免有浮泛之感。"（《母语·后记》）我由衷敬佩作家的谦逊与自省，但却不能完全认同作家的自我解析与评价。在我看来，彭程并不缺少发现和驾驭"目标题材"的资质与能力。出现在《母语》中的《苏东坡的旷达》《自由在呼唤》《第七只眼睛》《阳光灿烂的日子》等篇足以证明，作家腹笥充盈，完全可以在历史文化或艺术鉴赏领域进行纵深性开采和系列性演绎，写出质文俱佳的"大散文"。而彭程之所以最终搁置这样的路径，而选择"驿路看花"式的自由观赏与任意挥洒，应该是听命于内心的结果——透过一篇《童年乡野》，不难发现，孩童时期的彭程就充满了超常的好奇心和探求欲，就总是被大自然中新鲜的、未知的事物所吸引、所陶醉。这种心理特点随着年事增长，早已扩展和浸透到社会层面。而它一旦同改革大潮相遇，便很自然地化作一种关注历史嬗递、对话时代转型的精神驱力。窃以为，《母语》的"驿路看花"，正是作家这种精神驱力的外化。如果这样的说法并无大谬，那么，必须承认，彭程的选择是正确的。事实上，只有这种无拘无束、随机生变的表达，才能恰当地支撑起作家对一个时代的圆通观照与多维把握，才便于作家真正呈现这个时代的精神流变与心灵图谱。

立足生活前沿，为一个正在经历巨大发展变化的时代传神写照，这是历史赋予当代散文的使命。然而，散文家要真正担负起这一使命，却绝非易事。对此，彭程自有清醒的认识："技术的飞速发展，让我们时时刻刻面对新事物，享受种种便利和好处，眼花缭乱，心满意足。但与此同时，内心的感受也被切割得凌乱、无序、碎片化。不再有某个原点、某个恒久的存在物，作为思考的和行动的参照系和坐标轴，方向感变得茫然阙如。过去——现在——将来的连接被打乱了，不知明天怎样，明年又会如何。"（《连续》）为了在缭乱的语境中守望文学的使命和尊严，彭程主要付出了两方面的努力：

首先，在参与恢宏壮阔的时代交响时，坚持从已有的生活与生命体验出发，忠实于自己的内心感受，努力实施个性充盈的艺术建构。一部《母语》熠耀着鲜明的时代色彩。只是细加分析，又可发现，彭程在营造这种色彩时，既没有一味追踪社会新闻事件，也不曾极力趋鹜当下流行话题，而是把这一切天然无痕地浸透于自己日常的社会视域和生活天地，化作一系列富有包孕的故事或饱含深情的细节，作烘云托月式的表达。不妨来看《返乡记》。该文描述作家陪已定居京城的父母回河北老家探访亲友的情形。其直接勾画的场景无非是亲人团聚、老友重逢、同学畅叙之类，然而，就是这些看似寻常多见的场景，却偏偏承载了异常密集的社会信息与生活密码，其中既有人的命运的转机，生存环境的改善，又有民生状况的隐忧、职场氛围的诡谲。于是，我们感受到真实的、多色调的时代潮涌。

《父母的房间》写的是父母以及"我"和弟妹们不断向好的住房变迁，这无疑折射着一个时代的映像。只是这时代的映像里，分明注入了属于"我"的记忆、经见和情感、体验，从而使历史的前行获得了个体的印证。还有《行走京城》《在生长松茸的地方》《回乡四章》《小周》等篇，或聚焦身边的都市，或采撷远方的风景，或打捞城南旧事，或速写凡人小景，尽管题材和对象不同，但同样都做到了透过作家的心壁来传递时代的跫音，因而显得具象生动，真切感人。记得彭程说过，讲述中国故事"是一个集体性的文学工程，仿佛一台气势宏大的交响乐，但每一位散文作家又都是个体性的存在，有着专属的内容和表达方式，他仿佛乐队中的一位小提琴手或者一名长笛手，他的声音，只能是恢宏声响中的一道旋律"（《忠实于自己的感受和思考》）。我想，彭程正是这样一位善于以个性化旋律参与时代交响的小提琴手。

彭程的散文创作注重生活的感受以及表达的感性，但是却不曾因此就满足和停留于现象的胪陈与形象的复制。在这一维度上，作家的另一种努力同样昭然显豁：坚持对缤纷驳杂的社会景观与生活现象，做冷静的审视和睿智的思考，调动创作中知性的力量，抵达事物的纵深地带，就中发现固有的价值或本真的存在。请细读《在母语的屋檐下》。这篇被用作书名的作品，由方言说到母语，透过一系列有关语言现象与桥段的灵动诠释，多层次地展现了母语对人的亲近感、归属感和家园感，辟透地揭示了它对民族身份认同和文化延续的无可替代的重要性，进而启迪国人，越是在全球化时代，越是要热爱和珍惜母语。《且认他乡作故乡》以作家的切身体验为依据，指出了生活中日益多见的"第二故乡"乃至"四海为家"现象。这固然反映了现代人乡土观念的变化，但更重要的是，破译和倡导了一种开放包容的文化态度，一种开拓进取的主体意识。而这恰恰是民族振兴所必需的。《印度行脚》《永远的肖邦》分别记述了作家的印度和波兰之行。按说属于游记性质。但由于作家的域外书写不仅激活了风光民俗，而且更多地深入到不同民族精神文化的层面，所以读来仍有一种沉甸甸的感觉。《招手》《对坐》《远处的墓碑》三篇作品，围绕父母双亲和岳父拉开笔墨。其中的亲情书写自是细腻、柔婉、含蓄、别致，令人心动；而由此引发的"我"对生命真味的仔细体察，对人生规律的清醒直面，更是启人心智。应当承认，所有这些，都在不同程度上有助于我们对时代的了解与认知，同时也显示了彭程面对缭乱风景依然具有的把握一个时代的能力。

原载《文艺报》2016 年 12 月 5 日

书海探奥，可作金针度人

——读彭程的《纸页上的足印》

在读书界，"开卷有益"的说法由来已久。从倡导和鼓励阅读的角度，这自有积极意义，但倘若将此视为读书的普遍规律，则无疑失之简单粗疏。因为大量阅读实践告诉我们，在"开卷"与"有益"之间，还存在一个决定性因素，即开卷者自身的素养——开卷者只有首先确立科学先进的读书理念，即解决好为什么读书、读什么书和怎样读书的问题，"开卷有益"方可落到实处，阅读也才能真正成为滋养人类精神世界的有效途径。正因为如此，我们说：科学先进的读书观堪称阅读生活的灵魂，拥有如此灵魂的开卷者，才是名副其实的读书人。

彭程正是这样一位真正的名实相符的读书人。多年来，作为读书报刊的主持人和文艺评论家，彭程始终立足阅读前沿，在畅游书海，坐拥书城的同时，写下一系列与阅读相关的文字。这些文字或针对国内新版图书展开鞭辟入里的品评，或围绕西方经典作家进行别开生面的解读，或分析常见的阅读症候，或阐发重要的书界话题，自是一派寻幽探奥，取精用宏。其中最可谓笔力超逸，也最让人收获良多的，便是作家贯穿和浸透于字里行间的有关读书目的、取向和方法的深入思考与积极实践，即一种植根于丰富阅读经验的读书之道。这种并非多见的精神质地，不仅成就了彭程阅读世界的丰邃与隽永，同时也使承载这一世界向读者走来的作家新著《纸页上的足印》（人民出版社2017年版，以下简称《足印》），愈发具有内容的独特性与厚重感。

人生需要读书，这大抵算得上一种共识。但要再问一句，人生为何需要读书？答案就会出现差异。在这方面，中国文化传统一向有两种不同的说法。一种说法是源自宋真宗赵恒，迄今仍被不少人信奉的"书中自有黄金屋，书中自有颜如玉……"这当中承载了太多的功利主义和实用主义，不说也罢。另一种说法便是孔子提出的"古之学者为己"之论。他所说的"为己"，指的是充实自己、提升自己、完美自己，强调的是读书与"修身"的结合，几近后人称赏的"腹有诗书气自华"。彭程对读书目的认知，显然远绍孔子。在他看来："人生苦短，大道多歧，但借助读书，我们可以减少、避免许多不必要的损耗和曲折，更为直接地抵达或贴近那些真谛。"为此，一部《足印》以从容细致的笔触，解析"阅读让人保持生长"的可能，诠释"读书让人目光笃定"的道理，揭示"读书与做好人"的密切联系，呼唤"书卷多情似故人"的生命境界。于是，读书成为人实现自我升华的重要措施乃至根本路径。

然而，作为拥有国家、民族和人类意识的现代知识分子，彭程又异常明白：读书可以升华自己，但又不单是升华自己，而是通过升华自己来为升华更多人创造条件，或者说是以自我升华来促进社会进步。从这样的观念出发，一部《足印》所展示的阅读天地，便不仅属于"小我"，而且属于"大我"。即在审视个体阅读的基础上，将宏阔高蹈的目光，投向人类共同关注的具有普遍意义的社会与精神问题。譬如：《昆曲复兴与文化守望》透过昆曲的兴衰沉浮，探讨中国传统文化的现代转换与创新发展；《"探知人类与自然的和谐关系是诗人的领域"》围绕西哲"哲学走向荒原"的命题，阐发现代人面对大自然所应有的诗意精神；《选择善良》重申商业环境中道德的力量；《生命美丽》昭示现代社会仍须珍惜的生命关爱……显然，这样一些文字，不仅深深切入当下中国的社会生活，而且最终于精神血脉上接通了鲁迅"立人"的主张，直至马克思有关"人的发展"的思路。这时，读书成为人世间的大善和至美。

在厘清读书目的基础上，一个接踵而来的问题，便是如何选择并把握读书的取向？对此，彭程自有明确的观点和态度。他一向认为，现代人健康的精神生活应当是清洁的、高雅的、有深度的，而不是在感官的狂欢中"娱乐至死"。如此文化观念投射到阅读领域，便很自然地形成相应的价值坐标，这就是：远离时尚，警惕炒作，同时亲近经典，取法乎上。在前一意义上，作家提醒人们，不可被"流行""畅销"所迷惑，不可被"装帧""鼓噪"所裹挟，要相信自己的眼光与感受，相信时光才是检验图书成色的可靠标准（《好书付与时光汰》）。而在后一维度上，作家除了郑重指出"人的本质就体现在他所追求的对象上"，以此强调经典阅读的重要意义之外，同时还在赏读惠特曼、雅姆、帕慕克、波兹曼、以及萧红、易中天等人的作品时，努力发掘并张扬其中的经典元素，诠释经典之所以是经典。这里，值得人们留心一读的还有《为什么不读经典》一文。该篇从当下存在的疏离经典的现象入手，一边检视走近经典的"屏障"，一边盘点生成经典的条件，一边分析经典难读的原因，一边阐述经典必读的理由，堪称对经典问题别有深度的探索，颇具拓展性和启示性。

对于严肃认真的读书人而言，确立为什么读和读什么的正确认识固然至关重要，而掌握怎样读的有效方法同样必不可少。在这方面，彭程无意编织正襟危坐的高头讲章，但透过其紧贴心灵的娓娓道来，我们仍可窥见内中包含的优长自在的读书门径。首先，彭程读书很少做单纯的观念演绎或兴趣挥洒，而是习惯以敏锐的观察和深入的思考，将阅读内容与相关的社会现象联系起来，展开剖解或对话。譬如：《在童年消逝的背后》指出取消了差异的电子信息环境所导致的儿童心理特征的退化；《从"电子眼"的威力说起》呼吁法律和科技手段更多介入公共道德建设；而一篇《精神的高地》则由高校新生入学说起，把强化大学教育人文内核，进而高扬大学精神的严肃话题，重新摆在了读者面前。诸如此类的言说，使《足印》呈现出清醒的"问题意识"与深沉的人文关怀。其次，彭程读书从不满足于单向度的、被动的了解和接受，而是善于在阅读过程中调动自主性知识储备，进行能动性内容开发。于是人们看到：纪实作品《欧亚远征》背负了人类的潜能与梦想；《死亡的脸》讲述病房里的故事，折射出生命的尊严与人性的暖意；而小说《冷山》的"七年之旅"，则再次证明即使在信息时代，成功的文学写作仍然需要精雕细刻、锲而不舍的精神……凡此种种，使诸多作品及其阅读过程变得充实和丰富起来。

"鸳鸯绣出从教看，莫把金针度与人。"那是古人的说法。彭程恰恰相反，他在书海的寻幽探奥，正可作金针度人。

原载《燕赵都市报》2017年11月18日，《中国财经报》2017年12月2日

且将千年窑火，化作瑰丽诗章

——读江子的《青花帝国》

　　近年来，伴随着中国传统文化的强势回归，历史文化散文创作，再度焕发出饱满强劲的艺术生机。一批对传统文化情有独钟且心有所系的散文家，立足现实，思接千载，以执着坚韧的探索精神，捧出一批颖异超拔、各有风采的作品。出自江右实力作家江子之手的《青花帝国》（广西师范大学出版社 2017 年 11 月出版），当是其中之一。这部聚焦中国瓷都景德镇历史的散文作品，虽然体量不大，只有十几万字，但由于经历了作家长达三年的广泛研读、深入思考、认真打磨，以及无数次实地考察与现场采访，所以依旧堪称精神高蹈，意蕴丰盈，表达精致，风格独特，很值得文坛和读者予以关注。

　　尽管很多人习惯于把历史文化散文划归文学范畴，但事实上就其本质而言，它是历史与文学的嫁接与互补，或者说是民族文化史上"文史合一"传统的当代赓续与折光。唯其如此，时至今日的历史文化散文，在亦史亦文的大前提之下，很自然地呈现出更侧重于历史或更侧重于文学两个向度。其中前者重材料、重论证、重考辨，旨在探寻和揭示历史上那些被遮蔽被扭曲的存在；而后者则重性灵、重感受、重文采，力求为历史躜事增华，使其平添脉跳、体温与活力。如果说这样的划分和描述大致不错，且可以作为阅读历史文化散文的一种视角，那么应当承认，一部《青花帝国》明显属于后者。这部作品讲述景德镇的陈年旧事，固然携带着足够的历史元素，如清晰的朝野情景，实有的各色人物，准确的行业沿革，翔实的史料数字等，但所有这些都不是客观的知性编码和单纯的史实转述，而是作家以文学为本位，融入了激情淘洗、想象生发、神思推助、灵感照耀和语言变奏的艺术叙事，是对历史的别样解读与生动写意。于是，景德镇的千年窑火和在窑火中现身的青花帝国，最终化作瑰丽诗章，令读者在直观岁月沧桑、瓷艺百变的同时，尽领其中的丰腴美感与隽永况味。

阅读《青花帝国》不难发现，该书的结构较为奇特——它不像常见的文史作品那样，遵循时间或朝代的刻度，来编织本文次序，由此展开线型衔接与纵向递进；而是撷取中国古典小说和史传文学的某些营养，先把历史上与景德镇瓷业发展有着重要关联的各色人物，依其不同的职业或身份，如工匠、画师、督陶官、皇帝、诗人、藏家、使者、江湖人士等，划分为若干相对独立的单元，进行"列传"或"合传"式的描述与皴染，然后从全书的主旨与意脉出发，完成板块式的镶嵌与组合。这样一种结构方式，不仅可以避免一般线型叙事容易出现的沉闷与板滞，而且有效地强化了整部作品的"人学"色彩——事是风云人是月，人的凸显，自是历史文化散文的高端境界。除此之外，还有一点极为重要：以人物为中心的板块式结构，借助作家的发散性思维，把瓷都的千年窑火同苍茫开阔、波谲云诡的历史时空有机地连在了一起，形成了万象辐辏、异态纷呈的艺术画卷。对此，李敬泽先生有切中肯綮的评价——江子"以青花为中心，缔造辽阔帝国，从君王到工匠，从陆地到海洋，从东方到西方，人的劳苦和野心，卑微和高贵，伤痛和狂喜，原来只为了，青花在瓷器上绽放"。而这种简中寓繁、万取一收的艺术效果，在很大程度上正是得益于作家独具匠心的结构营造。

《青花帝国》精彩讲述瓷都历史，精致描绘人物列传，而这种讲述与描绘同样注入了作家的个性化追求："我反复按住自己的冲动，坚决不肯在文中出现'我'……我不让'我'在文中出现，原因是我一直没想好：'我'该是一名画匠、拉坯匠，还是景德镇浮梁衙门里的一名低阶幕僚？可是仍然无法否认的是，我其实还是写下了自己——一个爱瓷的自己。"（《跟着青花回家》）这就是说，作家在构建"青花帝国"时，有意识地避开了历史文化散文常见的那种作家居高临下、全知全能的言说姿态与行文方式，而注意把自己放到史实的低处，坚持以一个普通爱瓷者的身份与口吻，展开尽可能客观，但同时又有意图、有寄托的叙述与描写。换句话说就是，作家放弃了对作品题旨的直接介入与硬性阐发，而将这些化作材料取舍、情感评价、叙事详略以及笔力轻重，巧妙浸透到一系列人物、事件与场景之中，为作品平添具有"冰山"（海明威语）特点的深层意蕴和内在张力，进而给读者以认知与启迪。

不妨来看《皇帝的花朵》。该篇梳理了五位中外帝王同景德镇或青花瓷的关系，而每一位帝王的青花情结都是别有承载，颇具内涵。其中宋真宗赵恒在做出"御驾亲征""澶渊之盟"等重大决策的同时，把正在使用的景德年号赐给了瓷业发达的南方小镇，折映出一个朝代文化意识的觉醒和财富增长的讯息，进而令读者禁不住重新打量和评价宋代社会。元世祖忽必烈下令设立浮梁瓷局，推动瓷业发展，不仅传递出这位草原大帝对中原文化的尊重和热爱，同时也显示了文化自身的价值和力量——它最终决定着社会发展，民族命运和国家消长……《使者：郑和的船队》在青花帝国和郑和出洋之间搭起隐约而又实在的桥梁，其二者之间的种种交集与变化，生动演绎着一个宏大主题：由国门的开与关所导致的历史的喜与悲。而一篇《江湖：都昌会馆》则透过帮会这一特殊视角，深入诠释了手工业时代社会底层的生存、竞争与发展，以及生产力与生产关系的复杂纠葛与激烈冲撞，堪称是一次高度形象化的中国经济的"却顾所来径"。

在所有这些历史风景中，最见作家思想深度和洞察能力，也最让读者眼前为之一亮的，当是《工匠：童宾之死》和《督陶官：唐英的手腕》二文接续讲述的故事：明万历皇帝敕命制造的大龙缸屡试屡败。督陶官潘相震怒，欲以抗旨罪乱施淫威。为了让窑工们免遭劫难，肩负重任的把桩师傅童宾毅然投身窑火，以鲜血和生命换来了大龙缸的问世。据说，他因此得到了窑工崇拜和帝王表彰。这段故事在民间经久流传，只是一旦较起真来，却又破绽多多，似是而非。清代督陶官唐英，显然不在意故事的真伪，而是从中读出了整个社会所需要的仁、义、忠、勇。于是，他为童宾修庙、造像、立传、题匾，将一个雄奇的民间传说改造为庄严的官方话语。必须看到，作家对童宾和唐英的浓墨重彩，绝非为了渲染一段瓷业传奇，而是旨在揭示中国传统文化特有的生成方式："民魂"与"官魂"相交织，江湖与庙堂相融合，而打通其精神脉络的则是源远流长的儒家思想——在这方面，我们以往的认识一向不无盲点。

作为一部散文作品，《青花帝国》所采取的语言修辞策略，亦显得别具一格。这突出表现为，作家的散文叙事明显融入了小说笔法。譬如：

在讲述童宾纵身窑火、唐英九江病故、伍良臣（《藏家：高安的元青花》）夜藏青花时，作家都注意调动合理想象，按照事理逻辑，营造具体场景，激活典型氛围，贻人以栩栩如生的逼真感。而在推出狷狂的画师和风雅的诗人时，作家则努力勾画人物特点，突出人物性格。一时间，只想把自己藏起来的瓷艺大师昊十九，捏着紫砂壶在街头游走的仿古高手周丹泉，以及格物诗人龚鉽，等等，纷至沓来，跃然纸间，历历在目。而无论写人物抑或写场景，作家都使用了一种亦刚亦柔、亦庄亦谐的互补性的笔墨，从而有效地增强了作品的表现力与可读性。这在文学语言粗鄙化现象日趋严重的当下，自然也是难能可贵的追求。

原载《创作评谭》2019 年第 4 期

乡恋无边，且歌且思

——读简心散文集《被绑架的河流》

几年前，在一次散文笔会上，曾与简心有过一面之缘。因为彼此都是来去匆匆，所以未遑有从容的交流，我能记住的，倒是她满载了阳光的爽朗笑声。此后几年，多次与简心散文不期而遇，虽领略了其笔墨之间健康的情致与绚丽的文采，但内心里也只是将作家归入了通常所说的才女一类，并没有更深一层的认识。及至有幸读过简心荟萃十年创作精品，旨在为家乡赣南传神写照的散文集《被绑架的河流》（光明日报出版社，以下简称《河流》），我终于发现，以往的自己实在是粗疏加愚钝，竟然小视了一位颇具实力的女作家——曾经是高校副教授的简心，不仅具备一般女作家少见的比较丰厚的文化储备与文学修养，而且在创作实践中自觉注入了对历史与现实、社会与人文、生活与命运的独特观察和别样思考，从而使笔下作品呈现出难能可贵的精神深度与艺术美感。这一番万物简心、厚积薄发的文学气象，又岂是"才女"二字可以了得！

一部《河流》，涉及赣南大地的前世今生，自然万物，方方面面，其中占据主要篇幅和构成中心内容的，则是作家对这一方土地上乡村生活的持久凝视与倾力书写，或者说是她透过家乡风物展开的与剧变中的乡土中国的一次深情对话。毋庸讳言，倘若从散文"写什么"的层面着眼，简心的选择算不上新奇或独到，相反倒是拍合着散文领域当下的热点和潮流；然而，如果就乡土散文该"怎么写"的角度考察，则不难发现，作家笔下的人情物态，分明注入了属于自己的探索与追求，从而别有一番艺术风致。

进入 21 世纪以来，乡土散文创作林林总总，目不暇接，其基本精神向度大致分为三种情况：一是直面现代化、都市化进程所引发的乡土中国的裂变与阵痛，揭示这一过程中农村生态的凋敝和农民命运的曲折，以此为传统的农业文明的衰落，献上一曲深切的挽歌；二是聚焦中国农村在社会转型中获得的历史机遇，捕捉新农村建设带给农村面貌和农民生活的发展与变化，从而为新的乡村文明的重建唱一曲由衷的赞歌；三是把乡村自然抽象和幻化为精神家园，坚持大地之上的浪漫叙事和诗意书写，以祥和恬静的笔调，谱写世事之外的田园牧歌，以此安顿现代人枯涩的情感与焦灼的心灵。相比之下，《河流》之中的乡土散文有异于以上三种情况，或者说是三种情况之外的第四种情况。这突出表现为：书中这部分作品尽管也触及今日乡村农耕传统所面临的危机与断裂，以及随之而来的转机与重生；也流露出现代人常有的城市之困和家园之思，但所有这些都只是插曲式的感悟或闲笔性的点染，真正构成作品前场情景的，则是储存于作家少年记忆之中的大致属于20世纪七八十年代之交的乡村生活。而这一时期中国乡村生活的基本历史特征是：改革开放已经开始，但现代化、都市化进程尚未启动；广大农民在政策的支持下，凭借固有的勤劳和智慧，使农业生产以及自身境遇有所改善，但这一切依旧延续着固有的农耕文明的传统。如此这般的时代特征很自然地浸透于简心笔下，于是，我们看到了一幅当下乡土散文并不多见的、洋溢着前现代生活魅力的艺术画卷——鹤塘"作土"为生的父老乡亲，尽管尚未摆脱生存的艰辛与窘困，他们当中的不少人依然携带着历史的阴影或命运的不幸，然而，一种坚韧顽强的生命意识，一种随遇而安的乐天精神，一种苦尽甘来、希望在前的牢固信守，却让他们的日子常常是简陋中有温馨，苦涩中有欢快，平实中有浪漫，总显得绵绵密密而又风风火火，涓涓潺潺而又"浩浩荡荡"（简心语）。

简心为何对这一段乡村生活情有独钟？这当中，作家少年记忆与历史进程在时间坐标上的巧合自然是重要条件，但除此之外，我总觉得还有别一种因素在起作用——对于这段充盈着前现代意味的乡村生活，作家仿佛有一种特殊的亲近感、认同感，一种挥之不去的、情结式的牵挂与神往。换一种更明白的说法庶几是：在作家心目中，前现代的农村生活风情万种，诗意盎然，看得见"木柴的花朵"，理得清大山的脾性，闻得到荷叶里的酒香，是一种理想化、人性化的存在，因而，想忘也忘不掉啊！这时，我不禁想起著名文艺理论家鲁枢元先生的观点："后现代社会如果想要变得比现代社会更完善、更美好些，就一定要从前现代社会吸取更多的生存大智慧，而不能像现代性思潮对待以往时代那样，总是采取割裂、断绝的革命姿态。"简心乡土散文的意旨寄托，应当也在这里。

　　至迟从南宋开始，赣南就一直是客家民系聚居和繁衍的地方，是客家文化孕育和发展的摇篮。历史进入现代，客家人停下了迁徙的步伐，但客家文化却留存于赣南大地，成为其标志性的文化现象。唯其如此，散文家要为赣南大地传神写照，就理应写出客家文化在这片土地上的现实生态与历史投影。简心努力实践了这一点，在她的乡土散文里，浓郁的客家风情和多彩的客家生活，始终是一种真切而鲜活的存在。你看：《作土》里的西风太婆，挑担挖土，打柴扛木，赴墟赶场，一脚烂泥一脚水，全力撑起一个家，足以让人懂得客家妇女早已习惯成自然的隐忍自强，吃苦耐劳。《山窝里的耳朵》活画出细爷的形象。他的喜武功、嗜饮酒、通音律、爱洁净，以及他的激情不泯、笃信算命，等等，有个人性格的成分，但同时也接通了客家的族群血脉。《秋天的眼睛》写的是作家对女儿讲述的自己小时候在老家阁楼上生活和读书的情形。那披蒙着奇幻色彩的一次次的发现与收获，不仅传递出"我"的精神成长，同时也印证了一代又一代客家人重视文化教育，强调"不读诗书，有目无珠"的传统。而一篇《寒露籽，霜降籽》则由赣南山区采摘干果木梓桃说开去，既描摹劳动场景，又点染人物命运，还勾勒乡间习俗，其或浓或淡，或简或繁，或庄或谐的笔墨，浑似一幅幅原汁原味的山村风情画，它们组合到一起，便构成了对客家文化的全息摄照。应当承认，诸如此类的作品，不但诉说着何为客家，而且深化了赣南性格。

　　与潜心的内涵发掘与文化提炼相联系，简心的乡土散文在艺术表达上亦注入了自己的匠心与追求，这集中体现在三个方面：第一，简心的乡土散文每每篇幅较长，且讲究蕴含的丰腴，但作家选择的叙事焦点却大都很小，以致形成了小切口、大包孕的特点。以《木柴上的花朵》为例，作品写的是客家人在漂泊和艰难中积淀而成的生活诗意，但提挈并贯穿全篇的，却只是木柴与火种。同样，《孕篓》和《三色爱》，或写缤纷的山乡生存，或写深沉的母爱亲情，而充当作品"文眼"的，都是一些微不足道的物件：小孕篓、金银花、红绸带等。这样的构思与行文，自然有一种简中寓繁、曲径通幽的效果。第二，在乡土散文创作中，简心延续了散文特有的以"我"为中心的叙事方式，但没有为其所囿，而是以此为基本规约，在不妨碍文体和谐统一的前提下，自觉启动经验和想象，大胆将小说所擅长的"全知视点"、时空转换、细节描摹等艺术手段，用于散文世界的建构，以此拓展叙事空间，丰富作品内容。这种散文与小说的跨文体嫁接，与简心试图多方面烛照赣南乡土生活的艺术追求，自有内在的对应性与契合性，因而收到了很好的效果。关于这点，我们读《作土》《洗澡》《山窝里的耳朵》诸篇，是不难感受到的。第三，就语言营造而言，简心的乡土散文明显从客家语言以及赣方言中吸取了养分。而这种吸取并非单单是指某些语词的袭用，更重要的是引入了特定地域人们整体的言说方式和语言风格——有不少时候，作家干脆以人物泼辣活脱、惟妙惟肖的口语替代自己的叙事。这一番努力，不仅从语言层面提升了作品的个性化、艺术化水准，同时也完成了一次对赣南风情的有力皴染。

需要指出的是，《河流》并不是一部单一的、纯粹的乡土散文集。事实上，在《河流》中，除了乡土散文之外，至少还有两类作品意味丰醇，体式精美，因而很值得细读和揣摩：

一类是聚焦赣州人文胜景和华夏文学遗产的篇章，即人们通常所说的历史文化散文。这类作品曾经风靡一时，但近年来却每遭批评和诟病。之所以如此，一个很重要的原因在于：拥塞的史料征引遮蔽了作家的性灵抒发。相比之下，简心的同类创作很好地避免了这种缺憾。出自作家笔下的《赣南血型》《孤独的楼台》《回望中原》《蒹葭苍苍》《林花谢了春红》等篇，尽管无法全然放弃史料的应用，但分明做到了有选择、有节制、有融化，同时又伴之以生动的形象再现、优美的意境创造和灵动的感悟抒发，结果是有效地强化了作品的审美含量和艺术品格，进而折现出作家内心的深沉与丰富。不仅如此，简心的历史文化散文在语言选择上亦显示了别一种匠心，这就是：一改乡土散文借鉴方言和民间语言的既定路径，而代之以向汉语书面语乃至古汉语的自觉回归与放手接纳。于是，在简心的历史文化散文中，我们看到的，是典雅的用语和摇曳的修辞，是或排比，或对称，或伸缩自如，或跌宕有致的句式搭配，是有扬有抑的音节美和有起有伏的旋律感……凡此种种整合于一体，不仅显示了简心驾驭语言时特有的随物赋形、因地制宜的能力，而且传递出女作家一般鲜见的一种雄健阳刚之气。记得英国女作家伍尔夫曾极力倡导所谓"双性写作"，认为它是女性写作的理想境界。简心的历史文化散文是否在做这方面的尝试和努力呢？

《河流》中另一类值得关注的作品，或许可用哲思散文来命名。这类作品乍一看来，仿佛仍是作家在自然万物间的采撷和吟咏，但仔细品味即可发现，那被采撷和吟咏的自然万物早已成为作家精神思考和生命体验的载体，进而化作一个个丰赡深邃的意象世界或意义空间。不是吗？用作书名的那篇《被绑架的河流》，由一条无名的河流展开笔墨，先后写到了石块、沙床、水草、瓢虫、竹叶、耕牛以及妇人、渔人和我。其勾画尽管细腻，但均非现场素描，而是一种象征和隐喻。透过这一切，我们看到了人在命运裹挟之下的清醒与迷惘、坚韧与无奈、执着与趋随、前行与回退……一言以蔽之，看到了现代人对自身困局的悖论式的省察与体认。应当说，这是简心作品中极有深度和力度的一篇——与之类似的篇章尽管还有《一群水的舞蹈》《穿上高跟鞋远走高飞》等，但遗憾的是，均未达到《被绑架的河流》的水准——这或许就是作家要以《河流》冠名全书的原因吧。愿简心能凝心聚力，在不久的将来，百尺竿头，更进一步，向文坛和读者捧出更具精神震慑力与穿透力的优秀作品。

原载《文艺报》2016 年 9 月 19 日

让青春因伤痛而强健

——读陆梅的散文

很久很久以前，曾读过高尔基的自传体小说《童年》。这部早已经典化了的作品，不仅把一个伟大作家悲伤压抑的童年经历，留在了我记忆的深处，而且使我意识到一个文学创作的道理：即使面对人生的花样年华和如梦岁月，作家笔下仍然需要一种源于生活本真的伤痛性与沉重感，这是文学本质的规约，更是青春阅读和成长的需要。因为对于年轻一代的精神发育而言，伤痛可以使内心敏感而丰富，而沉重则有助于灵魂的成熟与强健。

当我有幸阅读青年女作家陆梅的散文集《辛夷花在摇晃》（浙江少儿出版社 2011 年版）时，分明感受到我当年收获的文学启迪在全新语境之下的发展、变化和延续——这部以青少年读者为主要对象的散文作品，虽然在内容上呼应着"感恩"这样一个流行当下的基本主题，但作家在进入这一主题时，却分明选择了既属于自己，同时又接通了经典的个性化路径，这就是：用苦难、沉重与伤痛来开拓和深化感恩的内涵；或者说，让青少年读者通过对苦难、沉重与伤痛的回味与咀嚼，真正懂得何为感恩和怎样感恩！

你看，在陆梅营造的散文世界里，本应拍和着歌声和笑声度过的青春韶华，却常常无法摆脱各种各样的缺憾、伤痛乃至苦难：瘦瘦高高的大男孩启智，待人诚实，交友投入，然而却患有先天性智障，因此只能用一双孤独的眼睛打量世界（《永恒的至福》等）；子尤、海子、万钢都是勤奋、好学、富有才华的学子，不幸的是，却一一染上了绝症，最终把痛惜和遗憾留给了世人（《迷宫》）；捷克女孩丹尼莎健康而美丽，谁料到功利而虚荣的母亲，偏偏弃她而去，于是，她不得不品尝单亲的滋味（《丹尼莎在南极》）；至于女孩安妮以及许许多多的犹太男孩和女孩，则统统因为一场战争而中断了快乐安逸的生活，被法西斯关入集中营，直至心花凋零，生命窒息（《致安妮》等）。作家如此书写，或源于人生见闻，或来自阅读感发，但它所揭示的却是共同的、有些沉重的事实：青少年的生命是单纯的、亮丽的，但同时又是被动的、脆弱的；他们最有权利憧憬和享受美好的未来，但残酷的命运和动荡的时局，也最容易将他们推入痛苦的逆境乃至灾难的深渊。唯其如此，体味艰辛，懂得曲折，正视苦难，永远是青少年一代必修的功课，是他们一定要打好的精神基础。

那么，青少年一代应当怎样面对苦难和沉重？陆梅借经典作家的诗句申明了自己的主张："'世界以痛吻我，要我回报以歌'——泰戈尔的吟唱终究让我深信文学所能给予人的灵魂的洗礼和重生的力量。是的，一切取决于我们对困难、苦难乃至灾难的消化能力。"（《重生》）正是凭借这种精神的牵引和灌注，作家笔下出现了若干或自尊自爱、自强不息，或心怀感恩、乐于奉献的青少年形象与故事。不妨一读《完美的真相》：罗布、大江光和舟舟都是有智力障碍的孩子，但却拥有对音乐的特殊敏感，他们在这条路上顽强地发现和表现自己，最终用自己的创造感动了大家，同时也证明一个道理："上帝是如此的公平，他在关了你一扇窗后，又为你开了一扇门。"《一棵大树》里的女孩晋明，因家境拮据所以学生时代并不那么快乐，不过这些没有导致她消沉处世，相反倒使她更懂得体察别人的不幸，为此，她大学毕业后，主动到启智学校，为智障少年当起了老师。《特莱津》和《幸存者》写的是被囚禁在纳粹集中营里的犹太儿童，他们饥寒交迫，且随时都有被杀害的危险，但却仍然坚强地活着，不但写诗作画，而且利用废纸板办起了手工杂志，以此表达对罪恶的抗争和对自由的渴望。应当承认，诸如此类的形象和故事，可以为今天的青少年提供有效的精神钙质与成长重量。

当然，陆梅深知，要想让青少年一代真正实现有深度、有重量、有承担的健康成长与发展，仅仅靠他们自身的精神提升是不够的，除此之外，更需要一种同向度的社会合力——一种观念的支持，一种行为的表率，一种价值的弘扬。从这样的认知出发，作家以热情洋溢的笔墨，推出了一系列让自己为之感动的人物：不计付出，不求回报，长期收留并喂养流浪猫的猫天使"如你如我"(《猫天使》);热爱自然,亲近土地,一个人守着一座庙的静守师傅(《静守师傅》);告别城市,放弃高薪,情愿到贵州贫穷的大山里当"孩子王"的志愿者——四个清纯而坚毅的大男孩(《灵魂》)……而在所有这些人物中,日本作家大江健三郎是引人瞩目的,这并非单单因为他是诺贝尔文学奖得主,更重要的是鉴于他有一份特殊的、"不可思议"的伟大父爱:在长达四十多年的时间里,对于智障的长子,他不仅给予生活的细心照料和智力的精心开发,而且不断将其写入作品,尝试着用从容不迫的温和,来表达阴暗的生活,来探讨人类如何对待困难和不幸。难怪陆梅要说,大江的父爱,折映出"人生中明亮的忧伤,苍凉的善意,克制的温暖,乃至文学中积极的美德"(《不可思议,不可思议》)。总之,一部《辛夷花在摇晃》以深切的悲悯情怀,写出了人生的严峻,也展示了人类的大爱,它有理由成为青少年读者健康有益的精神食粮。

原载《光明日报》2012 年 5 月 15 日

生命之河里的爱与痛

——丘晓兰散文读感

青年女作家丘晓兰的本职工作是编辑，现为广西《红豆》文学月刊主编。大约与职业相关，晓兰的创作几乎涉猎了所有文学门类：散文、诗歌、小说、报告文学、文艺评论等。当然，其中倾注作家心力最多，同时也最能体现其性灵、才情与成就的，无疑还是散文写作。自20世纪90年代至今，她在国内诸多报刊陆续发表了一百余万言的散文作品，先后出版了《完美的一天》《幸福是一种简单》《乡韵土风》等散文集。从作家的绝对产量看，固然不算太高，但其创作态度是严谨的、有追求的，艺术质量也呈现出前行与上升的态势——已发表的作品或被评介，或被转载，有的还收入重要选本或荣膺各种奖项。所有这些良好的反馈，把一个有特性的散文世界连同一个有潜质的散文作家，日趋清晰，也日趋生动地展示于文坛。

翻开晓兰的散文，迎面扑来的是一个充盈丰赡而又异态纷呈的文学世界。其笔墨之间，有历史的寻觅，也有现实的烛照；有都市的写意，也有乡土的纪实；有风物的点染，也有世态的描摹；有人生的对话，也有心灵的独语……如此这般的林林总总，你如果是蓦然相遇，也许会目迷五色，不过细加体味，仍可见一条清晰的线索与一种稳定的取向，这就是作家对记忆之门的深情回眸，对时光之水的精心打捞，它让人想起王鼎钧先生关于以笔捡拾生命脚印的说法。从这一意义讲，晓兰的散文最终是"我"的心灵史和成长史。

大约与冰心传统和女性叙事相关，在晓兰的散文中，爱是一个恒久的主题，也是一种稳定的基调。在这样的主题之下和基调之中，作家时而咀嚼亲情的真味，发现母爱的深沉（如《母亲的眼神》《搭一个葡萄棚架给父母》）；时而品咂家园的内涵，领略文化的魅力（如《故乡行》《我生活的城市》）；时而倾吐江山之恋，以此折射历史的变迁（如《醉花阴·享太平》《仙缘谷·绿水江》）；时而拥抱万物之灵，就中感受自然的律动（如《风花雪月》《关于玫瑰》）。而《一只懂兵法的鸡》《狗过龙门》《蜘蛛、蚂蚁、小青虫》《穿皮靴的小吃客》等篇，竟将作家的一腔柔润和一派天趣，洒在了许多乡间动物的身上……毋庸讳言，如此这般的艺术表达，在"写什么"的层面上，或许并无太多的新意，但从"怎么写"的角度看，它却最终呈现了属于作家自己的特色。这就是摒弃雕琢，祛除矫饰，用澄澈的童心、清纯的灵智以及本色的文字，讴歌生活的真美与生命的真爱，从而彰显一向为散文所倚重的真实和真诚的力量。

深切呼唤和生动状写生活与生命的爱与美，是晓兰散文的重要内容，但却不是唯一内容，除此之外，在有些时候和某种情况下，因为情感或道义的驱使，晓兰甘愿打碎内心的温馨与浪漫，而以或勇敢或凌厉或焦灼的笔触，直面人世间同样存在的哀与痛。请看《怀念我的哥哥》。该文写了作家唯一的，但不幸英年早逝的哥哥。其中"我"恨不得用自己的生命将哥哥换回的那份撕心裂肺，已是哀恸至极，而哥哥病退之后生活和医疗上的精打细算，更是尽见酸楚与沉重，从而让人感受到普通劳动者命运的残酷和生存的艰难。《披着"魔鬼"外套的天使》把香烟当作审视和品味的对象，但是却没有单单谴责吸烟对人体的危害，而是调动主要笔墨，披露了吸烟与灵魂迷醉的共生，与内心苦闷的纠缠，进而揭示了"魔鬼"之所以变成"天使"的幕后推手——现代人所面临的前所未有的精神压力。如果说《怀念我的哥哥》《披着"魔鬼"外套的天使》着重表现的是情感与灵魂之痛，那么，一篇《农民》所传达的则主要是一种社会之痛。这篇作品从作家的观察和体验出发，结合"我"对油画《父亲》和粤语歌《农民》的理解与感受，以饱蘸深情的笔致，勾勒出中国农民为改善生存和改变命运所经历的种种艰难、悲苦和隐忍，其中包含的那种激动、焦虑和无奈，分明触及了历史的病灶。显然，这类作品给晓兰的散文平添了深度，也带来了一种沉甸甸的东西。

晓兰的散文有爱也有痛。而无论是爱的诉说抑或是痛的倾吐，都不甘于只作表层的宣泄和平面的推衍，而是喜欢在动心亦动情的讲述中，比较自然地浸入一点儿理性的思考，融入一点儿形而上的元素，从而为读者提供一点值得咀嚼和回味的东西。譬如《把心倒空》，乍一读来，仿佛只是追记了作家野外淋雨的一次经历，但细加体察即可发现，这经历最终传递的却是作家的颖悟：一个腾空了的心灵，正可装载最美的人生风景。就如标题所明示，《关于快乐》旨在说明何为快乐。只是作家在完成这项任务时，既不作心理分析，也不作状态描摹，而是把快乐和开心、喜欢、幸福、惊喜、愉快、欣悦等放到一起，加以言简意赅的辨析和区别，于是，我们不但懂得了快乐，而且懂得了自己。《一条活色生香的路》以摇曳的笔墨，写身边的市井，委实一派流光溢彩，活色生香，而至文章结束处，作家笔锋一转，水到渠成地道出了这物质充裕的背后很可能存在的精神贫瘠，结果使通篇作品顿生新意与深意。至于《一个理想主义者的独白》《一个废物的独白》和《一个傻子的独白》，虽系作家早期所写，但内中饱含的那种叩问现实的执着和解剖自我的严厉，迄今不乏镜鉴意义。应当承认，这样一种追求，在很大程度上把晓兰的散文同"小女人"散文区别开来，从而具有了较多的人文内涵。

原载《文学报》2012 年 7 月 9 日，《南宁日报》2012 年 7 月 23 日

第四辑

序 跋 选 粹

散文与时代

——《新世纪散文随笔精品文库》前言

中国文学的历史经验告诉我们：一个时代自有深植于这个时代全部社会和文化土壤的标志性的文学样式。譬如：汉代有赋，唐代有诗，宋代有词，元代有杂剧，明清两代则有白话小说。文学进入现代中国，小说特有的以故事性和再现性见长的功能优势，明显对应了这个时代相继出现的启蒙、救亡、革命和娱乐的需求，因而它一路走来，风光无限，历久不衰，成为毫无悬念和争议的"第一文学样式"。

然而，大抵从 20 世纪 90 年代开始，一向波澜不惊、安于边缘的散文随笔，突然爆发出强大的生机与活力：先是历史文化散文异军突起，一枝独秀，接下来思想随笔、性灵小品，书话杂谈，以及新散文、后散文、轻散文、原生态散文、在场主义散文，等等，旗帜翻飞，竞相登场，且各有实绩与可观。一时间，散文随笔作家的阵容空前壮大，而一批小说家、诗人、评论家、学者、官员、画家，乃至表演艺术家，亦纷纷加盟其间，频频捧出佳作。于是，"太阳朝着散文笑"，一种昔日鲜见的"散文热"，赫然呈现于文坛。对于散文随笔的这一番时来运转，尽管有学者一再做出"消歇""退潮""强弩之末"之类的预测，然而，事实却没有为这种预测提供任何支撑与佐证。相反，在跨入 21 世纪之后，散文热凭借网络空间的进一步扩大和多种自媒体的迅速发展，同时也凭借散文随笔作家的不断探索、深入总结和自觉扬弃，最终形成了以精英写作为引领，以大众参与为特征的更加蓬勃向上，蔚为大观，当然也更加健康合理，前景无限的创作局面。

时至今日，散文随笔创作的风生水起，方兴未艾，已是不争的事实。在这样的事实面前，已有敏感的学界人士使用了"散文时代"或"随笔时代"的命名。窃以为，这多少有些仓促和草率。而换一种更为稳妥和准确的表述庶几是：当下中国的社会条件与精神生态比较适合散文随笔的生成与发展；或者说，这个时代有太多的特质、内涵和需求，呼唤着散文随笔的光顾与传达。关于这点，我们至少可以从四个方面加以考察和理解。

第一，深刻的时代变革与急剧的社会转型，丰富了散文随笔的素材基础和灵感来源。如果借用黄仁宇"大历史"的观点来审视当今中国，那么应当承认，它正将肇始于近现代的历史大变局推向一个前所未有的新阶段，即古老的中国社会由传统向现代的迅速蜕变与急剧转型。在这样的历史进程中，每天的太阳都是新的。呼啸前行的时代车轮不断孕育着新鲜事物、奇异场景与陌生话题，同时也不断传递出行进中的缺陷、失误与阵痛。而所有这些对于立足时代前沿，以迅速捕捉和表现生活新质与新变见长的散文随笔作家来说，既是一种召唤，更是一种机遇。为此，他们以巨大的热情和精力投入创作，力求真实、深入、立体多面地书写现实，于是，文坛不仅收获了一大批打上了时代印记，闪耀着现代意识的散文随笔作品，而且生成了"跨文体""非虚构""新写实"等新的审美理念和艺术路径。所有这些都在告诉人们：优秀的散文随笔作家同样可以成为巴尔扎克那样的一个时代的书记员，而他们笔下的文字则不啻最为鲜活的社会长镜头与历史备忘录。

第二，碎片化的精神图谱与情绪节奏，对应着散文随笔即兴式的书写方式。真正的历史变革往往是全方位的，它不仅足以引发生活情境和社会风习的兴衰更替，而且必然带来人的观念世界的大破大立，革故鼎新。而经历着观念变革与扬弃的人们，在冲破了旧有束缚之后，由于不可能很快建立起新的精神坐标与思维图式，所以无论认知还是感情，都难免流露出每每可见的个别性、偶然性、跳跃性、爆发性、随机性，直至冲突性和断裂性，即内心世界处于一种碎片化状态。如果把这样的心态置于文学创作的语境，我们不难发现，与之构成深层对应的、显然不是小说、戏剧乃至诗歌，而是同样具有极大开放性和自由性的散文随笔。当然，我们也可以反过来说，散文随笔所具有的自由性和开放性，在很大程度上满足和适应了现代人所需要且习惯的东鳞西爪、吉光片羽，但又不乏革新性与创造性的精神表达。关于这点，近年来所谓笔记体、语录体、微博体，等等，频现乃至走俏于散文随笔领域，或可作为某种印证。明白了这点，我们即可更懂得周作人当年为何要说："小品文……的兴盛必须在王纲解纽时代。"其实，对于社会和民族的进步而言，心灵的涅槃与重生较之散文随笔的兴盛，无疑更值得珍视。

第三，巨大的生存压力和内心焦虑，期待着散文随笔提供充足有效的心灵沟通与情感慰藉。现代社会物质膨胀而又竞争激烈，利益多元而又变数迭见，这使得许许多多的现代人在执着追求和忘我打拼的路上，因为缺乏超脱与节制，而无形中丧失了心灵的从容、宁静和余裕，同时深深体尝到生存的烦恼、无奈和压力。不宁唯是，与现代社会互为因果，联袂走来的，还有铺天盖地的科技文明，后者特有的声光电化、网络、媒体，犹如一张看不见的大网，将现代人几乎是密不透风地裹挟其中，使其渐渐疏远了生活的淘洗、山野的哺育以及与他人的沟通，乃至生命自我的高峰体验，从而最终陷入茫无边际的内心焦虑。毫无疑问，物质文明与科技文明的双重挤压，使得现代人由衷渴望精神交流与情感抚慰，而散文随笔所具有的心灵倾诉与对话的特征，以及它所擅长的谈话风、独白性、絮语体，恰恰可以在一定程度上满足这种需要。正因为如此，长期以来，故乡、童年、母爱、亲情、怀旧、思人，等等，构成了散文随笔创作的永恒主题，许多作家围绕这样的主题源源不断地捧出新作，寄托自己的情思，亦安顿他人的心灵。毋庸讳言，如此这般的作品未必都具有丰遂厚重的社会意义，然而，它们连接在一起，却堪称现代人的精神家园，许许多多的心灵漂泊者，正是在这里体味到难得的憩息与滋润。

第四，由现代生存所引发的精神思考，很适合化为散文随笔的侃侃而谈或娓娓道来。现代社会喧嚣、纷乱、复杂，充满矛盾、龃龉和悖论，所有这些让人困惑，但这种困惑又反过来启人思索。而当思索者心有所得、神有所悟，并试图以文学形式诉诸公共空间，对话读者大众时，小说叙事显然失之曲折，诗歌意象无疑过于虚幻，真正能够得心应手、舒卷自如的"工具"应当是散文随笔。换句话说，只有散文随笔的可"入"可"出"，夹叙夹议，才便于最大限度地贴近作家的性情、理念和思辨过程，从而显示一种"我思故我在"的品格与追求。而散文随笔的这种文体优势一旦与种种时代命题或社会症候发生碰撞，自然会形成强劲而持久的审美推助力和艺术冲击波。近年来，思想文化随笔创作异常活跃，高水准的作家和高质量的作品不断涌现，整个散文随笔创作领域的理性与思辨之美空前强化，恰恰可作如是观。而精神的高蹈和思想的超越，以及其内在资源的丰沛充盈，既是散文繁荣的标志，更是历史进步的象征。在这一意义上，我们应当充分肯定散文随笔作家的积极贡献。

正是因为散文随笔在当今时代和生活中具有十分重要的意义，所以中国言实出版社的领导和同人，决定陆续选编出版《新世纪散文随笔精品文库》，并委托我具体承担率先推出的"思考卷""乡土卷"和"怀人卷"的选编工作。对于出版社交付的任务，我报以认真负责的态度，并施以精益求精的原则。为此，我在调动平日积累的基础上，抓紧有限时间，反复进行相关作品的检索、阅读、比较和遴选，力求拿出一个文学品质较高，可读性较强，且相对来说具有代表性和保存价值的选本。现在，这个选本已经摆在读者面前，至于它是否达到了预期目的，则只能听凭大家的裁决了。"奇文共欣赏，疑义相与析"，一起研究散文随笔创作的持续发展，共同建设一个时代的精神文明，岂不快哉！

原载《文艺报》2013 年 1 月 30 日

《新世纪散文随笔精品文库》已由中国言实出版社于 2013 年 1 月出版

走向经典：当代散文的高端追求

——"走向经典，走进校园"书系代前言

经典化的概念应不应该与当代散文相衔接？由于这一问题涉及时下文坛另一个更带根本意味的分歧——当代文学经典化究竟是一个真命题还是伪命题？所以，观点不同的论者很可能做出截然相反的回答。而在我看来，提出当代文学经典化，其真正的意义，恐怕不是匆匆忙忙地给同时代的作家作品贴标签，排座次，下断语，而是要确立一种标高，倡导一种追求，形成一种风气。这种标高、追求和风气，对作家而言是创作上的"取法乎上"，对社会而言则是接受上的披沙拣金。质言之，所谓当代文学经典化，就是要动员和吸引多方面力量，从当下和自己开始，坚持向时代提供经得起历史检验和时光淘洗的精品力作。正是立足于这样的认识和理解，窃以为，把经典化概念引入当代散文，不仅是应该的，而且是必需的。其理由可从两方面看。

第一，进入 21 世纪以来，中国当代散文依旧保持着繁荣发展的态势，但也遇到了前所未有的困扰。这突出表现为：一种透显着后现代意味的"全民写作"潮流，强势袭来且历久不衰。这一潮流尽管包含着现代散文所珍视的民间性、原生态、率真感和自由感，但同时也加剧了散文写作须警惕的杂芜感、粗鄙感、碎片化、极端化，乃至"去深度化""非艺术化"，等等。在这种情况下，当代散文如何同"全民写作"展开积极有效的对话交流，进而撷英咀华，扬长避短，因势利导，优化自身，便成了一项无法回避的重要任务。而要完成这项任务，无论精英散文家还是大众写作者，都需要付出多方面的探索与努力，其中最重要和最根本的一条，便是坚持对经典的敬畏，并在此基础上确立起的经典意识与经典诉求。因为只有这样，色彩缭乱、音质嘈杂却又生机勃勃的

"全民写作"，才有可能获得正确引领和有效提升，并最终聚集和呈显自身的正能量；也只有这样，当下的散文创作，才有可能面对无边的喧嚣与扰攘，保持一种精神言说所必需的清醒、睿智与高蹈，进而叩问历史的发展和人类的生存。

第二，相对于其他文学样式，散文的突出特征之一，是文体的边缘性和兼容性，即它可以自我为圆心，同文史哲经诸领域几乎所有的现象与话题，作自由亦自然的融通与嫁接，从而直接准确地传递作家的所闻所见、所知所感和所思所悟。这种得天独厚的文体优势，决定了散文对于一个民族经典的生成，起着特别重要的作用。而古今中外的思想和文化元典大都以散文形式存在，恰好说明了这一点。从这样的背景和事实出发，今天的散文家在创作实践中，理应有一种"与史同行"的庄严感和责任感，理应多一点自觉的经典意识和执着的经典追求，也就是说，要尽其所能，增添笔下作品的经典品质和经典元素，使其形成走向经典的积极态势——毋庸讳言，对于绝大多数当代写作者而言，跻身未来的经典之林，只有小之又小的概率。在这方面，我们可以放弃必成经典的盲目自信，也可以忽略谁是经典的无效纷争，只是绝对不能没有走向经典的虔诚态度。否则，一个时代的散文创作只能流于平庸和泡沫，而中华民族的经典长廊里，也将失去我们这个时代所应有的标识和贡献。

对于当代散文来说，引入经典化概念既然理直气壮，势在必行，那么，如何把握经典化规律，推动经典化进程，便显得至关重要。记得有论者认为：文学作品的经典化是一个大浪淘沙、自然而然的过程。言外之意，文学经典会随着时间的推移而自动呈现。这样的说法乍一听来，仿佛有些道理，只是一旦质之以中国散文经典生成的历史，即可发现，它把问题简单化、粗疏化了。事实上，散文乃至一切文学作品的经典化过程，包含着更为复杂的内在机制，或者正如西哲所言，是一种隐藏了权力关系的积极运作和话语表达。

不是吗？陶渊明的辞赋散文在作家生活的东晋即已传布，但此后数百年并未得到广泛认同，它的名声远播得益于宋代苏东坡的鼎力褒扬。由此可见，作家与作品的经典化，与文坛巨擘的发现和推举大有关系。唐宋八大家固然久负盛名，只是他们在中国文学史上最终确立身份，却以明人茅坤的《唐宋八大家文钞》为标志，这分明告诉人们，优秀的选本是作家作品进入经典的又一重要路径。鲁迅的散文和杂文是当之无愧的现代经典，而在它不断经典化的过程中，毛泽东的高度赞赏，无疑起到了不容忽视的作用。它说明文学经典的出现，有时也需要体制和权力的扶持。史铁生的散文《我与地坛》，也许算得上离我们最近的经典或准经典。这篇作品能在较短的时间内赢得普遍的声誉，一个重要原因，便是它的一再进入各类校园，频频收入各种教材、教案与试题。这又形成一种启示：文学教育是散文成为经典强大有力的推手……无须再作胪陈，仅凭上述，我们已经触到了散文走向经典的奥妙之门。正因为如此，散文界应当悉心研究与经典化密切相关的诸多因素，深入总结它们的特征、功能和作用，从而在走向经典的过程中，保持更多的洞彻、从容与自由。

然而，必须指出的是，在散文经典化过程中，权力关系等多种因素所起的作用，固然是显著的、重要的，但终究不带有根本性和决定性。散文史上的无数事实证明，一个作家或一篇作品能否成为经典，自有其内在的质的规定性。换句话说，一个作家或一篇作品之所以成为经典，最终取决于其自身的品质——如果否定这一点，神圣的散文经典将失去应有的尊严，从而沦为可以任意炒作或"打造"的流行读物。

那么，什么是经典散文应当具备的品质？这无疑是一个很不好回答的问题。其中的难点不仅在于经典散文的命名是相对的，而且人们对经典的理解也常常见仁见智，相距甚远。这里，我只能依据自己的经典认知以及对经典散文的阅读，谈点简单概括的想法：一、经典散文的题旨和内容，无疑应该深深植根于民族和时代的生活与文化之中，应该积极反映或表现这个民族和时代的现实景观与精神风貌，由此构成一种历史镜鉴和社会良知；但是，经典散文又不能仅仅满足和滞留于这一层面，除此之外，它还必须超越具体的时空条件，去探究生命终极和人类发展，去寻找一些更具普遍意义的东西，从而实现自身价值的开放性和召唤性。二、经典散文大都承载强健丰沛的人性内涵，善于表现复杂曲折的精神轨迹。其笔墨所至，既可以照亮人性最幽深的洞穴，也能够触动人心最柔软的草滩。一部经典散文不啻精彩细密而又变化有致的精神图谱，足以让世代读者感同身受，最终认识和提升自我。三、经典散文在"说什么"和"怎么说"两个方面，必须具有强劲的原创性。就前者而言，它应该有效地拓展人类的视野，同时为民族和时代提供崭新的视角与话题；

依后者而论，它能够让读者惊异地发现，文章还可以这么写！进而领略表达的智慧和语言的美丽。而所有这些随着时光的推移，还会繁衍出新的言说主题和话语方式，直到无尽的将来。

　　总之，在话语多元、选择多样、秩序重构的今天，走向经典是散文创作不可或缺的高端追求。尽管"吾生有涯，而知也无涯"，但"虽不能至，心向往之"，我们依然要朝着经典的高度攀缘。

原载《文艺报》2013 年 4 月 4 日

"走向经典，走进校园"书系已由东方出版中心于 2014 年 8 月出版

东风吹水绿参差

——"悄吟文丛"总序

以"五四"新文化运动为起点的中国现代散文，已经走过近百年的风雨历程。时至今日，隔着历史与岁月的烟尘，我们该怎样描述和评价现代散文的行进轨迹与艺术成就？也许还可以换一种问法：如果现代散文仍然以新中国成立为时间界标，划作"现代"和"当代"两个阶段，那么，它在哪个阶段成就更高、影响更大？

在散文的"现代"阶段，屹立着伟大而不朽的鲁迅，仅仅因为先生的存在，我们便很难说当代散文在整体上已经超越了现代散文。但是，如果我们把观察的视野缩小或收窄，单就现代散文中的女性写作立论，那么，断定"当代"阶段的女性散文，是异军突起，后来居上，便算不上狂妄。这里有两方面的依据坚实而有力：

第一，新中国成立后的六十多年间，尤其是进入新时期以来，大陆文坛先后出现了若干位笔下纵横多个文学门类，但均擅长散文写作，且不断有这方面名篇佳作问世的女作家，如杨绛、宗璞、张洁、铁凝、王安忆、张抗抗、迟子建等。她们散文作品所达到的艺术水准，并不逊色于现代女性散文的佼佼者。况且冰心、丁玲等著名现代女作家在步入当代之后，依旧有足以传世的散文发表，这亦有效地增添了当代女性散文创作的高度和重量。

第二，借助时代变革和历史前行的巨大动力，从新时期到 21 世纪，女性散文写作呈现出繁花迷眼、生机勃勃的宏观态势：几代女作家从不同的主体条件出发，捧出各具特色、各见优长的散文作品，立体周遍地烛照历史与现实，生活与生命；才华横溢的青年女作家不断涌现，其创意盎然的作品，显示了强劲的生命力与可持续性；女作家的性别意识空前觉醒，也空前成熟，其散文主旨既强调女性的自尊与自强，也呼唤两性的和谐与互补；不同手法、不同风格的女性散文各美其美，魏紫姚黄，各擅胜场……于是，在如今的社会和文学生活中，女性散文构成了一道绚丽多彩而又舒展自由的艺术风景线。这显然是孕育并成长于重压和动荡年代，因而不得不执着于妇女解放和民族生存的"现代"女性散文所无法比拟与想象的。

在 21 世纪历史和时间的刻度上，女性散文创作取得了丰硕成果和扎实进步，但也同整个中国文学一样，面临着前所未有的挑战与考验：与后工业社会结伴而来的后现代主义思潮斑驳杂芜，利弊互见。它带给女性散文的，可能是观念的去蔽，题材的拓展，也可能是理想的放逐，审美的矮化，而更多的可能，则是创作的困惑、迷惘，顾此失彼或无所适从……唯其如此，面对五光十色的后现代语境，女性散文家要实现有价值的创作，就必须头脑清醒，坐标明确，进而辩证取舍，扬弃前行。也正是在这一意义上，有一批女作家值得关注——她们出生于 20 世纪六七十年代之交，进入 21 世纪后开始展露才华，并逐渐成为女性散文创作的中坚力量。对于她们来说，现代和后现代主义自然不是陌生或无益之物，但青春韶华所经历的激情澎湃的现实主义和人文主义大潮，早已先入为主，成为一种挥之不去的精神底色。这决定了她们的散文创作，尽管一向以开放和"拿来"的姿态，努力借鉴和吸取多方面的文学滋养，但其锁定的重心和主旨，却始终是对人的生存关切和心灵呵护，可谓鼎新却不弃守正。显然，这是一条积极健康、勃发向上的艺术路径。正是沿着这一路向，习习、王芸、苏沧桑、安然、杨海蒂、张鸿、沙爽、项丽敏、高安侠、刘梅花等十位女作家，不约而同地走到了一起，她们以彼此呼应而又各自不同的创作实绩，展示了当下女性散文的应有之意和应然之道。

习习来自西北名城兰州。她的散文写城市历史，也写家庭命运；写生活感知，也写生命体验；近期的一些篇章还流露出让思想伴情韵以行的特征。而无论写什么，作家都坚持以善良悲悯的情怀和舒缓沉静的笔调，去发掘和体味人间的真诚、亮丽和温暖，同时烛照生活的暗角和打量人性的幽微。因此，习习的散文是收敛的，又是充实的；是含蓄的，又是执着的；是朴素本色的，又是包含着大美至情的。

足迹涉及湖北和南昌的王芸，左手写小说，右手写散文。在她的散文世界里，有对荆楚大地历史褶皱的独特转还，也有对女作家张爱玲文学和生命历程的细致盘点，当然更多的还是对此生此在、世间万象的传神勾勒与灵动描摹。而在所有这些书写中，最堪称流光溢彩、卓尔不群的，是作家以思想为引领，在语言丛林里所进行的探索和实验，它赋予作品一种颖异超拔的陌生化效果，令人咀嚼再三，余味绵绵。

或许是西子湖畔钟灵毓秀，苏沧桑拥有很高的艺术天赋和丰沛的创作才情。从她笔下流出的散文轻盈而敏锐，秀丽而坚实，温婉而凝重，每见"复调"的魅力。尤其难能可贵的是，她的散文远离女性写作常见的庸常与琐碎，而代之以立足时代高度的对自然和精神生态的双重透析与深入剖解，传递出思想的风采。若干近作更是以生花妙笔，热情讲述普通人亦爱亦痛的梦想与追求，极具现实感和启示性。

在井冈山下成长起来的安然，一向把文学写作视为精神居所和尘世天堂。从这样的生命坐标出发，她喜欢让心灵穿行于入世和出世之间，既入乎其内，捕捉蓬勃生机；又出乎其外，领略无限高致，从而走近人生的艺术化和审美化。她的散文善于将独特的思辨融入美妙的场景，虚实相间，形神互补，时而禅意淡淡，时而书香悠悠，由此构成一个灵动、丰腴、安宁、隽永的艺术世界，为身处喧嚣扰攘的现代人送上一份清凉与滋养。

供职京城的杨海蒂，创作涉及小说、报告文学、影视文学等多种样式，其中散文是她的最爱和主打，因而也更见其精神与才情。海蒂的散文题材开阔，门类多样，而每种题材和门类的作品，都具有自己的特色：她写人物，善于捕捉典型细节，寥寥几笔，能使对象呼之欲出；她写风物，每见开阔大气，但泼墨之余又不失精致；至于她的知性和议论文字，不仅目光别致，而且妙趣横生。所有这些，托举出一个立体多面的杨海蒂。

驻足羊城的张鸿，既是文学编辑，又是散文作家。其整体创作风格可谓亦秀亦豪。之所以言秀，是鉴于作家的一支纤笔，足以激活一批风华绝代而又特立独行的异国女性，尽显她们的绰约风姿与奇异柔情；而之所以说豪，则是因为作家的笔墨一旦回到现实，便总喜欢指向远方，于是，边防战士的壮举、边疆老人的传奇，以及奇异山水，绝地风情，纷至沓来。这种集柔润和刚健于一身的写作，庶几接近伍尔夫所说的文学上的"雌雄互补"？

穿行于辽宁和天津之间的沙爽，先写诗歌后写散文，这使得其散文含有明显的诗性。如意象的提炼，想象的飞腾，修辞的奇异，以及象征、隐喻的使用，等等，这样的散文自有一种空灵趵踔之美。当然，诗性的散文依旧是散文，在沙爽笔下，流动的思绪，含蓄的针砭，委婉的嘲讽，以及经过变形处理的经验叙事，毕竟是布局谋篇的常规手段，它们赋予沙爽散文深度和张力，使其别有一种意趣与风韵。

项丽敏的散文写作同她长期以来的临湖而居密不可分——黄山脚下恬静灵秀的太平湖，给了她美的陶冶与享受，同时也培育了她对大自然的敬畏与热爱，进而驱使她以平等谦逊的态度和安详温润的文字，去描绘那湖光山色，春野花开，去倾听那人声犬吠，万物生息。所有这些，看似只是美景的摄取，但它出现于物欲拥塞的消费时代，则不啻一片繁茂葳蕤的精神绿洲，令人心驰神往。当然，丽敏也知道，文学需要丰富，需要拓展，人与自然的关系只是文学的无数话题之一，为此，她开始写光阴里的器物，山乡间的美食，还有读书心得，读碟感悟……这预示着丽敏的散文正由单纯走向丰富。

高安侠是延安和石油的女儿。她的散文明显植根于这片土地和这个行业，但却不曾滞留或局限于对表层事物和琐细现象的简单描摹；而是坚持以知识女性的睿智目光，回眸生命历程，审视个人经验，打量周边生活，品味历史风景，就中探寻普遍的人性奥秘和人生价值，努力拓展作品的认知空间。同时，作家文心活跃，笔墨恣肆，时而柔情似水，时而气势如虹，更为其散文世界平添一番神采。

偏居乌鞘岭下天祝小城的刘梅花，是一位灵秀而坚韧的女子。她人生的道路并不顺遂，但文学却给了她极大的眷顾。短短数年间，她凭着天赋和勤奋，发表和出版了大量散文作品，成为广有影响的女作家。梅花写西域历史、乡土记忆和个人经历，均能独辟蹊径，别具只眼，让老话题生出新意味。晚近一个时期，她将生命体悟、草木形态、中药知识，以及吸收了方言和古语的表达融为一体，形成一种承载了"草木禅心"的新颖叙事，从而充分显示了其从容不迫的艺术创新能力。

总之，十位女性散文家在关爱人生的大背景、大向度之下，以各具性灵、各展斑斓的创作，连接起一幅摇曳多姿、美不胜收的艺术长卷。现在，这幅长卷在中国言实出版社的鼎力支持下，冠以"悄吟文丛"的标识，同广大读者见面了。此时此刻，作为文丛的主编，我除了向十位女作家表示由衷祝贺，向出版社的领导和同志们表示诚挚感谢之外，还想请大家共赏宋人张栻的诗句："便觉眼前生意满，东风吹水绿参差。"——这是我选编"悄吟文丛"的总体感受，或者说是我对当下女性散文创作的一种形象描绘。

原载《中国艺术报》2017 年 8 月 14 日，《金城》2017 年第 5 期
"悄吟文丛"已由中国言实出版社于 2017 年 8 月出版

散文：该把什么留给童心

——《给儿童美的阅读·散文卷》代前言

由李陀、北岛联袂选编的《给孩子们的散文》出版后，市场和口碑总体不错，但也传出质疑的声音，即认为入选该书的一些篇章，尽管系名家手笔，但题材生僻，语词艰深，并不适合儿童阅读，因此也不能算作真正的儿童散文。

那么，真正的儿童散文该是什么样子？要回答这个问题需要先弄清何为儿童。在现实生活中，不少人习惯把儿童和小孩子画等号。殊不知由联合国通过的国际《儿童权利公约》早有阐述，凡18周岁以下均为儿童。既然是国际"公约"，其条文内容无疑具有权威性、规范性和指导性，也理当成为我们诠释儿童概念和划定儿童范围的最终依据。不过，"18周岁以下"仍然是个笼统说法，涵盖了儿童从咿呀学语到韶华初现的整个成长过程。这期间，儿童的心智和情趣经历着不断变化，真正的儿童散文该从哪里出发？换句话说，儿童散文家究竟应当以哪个年龄段的儿童作为预设读者？这仍需做进一步探讨和厘清。

已有研究成果告诉我们：儿童散文是儿童文学的重要样式。儿童散文虽然以儿童命名，但不是散文的初级版或业余版，而是散文世界的有机构成。就儿童散文的基本元素与主要品质而言，它与成人散文并无绝对的高下难易之分。即使从传播和接受的角度看，儿童散文的读者也很难说仅仅是儿童，而应至少包括他们的教师和家长。大量的创作和阅读实践证明：一流的儿童散文佳作，亦常常是上乘的成人散文精品。一些经典的、优秀的，常常被看作儿童散文范本的作品，如鲁迅的《从百草园到三味书屋》《风筝》，冰心的《寄小读者》《小橘灯》，汪曾祺的《昆明的雨》《故乡的元宵》，等等，都是既有儿童性，又有成人性；既令小读者心驰神往，又让成年人津津乐道。它们所呈现的是一种长幼咸宜的审美特点，一种与时光和生命同行的艺术魅力。

唯其如此，窃以为，儿童散文的读者群，应该主要是 14 至 18 岁的"大儿童"，即初中二三年级和高中学生。之所以做这样的划分，其依据有二：一是初中二三年级和高中学生，已经能够熟练掌握两三千个常用汉字，这从工具层面，保证了他们可以顺畅地、无障碍地阅读和欣赏大部分散文作品，其中包括儿童散文。二是在信息化、电声化强势崛起的今天，14 至 18 岁的"大儿童"从生理到心理普遍早熟和早慧，他们和成年人的边界日趋模糊，因而有充足的情商和智商同散文对话。当然，这并不意味着 14 岁以下的"小儿童"就没有或不需要阅读，只是考虑到其尚显稚嫩的主体条件，更适合他们阅读的，应该是简单浅显的儿童读物，而不是承载了生活和人性深度的文学散文。

如此说来，儿童散文岂不是没了自己的特性？不！作为儿童文学和散文世界的独立品种，儿童散文当然拥有自己的特性。这种特性主要体现在两个方面：一是就思想内容来说，儿童散文应针对青少年心灵正在成长的事实，多提供诚挚、善良、温暖、向上的作品，努力培养他们的道义观念与悲悯情怀，帮助其守护清洁亮丽的人性源头。二是就艺术表现而言，儿童散文应针对青少年输入量大、可塑性强的特点，多提供格调高雅、趣味纯正、意境优美、质地精良的作品，引领他们及早养成取法乎上的鉴赏习惯和澄澈健康的审美眼光。以下笔者结合具体作品，谈一点对儿童散文的理解和认识。

在很多时候，儿童散文是对儿童生活的再现性书写，它所呈现的是儿童所熟悉的生活场景与生命经历。只是这种呈现对于优秀的儿童散文家来说，并不是单纯的时光回溯或心理怀旧，而是在从容梳理人生轨迹之后的经验反刍与记忆重构。这当中会很自然地融入一种"过来人"的眼光，一种在自我成长中获取的经验、感悟与认知，进而构成作家同小读者的对话或潜对话。

譬如，鲁迅的《五猖会》打捞出作家儿时的一段故事："我"兴奋急切地想登船去看迎神赛会，可父亲偏偏在这时叫我背开蒙书，直到背出才放行。这当中不无作家对刻板生硬的旧式教育的讥刺，但更重要的恐怕还是揭示了一种迄今仍普遍存在的现象：孩子的天性好玩与父亲的

"望子成龙"，永远是一对无法化解的矛盾。朱光潜的《谈升学与选课》借助作家的求学经验，直接寄语莘莘学子：选校"应该以有无诚恳和爱的空气为准"。选课须问问"这门功课合我的胃口么？"学习要潜心专业，但也要注重通识，要把专业知识建立在宽大稳固的基础之上，以利于日后多方面发展……都是别具只眼的金玉良言。高洪波的《艺术细胞》笑谈"我"与艺术的缘分：没学会吹笛子，也谈不上真懂音乐和京剧，但轻柔俏丽的口哨为"我"找回了面子。这看似自嘲的文字，实际包含着另一种识见：人生的艺术化并非单单意味着技艺或爱好的生成，其更为重要也更见本质的，是一种像吹口哨那样融入日常境况的快乐精神，一种充满自由与诗性的生命状态。陆梅的《致安妮》以书信的方式，跨越生死界河，向"二战"时躲在纳粹枪口下，写出《安妮日记》的犹太小姑娘致敬。其剀切、睿智和深情的言说，不仅凸显了安妮坚强、勤奋、不肯屈服的可贵品质，同时也告知今天拥有幸福的小读者，应该拒绝遗忘，学会感恩，永远保持对生活的热爱和希望。显然，这些或语重心长，或别有寄托的篇章，因为携带着清晰的童年印记或浓郁的青春气息，所以很容易叩开小读者的心扉，使其在直观自我的过程中，获得心灵成长所必需的精神甘露与人文素养，进而健康自信地走向明天，创造未来。

当然，儿童散文并非只能表现童年记忆和青少年生活，就题材和内容而言，它自有开阔的天地和多样的空间，甚至不存在绝对的禁区。只是在营造具体文本时，仍必须保持与既定对象的生活连接和审美感应。如基本主题要植根青少年的心理现实与精神生态，表达方式要新颖，俊朗，体现童心童趣等。在现当代散文史上，有些作品并非作家专为青少年而写，但由于其自觉或不自觉地具备了以上特征，所以仍然受到小读者的欢迎，不失为儿童散文的精粹乃至经典。

孙犁的《小同窗》讲述了作家与一位李姓的中学同学长达几十年的诚笃交往。其中写到抗战岁月、延安生活、"文革"，新时期等更迭多变的历史场景，也写到"我"和李同学不同境况下不同形式的心心相印，但所有这些都隐含了作家对真正的同窗之谊的理解与珍重，因而最终值得青少年静心一读。梁衡的《跨越千年的美丽》以发现放射性镭元素的居里夫人为主人公。其笔墨所至，既热情礼赞了其伟大成就，更精心展现了其亮丽人格，于是，主人公作为年轻漂亮的女性，却毅然选择经年累月、含辛茹苦、献身科研的文学形象跃然纸间。这对于当下生活中一些年轻女性每每可见的虚荣、浮躁和投机心理，既是一种针砭，又是一种昭示。张立勤的《痛苦的飘落》披露了女作家刚上大学时，因患癌症接受化疗后的独特心境：勇敢地直面秀发飘落，达观地走向未来生活。这样的话题进入花季少年的视野，也许有些沉重，但却有助于他们及时认识人生的不虞和不幸。贾平凹的《养鼠》为一只潜入书房的小老鼠画像：它会挑食，不贪婪，听得见主人喊话，看得懂主人心情，甚至能接受室内的文化气息，鬼使神差地朝着书架上的佛像作叩拜状……这样的妙文，单单那份幽默、好奇与想象力，就已经激活了童心童趣，更何况字里行间还贯穿着同样为小读者所需要的与世间生物平等相处的先进理念。诸如此类的作品，把儿童散文引入了一种相对深刻也愈发丰赡的境界，使其更具有艺术的表现力和感染力。

就散文欣赏而言，儿童和成年人由于心理和阅历的不同而存在明显的差异，这集中表现为：前者常常由形式进入内容，而后者则大都相反。这便要求儿童散文在把握精神格调的基础上，必须充分注重形式的圆满，必须在构思和手法上精益求精，以便先入为主，先声夺人，吸引小读者的审美关注。而事实上，大凡优秀的儿童散文作品，也总是在这方面或精雕细刻，或匠心独运，力臻艺术的高格。冰心的《说几句爱海的孩子气的话》以一个在山中养病但喜欢大海的孩子的口吻，展开山与海的比较品评。其列举的山"比不起"海的种种理由，也许不那么客观——连"我"也承认"人心之不同，各如其面"的道理——但言谈中传递的对大海的那份理解和向往，却既包含着智慧，更凸显了个性，有益于启发小读者的新奇思维与灵动想象。夏丏尊的《白马湖之冬》写记忆中的白马湖。其用笔尽管异常简约，但由于作家准确地捕捉到冬日湖畔的突出特征——风以及由风带来的景物不同和气候变化，所以依旧堪称形神兼备的风景画，其中包含的写景状物的奥妙，很值得小读者揣摩。《荔枝蜜》是杨朔的名篇。该篇的主题今天看来或许略显直白和单一，但其手法与技巧依旧流光溢彩，如对蜜蜂的欲扬先抑，对荔枝的移步换景，对荔枝与蜜蜂的象征性开发和互为映衬，以及结尾处的化静为动，化"我"为"蜂"等，都显得文心超卓，可给青少年写作带来恒久的启示。

如此精美出色的儿童散文在当下文苑亦屡屡可见。彭程的《岁月河流上的码头》，把一年的日子比作潺潺汩汩的河流，而把大大小小的传统节日比作河流之上的码头。作家让记忆之舟顺流而下，不但描绘出诸多码头上各自不同的旖旎风光，更重要的是，揭示了这无限风光中蕴含的中华民族的精神密码与文化基因，从而使身处全球化浪潮的年轻一代，感受到来自大地和母亲的温暖与惬意。毕飞宇的《水上行路》把"我"儿时水上行船的经验与青少年的人生历练联系起来，由船帆的顺风、逆风讲到成长的顺境、逆境；由撑船的注重"感受"讲到学习的掌握要领；由划船的不停息讲到上进的有"耐心"……这一系列精妙的构思、丰富的联想和恰切的开掘，对于小读者来说，既是善的启迪，又是美的陶冶。这样一些质文兼备的儿童散文，对于培养和提升青少年的审美能力，自是十足的正能量，因而很值得我们重视和珍惜。

原载《文学报》2018 年 3 月 15 日

活着的传统　身边的国粹

——"国粹文丛"总序

在实现中华崛起、民族复兴的伟大历史进程中，文化自信至关重要。而若要问：文化自信"信"什么，哪里来？这就不能不涉及优秀的中国传统文化——对于国人而言，优秀的传统文化既是孕育文化自信的沃土，又是支撑文化自信的基石。唯其如此，我们说：从中国历史的特定情境出发，坚守中国文化立场，赓续中国文化血脉，弘扬中国文化风范，重建中国文化传统，是历史的嘱托，也是时代的呼唤。

怎样才能把优秀的传统文化发扬光大，使其重新进入国人的精神生活与社会实践？围绕这个大题目，一些专家学者发表了很有建设性的意见。譬如刘梦溪先生在一次演讲中就郑重指出："传统的重建，有三条途径非常重要：一是经典文本的研读；二是文化典范的熏陶；三是文化礼仪的训练。"（《文学报》2010年4月8日）应当承认，刘先生的观点高屋建瓴而又切中肯綮。事实上，近年来中国传统文化在全社会的强势回归与有效传播，也主要是从这三个面向展开的。

在刘先生所指出的三条路径中，所谓"经典文本研读"，自然是指对承载着传统文化基本精神与核心理念的经典著作进行研究和解读。这方面的工作以学术界为主体，着重在"知"的层面展开，其系统梳理和准确诠释固然必不可少，但更重要的恐怕还是立足于时代的高度，扬长弃短，推陈出新，最终实现传统文化的创造性转化和创新性发展。而所谓"文化礼仪训练"，则包含对人，尤其是对青年一代进行思想、伦理、道德教育的内容，因而涉及学校、家庭、社会等多个领域，并更多联系着"行"——付诸实践、规范行为的因素。《论语·泰伯》中说："兴于诗，立于礼，成于乐。"意思是说，达"礼"行"礼"是人在社会上安身立命的根本和标志。孔子所言之"礼"与今日所需之"礼"固然有着本质不同，但圣人对礼的高度重视和反复强调，却依旧值得我们作"抽象继承"（冯友兰语）。

相对于"经典文本研读"和"文化礼仪训练"，刘先生所强调的"文化典范熏陶"，显然是一项"知"与"行"相结合的大工程。毫无疑问，在通常情况下，"文化典范"自然包括先贤佳制，经典文本，只是在刘先生演讲的特定语境和具体思路中，它应当重点指那些有物体、有形态、可直观、可触摸的优秀文化遗存。如古建筑、古村落、著名的人文胜迹、杰出的历史人物，还有艺术层面的书法、国画、戏剧、民歌、民间工艺，器物层面的"四大发明"，以及青铜、陶瓷、漆器、丝绸、茶叶、中药，等等。如果这样理解并无不妥，那么可以断言，刘先生所说的"文化典范"在许多方面同非物质文化遗产有交集、有重合，就其整体而言，则属于一种依然活着的传统，是日常生活里可遇可见的国粹。显而易见，这类文化遗产因自身的美妙、鲜活、具体和富有质感，而别有一种吸引力、亲和力和感染力。将它们总结盘点，阐扬光大，自然有益于现代人在潜移默化中走近传统文化，加深对它的理解，提高对它的认识，增强对它的感情，进而将其融入生活和生命，化作内在的、自觉的价值遵循。这应当是"典范熏陶"的优势和力量所在。

正是基于以上体认，笔者产生了一种想法：把自己较为熟悉和了解的当下散文创作同文化典范熏陶工作嫁接起来，策划组织一套由优秀作家参与、以艺术和器物层面的"文化典范"为审视和表现对象的原创性散文丛书，以此助力传统文化的重建与发展。这一想法很快得到中国言实出版社社长、实力小说家王昕朋先生的积极认同。在他的鼎力支持和热情推动下，一套视线开阔、取材多样、内容充实的"国粹文丛"顺利地摆在读者面前。

"国粹文丛"包含十位名家的十部佳作，即：瓜田的《字林拾趣》，初国卿的《瓷寓乡愁》，乔忠延的《戏台春秋》，王祥夫的《画魂书韵》，吴克敬的《触摸青铜》，刘华的《大地脸谱》，刘洁的《戏里乾坤》，马力的《风雅楼庭》，谢宗玉的《草木童心》，张瑞田的《砚边人文》。

以上十位作家尽管有着年龄与代际的差异，但每一位都称得上是笔墨稔熟、著述颇丰的文苑宿将，其中不乏国内重要奖项的获得者。长期以来，他们立足不尽相同的体裁或题材领域，驱动各自不同的文心、才情与风格、手法，大胆探索，孜孜以求，其粲然可观的创作成绩，充分显示出一种植根生活、认知历史、把握现实，并将这一切审美化、艺术化的能力。这无疑为"国粹文丛"提供了作家资质上的保证。

值得特别指出的是，这十位作家不仅是文学创作的行家里手，而且大都有着相当专注的个人雅爱，乃至堪称精深的专业修养和艺术造诣。如王祥夫是享誉艺苑的画家、书法家；张瑞田是广有影响的书法鉴赏家和书法家；吴克敬是登堂入室的书法家，也是有经验的青铜器研究者；初国卿常年致力于文化研究与文物收藏，尤其熟悉陶瓷历史，被誉为国内"浅绛彩瓷收藏与研究的标志性人物"；刘华多年从事民间艺术和民风民俗的田野调查与理论探照，不仅多有材料发现，而且屡有著述积累；马力一生结缘旅游媒体，名楼胜迹的万千气象，既是胸中丘壑，又是笔端风采；乔忠延对历史和文物颇多关注，而在戏剧和戏台方面造诣尤深，曾有为关汉卿作传和遍访晋地古戏台的经历；瓜田作为大刊物的大编辑，一向钟情于汉字研究，咬文嚼字是兴趣所在，也是志业所求；刘洁喜欢中国戏剧，所以在戏剧剧本里寻幽探胜，流连忘返；谢宗玉热爱家乡，连带着关心家乡的草木花卉，于是发现了遍地中药飘香。显然，正是这些生命偏得或艺术"兼爱"，使得十位作家把自己的主题性、系列性散文写作，从不同的门类出发，最终聚拢到中国传统文化的大向度之下。于是，"国粹文丛"在冥冥之中具备了翩然问世的可能。

"红白莲花共玉瓶，红莲韵绝白莲清。"我想，用宋人杨万里的诗句来形容这套"各还命脉各精神"的"国粹文丛"，大约算不得夸张。愿读者能在生命的余裕和闲暇里，从容步入"国粹文丛"的形象之林和艺术之境，领略其神髓，品味其意蕴！

原载《中华读书报》2019 年 1 月 2 日

"国粹文丛"已由中国言实出版社于 2019 年 6 月出版

散文长廊里的中国梦

——《百年沧桑——中国梦散文读本》序言

一个具有人类意识的国家，在开拓前行或艰难崛起的道路上，必然会产生属于自己的追求与憧憬，即一种集合并浓缩了人民意愿的国家梦想。如果说这种国家梦想在美国曾经被定义为：通过努力工作、节俭和牺牲，每个人都可以实现财务独立；那么，它在近现代中国的核心内容，就是实现中华民族的伟大复兴。正如习近平总书记所指出的："实现中华民族伟大复兴，是近代以来中国人民最伟大的梦想，我们称之为中国梦，基本内涵是实现国家富强、民族振兴、人民幸福。"

在近代以来的中国历史上，实现以民族伟大复兴为核心内容的中国梦，是最为重要也最为壮观的社会实践。由于这一实践牵动乃至震撼了一代又一代中国人的情感世界与灵魂天地，所以它近乎必然地获得了素有"心史"之称的现当代散文的高度关注与有力彰显。一个多世纪以来，许多散文作家，包括一些职业革命者，怀着民族解放、人民幸福、祖国昌盛和社会进步的远大目标与强烈渴望，不约而同地将艺术目光，聚焦中国尽管曾经"山重水复"，但最终依旧"柳暗花明"的历史进程，以饱含深情与睿思的笔墨，写出了一系列裹挟大地风云，传递时代衷曲的优秀篇章，以此构成了百态千姿而又大气磅礴的艺术长廊，进而成为意蕴丰富的精神遗产和毋庸置疑的历史见证。记得有学者指出，美国作家德莱赛的长篇小说"欲望三部曲"，再现了美国人的美国梦；那么，在我看来，中国梦的形象投影和文学诠释，庶几就在现当代散文里。换句话说，现当代散文的艺术长廊，恰恰承载了几代中国人寻梦、追梦和圆梦路上的足音、心律与面影。

进入现当代散文长廊，但见梁启超的《少年中国说》、秋瑾的《敬告中国二万万女同胞》、胡适的《吴虞文录·序》、鲁迅的《关于太炎先生二三事》、朱自清的《执政府大屠杀记》，会同熊育群的《辛亥年的血》、方方的《恶之花——关于租界》，等等，纷至沓来。这些作品以或激扬或沉重的声音，告诉今天的读者：曾几何时，神州大地风雨如晦，灾难深重。为了改变这种状况，谋求民族重生，一大批仁人志士凭借不同的思想和主张，进行过勇敢的呐喊、虔诚的实验和殊死的抗争，不幸的是，他们一次次咽下了失败和失望的苦果，以致搁浅了中国梦的航船。

最初的梦想幻灭了，但做梦的民族还在，因而中国人的中国梦仍在继续。正如鲁迅"五四"时期的诗歌所写："很多的梦，趁黄昏起哄。前梦才挤却大前梦时，后梦又赶走了前梦……你来你来！明白的梦。"于是，在现当代散文长廊里，我们读到了一系列踔厉风发、铿锵有力的追梦之作。这里有出自著名共产党人之手的经典文献，如李大钊的《新的！旧的！》、陈独秀的《新青年》、毛泽东的《湘江评论·创刊宣言》、瞿秋白的《饿乡纪程·绪言》，等等。这些篇章以敢为天下先的精神，疾声呼唤着全社会的革故鼎新，兴利除弊，以求为国家和人民"开辟一条光明的路"（瞿秋白语）。而更多的散文家笔下的作品，则透过亲历者或追思者的视角，写下了一系列意义非凡的历史事件或个人场景。如刘上洋的《高路入云端》重温了毛泽东和他的井冈山道路；冯至的《八月十日灯下所记》记述了抗战胜利后"我"的所思所想；王巨才的《回望延安》从新的角度发掘了延安精神；方纪的《挥手之间》定格了毛泽东赴重庆谈判前告别延安军民的生动瞬间；柳萌的《这个秋天没有乡愁》传递出"文革"结束后春回大地的消息；萧乾的《看待二十一世纪中国》，则披露了老作家面对新时期和21世纪所产生的乐观情怀。还有朱增泉的《一飞惊世界》、韩少功的《笛鸣香港》、彭程的《上帝之眼》、潘向黎的《亲爱的岛，亲爱的海》等，都以独特而精彩的文笔，展示了今日中国正在经历的巨大而深刻的变化，以及它在许多领域呈现出的蓬勃向上的姿容。显而易见，诸如此类的散文作品，很自然地勾画出现代中国忍辱负重、不屈不挠、顽强崛起的轨迹。它使人们异常清晰地感受到，中华民族的圆梦时刻已经不再遥远。

在实现中国梦的漫长历程中，中华民族不仅创造了经济与物质上的辉煌成就，而且积累了思想和精神上的宝贵财富。后者在现当代散文长廊中，同样获得了充分体现。许多厚重而隽永的散文作品，如方志敏的《清贫》、叶挺的《囚语》、陶铸的《松树的风格》，以及王充闾解读瞿秋白英勇就义的《守护着灵魂上路》等，都是散射出思想与精神芳香的艺术之花。它们映现了一个民族，特别是其先锋队所具有的崇高理想、美好情操和坚强意志，同时又构成了中华民族实现梦想的强大精神资源。

中国梦归根到底是人民的梦。人民是中国梦的主体，也是实现中国梦的根本力量。正因为如此，人民群众的形象天经地义地活跃在现当代散文长廊里，成为许多进步作家倾情书写的重要对象。尤其是新中国成立后，伴随着人民当家作主的时代强音，无数工农兵、知识分子和普通劳动者，携带着他们鲜活生动的性情气质与生活场景，空前踊跃地进入散文的艺术空间，交织成一道异态纷呈、美不胜收的风景线。在这方面，我们几乎不用斟酌，就可以列出一个长长的篇目：丁宁的《硝烟散去》、魏巍的《依依惜别的深情》、李若冰的《昆仑飞瀑》、铁凝的《车轮滚滚》、王宗仁的《嫂镜》、裘山山的《沿着雪线走》、王昕朋的《山神的儿女》、陆梅的《美丽世界的孤儿》……这些作品不仅折映出人民的伟大、奉献的可贵和事业的不朽，而且从一个较深的层面昭示了中华民族必将梦想成真的内在原因。

正是基于以上认知，笔者在中国言实出版社的大力支持下，选编了《百年沧桑——中国梦散文读本》，但愿它能为追梦路上的读者增添一点心灵的陶冶和精神的力量。

原载《辽宁日报》2013 年 3 月 11 日，《中国纪检监察报》2013 年 3 月 20 日
《百年沧桑——中国梦散文读本》已由中国言实出版社于 2014 年 5 月出版

热血写成的民族心史

——《浴血的墨迹——中国抗战散文选》代前言

在 20 世纪中国历史上，血与火相交织的抗日战争，既是一场深重的灾难，更是一次辉煌的胜利。关于这场战争的重大意义，冯友兰在《国立西南联合大学简史》中曾有精彩表述："中华民国三十四年九月九日，我国家受日本之降于南京。上距二十六年七月七日卢沟桥之变，为时八年；再上距二十年九月十八日沈阳之变，为时十四年；再上距清甲午之役，为时五十一年。举凡五十年间，日本所鲸吞蚕食于我国家者，至是悉备图籍献还。全胜之局，秦汉以来所未有也。"

从那时到现在，七十度春秋过去。当年惨烈悲壮的抗日战争，已化作中华民族特殊的历史遗产与精神资源；而在以史为鉴、温故知新的意义上，重返烽火年代，直面铁血现场，不断发掘和认识那场战争的丰邃内涵，亦越来越成为国人的清醒认知和自觉选择。正是基于这种语境和诉求，植根于中华抗战峥嵘岁月的抗战散文，以其巨大的自身承载，渐次呈现出强大的艺术生命力和重要的历史文献价值。

对于林林总总、数量庞大的抗战散文，尽管我们迄今尚缺乏全面梳理和准确归类，不过参照当年中国抗战特有的时间刻度和基本格局，仍然可以做大致清晰的划分。譬如：表现敌后战场和抗日根据地生活的作品；描写正面战场以及疆土沦陷过程的作品；聚焦"九一八"事变后东北抗战的作品；反映大后方战时生活和民众境遇的作品；讲述上海孤岛时期与敌斗争的作品；瞩目在国际主义精神感召下，他国健儿支援中国抗战的作品；披露日本友人反战立场和侵略者忏悔意识的作品。此外，还有一大批超越一般叙事框架和题材特征，而直接宣传抗战主张、议论抗战现象、光扬抗战精神的历史随笔、时政杂文、生活小品等。应当承认，所有这些作品相互交织，相互映衬，相互补充，最终构成了一个雄浑开阔而又斑斓缤纷的抗战文学时空。

正像散文文体的最大优势在于其鲜明的个人性一样，抗战散文最突出的特征，亦在于它写出了不同作家眼中和心中不同的抗日战争。换句话说，相对于整体的抗战文学，抗战散文的独特价值在于，透过带有作家经历、性格、情感乃至体温的笔触，传递出打上了"我"的印记的抗战话语。譬如：丁玲的《彭德怀速写》《到前线去》，用一个质朴的形象、几笔简约的白描，连接成刚健凌厉的艺术画卷，就中将八路军高级干部与人民群众的血缘关系，以及作家向往崇高、寄身戎马、勇赴国难的精气神，表现得生机盎然，感人至深；萧红的《"九一八"致弟弟书》《给流亡异地的东北同胞书》《失眠之夜》等，没有直接描写战争，但那些紧贴生命或记忆的动情诉说与热切向往，却把一种流亡中的牵挂，艰困中的持守，一种更多属于东北大地的抗战意绪和胜利渴望，昭然复沛然地和盘托出。鲁迅因早逝而未经历八年全面抗战，但他了解"九一八"事变，并遭遇了"一二八"淞沪抗战，因此，他对抗战问题同样有话可说，且每每别有洞见。他的《"友邦惊诧"论》《九一八》《沉滓的泛起》《宣传与做戏》等文，或主张团结御侮，反对"攘外必先安内"，或提倡切实抗战，反对将抗日事业私利化和游戏化，均显示了作家一贯的警醒与深刻。《昨天的云》是旅美作家王鼎钧晚年激活早年经验写成的散文长篇，其中展现的抗战之中的鲁南乡土，不仅是一幅幅栩栩如生的风物画卷和性格图谱，而且浸透了作家特有的悲悯、深挚和沉郁的精神色调，是"我"的别一种乡愁。显然，诸如此类高度生命化和个性化的抗战书写，有利于读者着眼于不同的角度与层面，感知抗战和认识抗战。

当然，抗日战争毕竟是中华民族曾经的集体记忆和共同经历。这场战争所具有的有目共睹的历史情境和基本进程，以及中国作家面对这场战争所表现出的彼此相通的立场、感情、态度，取向，决定了百态千姿的抗战散文，最终又必然会形成某些共同的色彩和相近的质地。

第一，抗战散文高扬国家意识，统摄抗战全局，实录多方战事，具有实事求是的信史品格。如众所知，在一段时间里，由于受制于狭隘的教条或偏见，中国抗战的历史画卷未能得到准确全面的展示，其中国民党军队于正面战场的殊死搏杀，在一定程度上被淡化乃至遮蔽。值得欣慰的是，这样的遗憾并不见诸经典的抗战散文。当年的作家们尽管有着不同的政治信仰和党派背景，但是一旦面对强寇入侵，家国罹难，便迅速汇聚到抗战的旗帜之下，从不同的渠道，进入不同的战场，投入正义的歌吟与呐喊。身为战地记者的臧克家，顶着敌机轰炸，写出《津浦北线血战记》，生动描述了台儿庄一战中国军队的英雄气概和牺牲精神，进而向世人宣告："台儿庄一片灰烬，台儿庄的名字和时间长存。"与此同时，郁达夫也来到徐州前线。出其笔端的《在警报声里》，透过英雄师长池峰城的讲述，不仅凸显了四十七位敢死队员以生命换取胜利的壮举，同时还插了一位农村妇女冒死为军队送情报的感人镜头，从而更显示出同仇敌忾的民族精神。当时任教于齐鲁大学的老舍亦投身战地采访与写作。一篇《三个月来的济南》，以敏锐坦诚的态度，直言齐鲁战事，既批评了战争到来之际，国民党政府的准备不足和军事的调度不当，又称赞了在敌强我弱的态势下，中国士兵的忠勇坚韧，不断成熟，进而强调："在这生死关头，真正爱国的人必须认清我们的长处，同时也必须承认我们的弱点。"曹白是深受鲁迅关注和爱护的青年木刻家，他参加新四军的救亡宣传工作，陆续发表了《潜行草》《富曼河的黄昏》《到张家浜去》等一系列作品，以雕刀般的笔墨，让一大批"在受难里面战斗"（胡风语）的游击健儿，活现于历史的天幕。而周立波的《黄河》写八路军东渡和敌后抗日根据地的全民皆兵；孙犁的《采蒲台的苇》写白洋淀老百姓用鲜血生命掩护八路军战士；李健吾的《淹子崖》写山东莒南农民组织起来，血拼敌寇，均以真实感人的形象，彰显了中共领导下敌后抗战和人民战争的蓬勃与悲壮。应当看到，这些作品尽管传递了不同的战地信息，反映了异样的抗战画面，但分明充注了同一种国家意识和民族情怀。正是这种巨大的精神力量，保证了当年中国抗战的最后胜利。

第二，抗战散文关注历史现场，直面战争节点，还原人物和细节，呈现出较高的认知意义和文献属性。对于亲历抗战的作家来说，抗战散文是他们的经见撷取或记忆捡拾，其笔下富有现场感和目击性的文字，很自然地承载了战争的风云变幻与慷慨悲歌。所有这些经过时光淘洗和岁月打磨，最终化作年代写真与历史镜像，成为后人重新触摸和认识战争的重要通道。不妨一读朱自清的《绥行纪略》和《北平沦陷的那一天》。前者通过作家赴前线慰问的见闻，勾勒出绥远抗战多方动员，众志成城的生动场景；后者从作家身临其境的感受出发，记录了历史上那个挥之不去的痛心日子。两篇文章均具有史笔的特色与重量。萧军的长篇散文《侧面》，讲述了作家在抗战时期由临汾到延安的一段经历，那一路看见的种种人物与景象，把当时晋陕一线紧张而混乱、灼热而悲凉的抗战局面，传达得既真切又充实。吴伯箫的《记一辆纺车》《菜园小记》《歌声》等一组作品，落笔抗战中的延安，而又专写这里热火朝天的物质生产和激扬勃发的精神生活，于是，延安特有的气象氛围以及中国抗战的别一种风景，豁然再现。此外，茅盾讲述香港沦陷的《"巷战"——但也是"尾声"》《一九四一年的最后一天》，巴金历数两广战事的《在广州》《桂林的受难》，以及萧乾的《逃难记》、王火的《抗战：无法忘却的记忆》等，都在开阔的时空背景下，形象化地记录了战争的状貌、进程，乃至一个个难忘的瞬间。恩格斯当年曾盛赞巴尔扎克小说细节的丰富性，认为它"汇集了法国社会的全部历史"。其实，中国的抗战散文不乏异曲同工之妙。透过它的优秀文本，我们同样可以感受到中国抗战的细节真实乃至全部历史。

第三，抗战散文关注战争中人的命运与价值，赞颂正义的反抗，呼唤和平的回归，揭露战争造成的民众灾难和人性扭曲，表现出强烈的人道主义和以战反战精神。一切战争都是人的战争，一切战争散文所表现的都是战争中的人。抗战散文作家显然深谙个中道理，反映到创作中便是始终锁定并高扬了人与战争的基本主题。具体来说又有两个维度，即一方面无情揭露战争和侵略者的滔天罪恶，一方面热情讴歌反战争和反侵略的斗争精神。在前一维度上，一批抗战作家从切身体验出发，零距离书写了战火下生灵涂炭、民不聊生的苦难境况：丰子恺惊闻家居被毁，禁不住发出《还我缘缘堂》《告缘缘堂在天之灵》的悲愤之音。苏雪林身处尴尬艰窘的避难生涯，只能以《炼狱》这样的牢骚和自嘲来排解。萧红的《放火者》写日机对重庆的狂轰滥炸，百姓遭殃；缪崇群的《流民》写难民的颠沛流离，食不果腹；方令孺的《忆江南》写江南老家的惨遭洗劫，文物损毁，无不血泪满纸，触目惊心。显然，这些作品对战争的残酷性、破坏性和反人性，发出了最严厉的声讨和谴责。在后一维度上，浴血沙场，保家卫国，各尽所能，同仇敌忾，更是构成了抗战散文久久回荡的主旋律。围绕这一旋律，一系列可歌可泣的人物形象纷至沓来：

许世友将军有着"夜神"般的勇猛威严，关键时刻，竟像"提起一只小鸡"一样，挽救女兵的生命于马下（丁宁《晨曦》）；张自忠将军骁勇善战，为国捐躯，他生前的生活却是罕见的沉毅自律，廉洁简朴（梁实秋《张自忠将军》）；李淑清原本是家境优裕的少奶奶，但深明大义，当敌寇到来时，便毅然投身殊死的抗战（蒋锡金《一个少奶奶的经历》）；作为"飞虎队"成员的张大飞，悲悯善良，向往和平，但情愿以战反战，最终将鲜血洒在国家的蓝天上（齐邦媛《巨流河》）。还有杨靖宇、赵一曼、投江的"八女"、跳崖的"五壮士"、在芦荡中坚持抗战的新四军伤病员……他们以血肉之躯构筑起国家的长城，同时也写就了一个民族的心史。

第四，抗战散文在艺术上亦有积极的经营与探索，留下了若干足以流传的篇章和应当借鉴的经验。毋庸讳言，抗战散文作为国难之中的文学表达，确实存在或率尔操觚或急功近利的缺憾。但并没有因此就从根本上放弃审美建造与追求，更不像一些论者所说，是有"抗战"而无"文学"。事实上，抗战散文同样涌现了一些艺术上精彩亦精致的篇章，如茅盾的《风景谈》、孙犁的《山地回忆》、梁实秋的《跃马中条山》、端木蕻良的《有人问起我的家》、王鼎钧的《红头绳儿》、汪曾祺的《跑警报》等，都是流光溢彩、质文俱佳的好文章。而抗战散文所倡导的直面本真、有为而著、言为心声等，迄今仍然是散文写作的重要圭臬。况且抗战散文是一个开放的体系，随着铁血岁月的渐行渐远，许多作家开始以从容睿智的心态回望那段历史，于是，有了铁凝的《猜想井上靖的笔记本》、王充闾的《九一八，九一八》、赵玫的《折一根竹枝看下午的日影》、李元洛的《万里长城万里长》，等等。必须承认，这些篇章以堪称优雅圆润的艺术表达，为抗战散文注入了应有的风采与魅力。

原载《文学报》2015 年 6 月 4 日，《中国纪检监察报》2015 年 7 月 17 日
《浴血的墨迹——中国抗战散文选》已由中国言实出版社于 2015 年 7 月出版

胸中秉正气，腕下化清风

——《乾坤正气——廉政文化读本》代序

党的十八以来，反腐倡廉成为中国大地上异常强劲的正义之波与民心之潮，其声势和影响史无前例。正如作家二月河在接受采访时所说："现在的反腐力度，读遍二十四史都找不到。"置身这样的形势与氛围，大力支持并积极参与党和国家的廉政事业，自是应然之举；而与此同时，读一点以反腐倡廉为题材和主题的文学作品或文化篇章，了解一下文学、文化与廉政建设的关系以及其发展脉络，则是件既有意义又有趣味的事情。

纵观中国文学与文化史，反腐倡廉的主题源远流长。早在孕育《诗经》的时代，唱着"国风"的无名氏，就将统治者比作"贪而畏人"的大老鼠，进而发出"硕鼠硕鼠，无食我黍"的反复咏叹。此后，《左传》所谓"国家之败，由官邪也；官之失德，宠赂彰也"，《吕氏春秋》所谓"临大利而不易其义，可谓廉矣"，《孟子》所谓"可以取，可以不取，取伤廉"，都明显包含了倡廉戒贪、重义轻利的旨向。唐诗中多有忧患贪腐、呼唤廉洁之作。杜甫《太子张舍人遗织成褥段》，从拒收张舍人所赠锦褥写起，一边抨击"掌握有权柄，衣马自肥轻"的腐败现象，一边表达"锦鲸卷还客，始觉心和平"的内心感受，可谓激浊扬清，光明磊落。李商隐《咏史》有云："历览前贤国与家，成由勤俭破由奢。何须琥珀方为枕，岂得真珠始是车。"不啻是对历代执政者的一记棒喝。元明清三代戏剧小说勃兴，从关汉卿到蒲松龄，诸多作家笔下的清官与贪官，无不凝聚了颂廉斥腐、善善恶恶的力量。

特别值得一提的是，历史上一些声名远播的公廉之士，在注重行为操守的同时，亦留下了若干抒怀言志的名篇佳句，如朱熹的"世路无如贪欲险，几人到此误平生"，包拯的"清心为治本，直道是身谋"，于谦的"清风两袖朝天去，免得闾阎话短长"，等等，其诗心与人格相映生辉，相得益彰，委实难能可贵，感人至深。

历史进入现代，中国文学和文化在启蒙与救亡的交响中，赓续了反腐倡廉的主题。其中抨击贪腐的锋芒更是透过道德层面而进入制度领域。林同济写于抗战岁月的《中饱与中国社会》，从多见于古代中国的"政治中间人"——官吏的集体腐败说开去，不仅指出了由此而生的社会弊端，而且揭示了它赖以生成的文化心理原因，从而完成了对中国官僚体制的深层清理。蒋梦麟的《近代中国的陋规制度》聚焦清代以降官场经济活动的潜规则，透过具体可感的腐败现象，道出了传统吏治包含的制度与道德的双重缺失。鲁迅以幽默而犀利的笔墨，鞭挞旧日官场的怪现状，一篇《谈金圣叹》抓住"流"与"坐"、"寇"与"官"作妙趣生发，以此昭告人们，在制度落后的情况下，"官"无异于"寇"，"流官"之害甚于"坐寇"，是一种常态。郭沫若的《甲申三百年祭》为纪念明末李自成农民起义而写，其中深入总结探讨了这场起义最终因为上层腐化骄横懈怠而失败的沉痛教训。文章发表后，得到毛泽东的高度赞赏和大力推荐，成为中国共产党在走向胜利时戒骄戒躁、拒腐防变的重要教材。

当然，反腐倡廉主题在中国文学与文化血脉中，真正获得现代意义上的高度关注和充分表达，还是在新中国成立之后。斯时，中国共产党人决心以富有探索性和创造性的社会实践，走出"其兴也勃焉，其亡也忽焉"的历史周期，让人民政权长治久安。而反腐倡廉，拒腐防变，正是党和国家实现这一目标和理想的根本举措，因此，它自然而然地成为新中国社会政治生活的恒久话题和重要内容。反映到文学创作和文化建设方面，便是一系列具有鲜明时代感和高度人民性的反腐倡廉作品应运而生，且保持了常写常新、历久不衰的势头。

尤其是改革开放以来，一大批作家、学者立足于历史和时代提供的精神制高点，以崭新的目光和观念，来审视、思考和表现市场经济条件下的反腐和廉政问题，以及相关的人性和社会现象，从而使这一领域的创作生态和文化景观，呈现出以往少有的生动与繁荣——柯岩、梁衡、王巨才、王宗仁、周涛、梁晓声、阎纲、王春瑜、柳萌、朱铁志、王开林等诸多散文杂文作家，或追怀老一辈无产阶级革命家廉洁奉公的事迹，或探究古今中外反腐倡廉的举措和经验，或直面现实生活存在的贪腐现象与人性缺失，其高蹈睿智的主体精神，直接呼应和支持着当今的反腐倡廉事业。而张平、二月河、李存葆、马晓丽、唐浩明、王跃文、杨少衡、王昕朋等若干小说家，则立足各自擅长和熟悉的历史条件与社会环境，以真切的生活场景和鲜活的人物形象，展现了包含反腐倡廉全部复杂性与严峻性的艺术画卷，堪称是对这一领域的审美烛照。所有这些作品，连同那些经过时光淘洗依旧光华熠熠的经典廉政篇章，共同构成了中国廉政文化的文学资源，它对于提升人民群众的反腐倡廉意识，进而推动全社会的廉政建设，无疑具有潜移默化但又不可或缺的积极作用。

正是基于以上认识，笔者应中国言实出版社之邀，选编了这本《乾坤正气——廉政文化读本》，旨在为关心反腐倡廉事业的读者提供一点阅读的方便，同时也为反腐倡廉建设提供一份别样教材。需要说明的是，限于容量，本书不得不舍弃了小说作品，而以篇幅较短的散文随笔杂文访谈为主，好在那些精彩的廉政小说在当下的书店里并不难找。

原载《中国纪检监察报》2016 年 6 月 10 日，《党建》杂志 2016 年第 7 期
《乾坤正气——廉政文化读本》已由中国言实出版社于 2016 年 6 月出版

纵横自有凌云笔

——《最是文人伤心处》代序

特立独行——是儒家经典里浸透着褒扬的语词。时至今日，因为无数言说者随心所欲的轻置和司空见惯的滥用，它正在沦为空泛的能指和廉价的奉谀。但是，如果我们把这一语词落实到女作家张大威身上，一切竟显得实至名归，甚至相得益彰——进入 21 世纪以来，这位喝着辽河水长大的北国才女，始终不改视文学为理想、为生命的初衷，依旧坚持从道义、良知和真情出发，以不趋时尚、不随流俗的态度，孜孜矻矻地从事散文随笔的创作，就中探求灵魂的堂奥，追询人性的归宿，揭示生活的底蕴，进而构建个体与时代、与他人的坦诚交流和深层对话。于是，我们在作家笔下看到了一系列虽然未必立即走红畅销，但却极具精神高度和文学质感的散文随笔作品。这当中，有植根于经验世界的乡土抒写，有忠实于内心风景的直抒胸臆，而在数量和质量上更显优势也更见功力的，则是作家陆续捧出的那些以古代文人为审视和表现对象的人物列传式的篇章。

纵观中国文学史，以散文笔法书写历史人物由来已久，源远流长。从司马迁的《项羽本纪》《屈原列传》，到韩愈的《张中丞传后叙》、柳宗元的《段太尉逸事状》，再到苏轼的《贾谊论》《晁错论》，直到袁宏道的《徐文长传》、方苞的《左忠毅公逸事》，一条在变化中行进的线索清晰可见。即使到了狂飙突进、革故鼎新的现代，仍有林语堂的《苏东坡传》、李长之的《司马迁的人格与风格》、冯至的《杜甫传》，等等，以传记的面目，顽强地延续着中国散文透视历史人物的文心血脉。张大威的古代文人系列散文——包括 20 世纪 90 年代以降，整体呈现异军突起之势的诸多历史文化散文，从根本上说，是一批学养丰厚、勤于思考的作家，立足于新的历史和精神制高点，回望并重估民族文化传统的产物。这决定了大威的作品所展现的人物画卷，必然包含着两种元素和两个维度，即一方面是作家从文学遗产中拿来的古代与现代传记散文的精神意趣；一方面是作家得益于时代馈赠所形成新的文化视角与历史识见，以及其相应的学养、才情与创新意识。这两种元素、两个维度，相互交织而又彼此生发，不仅给散文这种"白发三千丈"的古老文体注入了新鲜而旺盛的生命活力，而且将一种强烈的艺术感染，一种深刻的思想启迪，一种独异的审美体验留给了众多读者。其中至少有三个方面的特质，值得我们为之瞩目和留心。

第一是视野开阔，内容充实。大威写古代文人的系列散文，采用的是一人一篇、一篇一传的基本体例。乍一看来，这似乎比较容易驾驭和把握，但细一琢磨即可发现，其中自有不小的难度。不是吗？文人之所以为文人，在于他们生命中负载了大量的文学作品，而这些作品之所以是这样而不是那样，则又与文人的身世、交游以及特定的历史条件纠结在一起，密不可分。正因为如此，后世作家要想准确而生动地描写某一位古代文人，就不仅需要熟悉他的创作和文本，以便"以意逆志"；而且还必须了解他的经历、阅历，以及他所处的时代背景和社会关系，从而"知人论世"。此时此刻，读书和学养变得至关重要，不可或缺。正所谓："夫诗有别才，非关书也；诗有别趣，非关理也。然非多读书，多穷理，不能极其至。"（严羽《沧浪诗话》）而在这方面，大威堪称胸有成竹，独具优势——对于中国传统文化，她原本腹笥充盈，占有颇丰；围绕锁定的对象，她又做足了案头功课，这使得她妙笔写就的古代文人系列，呈现出渊赡质实、磅礴恣肆而又举重若轻的大气象。不妨一读《李斯：一只对中华文化影响至深的仓鼠》。该文聚焦秦丞相李斯，一副笔墨不仅圆通周遍，准确勾勒和深入剖析了这只富贵仓鼠的内心世界和性格逻辑，而且斜出旁逸，很自然地阐发和评价着他与荀况、韩非、秦始皇等人的微妙关系，以及他在"秦王逐客""焚书坑儒""间杀韩非"等事件中所起的关键作用，从而最终揭示出李斯其人于历史上所扮演的利欲熏心、助纣为虐的角色，以及其深远的负面影响。这不啻是一次有关中国封建社会与帝王专制的全面解读。《不许作诗》由北宋政和年间宰相何执中代拟禁诗诏书说开去，穿插讲述了"元祐党祸"引发的来自朝廷的思想钳制和文化围剿；宋徽宗赵佶的偏嗜风雅、沽名钓誉和落难出真情；苏轼的文途坎坷与名声远播；以及帝王自己对禁诗条律的旋立旋废、随心所欲，等等。所有这些，不仅传递出宋王朝特有的文化景观，而且在很大程度上成为封建社会艺术生产的生动写照。还有《司马迁：活着的理由》《李贺：命薄诗亦薄》《屈原：忠魂悲歌》《曹植：才高八斗难为用》诸篇，均于开阔的时空里，既谈人格，又衡文品；既钩沉历史，又月旦文林；既旁征博引，又取精用宏；一时间，通古今之邮，成蔚为大观。面对如此这般信息与知识的盛宴，读者自然会敞开感官，大快朵颐。

第二是思想敏锐，识见超卓。无数创作和阅读经验告诉我们，真正优秀的历史人物散文，固然需要"入乎其内"——透过复杂多变的历史风云与社会镜像，捕捉到并梳理出既定对象的命运轨迹与精神特征；但更须做到"出乎其外"——拉开一定的时空与心理距离，放出作家得之于时代的新的观念与尺度，重新考量、发掘和评价既定对象的多重意义。对于作家的超越和作品的提升而言，前者只是必要条件，后者才是根本所在。大威无疑深谙此理，她的古代文人系列散文，恰恰自觉实践着这种"入"而后"出"，力辟新境的原则，其中若干篇章坚持从前人止步的地方起步，颇见作家锐意进取的苦心。譬如，在已有的文学知识谱系里，诗人杜甫的形象大致被定格为忧世伤时和悲天悯人，而《杜甫：缺少尊严的生命之路》一文，却偏偏抓住他心系廊庙、志在上林的一面展开描写，于是，我们眼前出现了一个迥异于此前但又确实存在过的、被名缰利锁羁绊和愚弄了一生的杜甫，其中包含的作家的叹惋与否定，很值得今天的知识者深思与回味。同样，东晋陶渊明以"采菊东篱下，悠然见南山"的自由、闲适姿态久驻文学史，而一篇《陶渊明：戴着桎梏高蹈的自由之子》，则从这种形象的背面下笔，写尽了其自由之中的限制和闲适里面的窘迫，从而使人物走向立体、丰富和真实，同时也告诫人们，必须直面物质的挤压和生活的严峻。与杜甫、陶渊明相比，思想史和文学史上的孔子形象，显然更为复杂，且越来越复杂。与此相呼应，《孔子：一个比烟花寂寞的人》则选择了多维的评价机制与辩证的审美态度，即透过主人公悲喜交加、变幻不定的行为——既批判他的急功近利，又欣赏他的百折不挠；既理解他的委曲求全，又鞭挞他的食古不化——进而表示了一种睿智而通达的观念："人扮演什么角色都是由历史决定的。

人，谁都没有权利向历史要得更多。伟大如孔子，也不能要得更多。这真是一件无可奈何的事。"显然，这种开放式和"复调式"的作品主题，更具有思想的穿透力和精神的启示性。

第三是文笔摇曳，叙述多彩。历史人物散文既然是散文，它便无疑属于文学的一种，便必然要体现语言艺术的特质。以此为前提，散文家撰写历史人物散文，尽管离不开知识学养和理性思考的支撑，但是这一切在语言表达层面，却必须转化为审美的形态，必须保持感性的魅力，借用西哲的话说，就是要"始于喜悦，终于智慧"。对于这点，由文学创作一路走来的张大威，自是心领神会，驾轻就熟，反映到文本中，便呈现为缤纷多彩、摇曳多姿的语言文字的品质感与表现力。请看如下一段文字：

> 说是"闲云作雨小隐书山"，是面子上好看一点儿，堂皇一点儿，像样一点儿，幽槛静室，墨香盈鼻，坐拥书城，再有红袖添香，真的是好不风雅啊！可是堂堂男儿生于天地间，做一寻章摘句面壁多年的老雕虫，皓首穷经，批注的狼毫已秃，述作的樵斧已烂，还是一事无成，这有何意义呢？是为了学问而学问吗？这样的人在古希腊文化中可能有，在中华文化中，根本没有。我们的文化从来就不是为学问而学问的，我们是为仕而学问的。我猜想，不是谁要隐于书，而是他们不得不隐于书，他们或是为形势所迫，被逼入书中；或是为了苟活，自愿遁入书中。
>
> ——《最是文人伤心处》

与它不期而遇，读者需要仔细分辨作家的用心和命意，旋即会生出褒贬叠加、五味杂陈的感觉。而如此效果之所以产生，则得益于作家将正说与反讽巧妙嫁接，融为一体，进而酿成了一种"春秋笔法"，一种叙述的张力。

再如，生活中的大威并非长于调侃，有时甚至失之严肃，但作品里的大威却偏偏熠耀着幽默的特长。她的若干篇章和段落都不乏善意的嘲讽或含泪的微笑，从而为深沉、冷峻的文字背景注入了必要的温情和暖意。还有，大威的叙述文字固然保持着睿智和清醒，但在很多情况下，却又明显浸透着女性特有的丰沛的感韵，以此强化了作品的感染力和冲击力。譬如，她这样写孔融小女儿的被害：

> 一个七岁的女孩面对死亡竟是这般的冷静，这般的睿智，这般的从容，这般的大度，甚至是这般的"看得开"。死亡和她春风中花苞样的生命是多么的不协调，她需要的是活，她的生命还要吸吮甘甜的春水，沐浴朝霞的虹影，倾听晚风中的牧笛声声。她要像一枝洁净的白莲花摇曳在青色的涟漪上，她要长大，她要恋爱，她要嫁人，一个玉树临风般的锦衣少年，正在远方悄悄地成长，悄悄地等着她，他手中的红嫁衣已在风中妩媚地飘扬……
>
> ——《孔融：脚边洒满儿女的血痕》

应当承认，这样的文字有足够的力量将读者带入规定的情境，就中感受生命的美好和杀戮的残暴。

对于文学，大威始终保持着敬畏之感和赤诚之心，对于自己的散文创作，她也一向是取法乎上，力臻高格。为此，她一再邀我给些"指导"或提些建议。"指导"自是非我所能，但建议倒可略加申述：大威的古代人物散文，重在现象分析与价值重建，从中国宏观的文化背景看，当属宋学一脉，走的是"微言大义"的路子，这自然有利于作家纵横捭阖，充分调动不凡的才情与刚健的笔力，但倘若节制不够，一味铺陈，也容易失之单调，甚至会流露些许空泛。唯其如此，我觉得，大威的古代人物散文如能在阐发"微言大义"的同时，掺进适量的"鲁鱼亥豕"的考订，即在宋学传统里融入一些汉学的功夫，破译一些古代人物迄今尚存的谜团或疑点，文章庶几会更见厚重，也更便于凸显自己的个性。在我看来，历史人物散文是散文，但已不是普通的散文，而是特殊的散文。这种散文的理想境界，恐怕已不是单纯的情真意切或文字华美，而是桐城派散文家当年倡导的义理、考证与辞章的三位一体，三美合璧。不知大威以为然否？

我和大威无缘共一城风雨，只是因为散文，才相识并相知。在长达数年的时间里，我们交流心得，切磋技艺，结下了难忘的友谊。现在，大威的古代文人系列散文结为《最是文人伤心处》一集，将由华夏出版社付梓，作家嘱我写一短文，作为序言。论学养才情，我自然愧不敢当，但想到过从和友谊，似乎又不遑多让。况且在一个熙熙为名、攘攘为利的文学环境里，真正的文学朋友是需要相濡以沫、彼此鼓励的。于是，我不揣浅陋，写下以上文字，算是对大威新著面世的由衷祝贺。但愿它不是郢书燕说，也不会佛头着粪。

原载《芒种》2011 年第 9 期，《文艺报》2012 年 2 月 6 日
《最是文人伤心处》已由华夏出版社出版

轻叩历史的性灵之门

——《在楚地的皱褶间转还》序

无论中国还是西方，传统的史学都曾理所当然地包含着明显的"叙事"元素。这种"叙事"不但不排斥修辞意义上的文学成分，而且每每凭借自身的亦史亦文、"文以载史"而呈现出表达上的形象特质与感性优势。在这方面，司马迁的《史记》由于场景的生动和人物的复活，吸引并倾倒了历代读者的心灵；伏尔泰的《路易十四的时代》也因为故事的丰富，以及文笔的畅达和才思的充盈，赢得了众多文史学者的嘉许。遗憾的是，随着近代学术体制的演变和形成，史学弦张另改，琵琶别抱，最终投身于科学的门下，成为探究社会历程客观性的一门学问。这固然强化了史学的逻辑力量和实证品格，但同时也使它付出了巨大的代价。这就是：在"概念""定义""规律""量化"等的刀劈斧削之下，史学所应有的叙事元素和文学色彩已经不复存在，现场感和动态性严重匮乏，与之相联系的想象力与性灵美亦损失殆尽。难怪连史学家自己都直言不讳：大多数现代史学作品活像一些毫无人文气色的贫血婴儿。正是有鉴于这样的宏观背景，我对 20 世纪八九十年代之交异军突起、蔚为大观的历史文化散文，一向持肯定与欣赏的态度。因为在我看来，这种新兴文体虽然以作家为主体，以文学为本位，但就具体的内容与行文而言，却恰恰折映出以诗情激活历史和以想象丰富历史的切实努力。而这种努力一旦进入文本的化境，就很有可能与久违的文史互补的传统，实现更高层次的衔接与重合，从而为恢复史学的叙事元素，同时也为强化文学的历史重量，提供有力的推助和有益的启示。

然而，正像一切带有创新和探索意义的文学实践，都难免峰回路转、曲折前行一样，历史文化散文在经历了最初的轰动之后，也随即暴露出了一些明显的甚至是致命的缺憾。这突出表现为：一些作品行文洋洋洒洒，貌似气势宏大，但究其内容不过是罗列文化现象或复述历史结论，缺乏真正的史识与洞见；不少作品把本属于背景的案头资料，当成了叙述的主要对象，满足于抽空了生命体验的知识胪陈或过程交代，结果是庸谈赶走了诗意，史料窒息了性灵；相当一部分作品结构僵硬，手法雷同，语言呆板，有模式化和批量化生产之嫌，以致使读者很容易陷于阅读重复和审美疲劳。显而易见，诸如此类的历史文化散文尽管贴上了文学的标签，但实际上依旧不曾走出"失魂"与"贫血"的历史泥淖。这时，历史文化散文如何克服自身的缺憾，进而在修正和扬弃中发展与前行，便成了一个亟待解决的问题。也就是在这样的情势之下，湖北青年女作家王芸携带着她的荆楚历史文化系列散文，悄然出现于国内诸多报刊。这些作品在作家那里，也许只是一种学识、才情和灵感的自由挥洒，是其历史观念和散文意识的天然外化，然而，它所特有的明显打上了作家个人印记的叙事方式与文体形态，以及与这一切相得益彰的内容承载，却仿佛是在有意校正着当下历史文化散文的某些流弊，同时提示并开掘着这种散文样式艺术表现上的多样性和丰富性，从而让人耳目为之一新，精神为之一振。正因为如此，王芸和她的荆楚历史文化系列散文，能迅速引起文坛选家、评家和出版家的关注，也就成了天经地义、顺理成章的事情。

那么，作为历史文化散文的新探索、新成果，王芸的荆楚系列作品究竟"新"在哪里，什么是它的艺术个性与独特贡献？窃以为，在这一维度上，有以下几点值得我们深入揣摩和仔细体味。

第一，就思维与结构而言，当下常见的历史文化散文，多采取线型的思维方式，让笔墨从特定的切口进入，沿着人物的命运链条或事件的逻辑进程，做定向有序的铺陈与延伸，这固然有利于表达的完整与严谨，但也很容易导致行文的冗长和呆板，以及内在空间的封闭与狭小。相比之下，王芸的荆楚系列作品在环绕历史人物建构艺术文本时，分明开辟着另一种形态和路径，这就是：先通过充分的案头阅读和尽可能的遗迹考察，对被锁定的人物对象进行整体感知与全面把握，在此基础上，启动发散式与过滤式相结合的思维方式，从繁纷的史实与史料中，提炼出最能折射人物精神风貌和命运历程的语词或意象，并依据其涵盖力和辐射力的大小，分别作为文本的大标题或小标题，然后展开各有侧重的抒写与彼此呼应的组合，以此完成一种大写意式的人物造型。不妨以《关羽：义掠过刀锋》为例。这篇作品用"义"和"刀"这一抽象一具象的两个名词，来概括三国时的关云长，同时作为全文的大纲领，既准确又传神，可谓高屋建瓴而又先声夺人。接下来，"龙的袍""桃的花""月的刀""樊的城""春的秋"几个小板块，全部来自人物形象的关键处与精神的纵深处，且成功地转换成了灵动的审美生发与巧妙的艺术皴染，它们从不同的角度丰富着人物的血肉与质感，这时，一个立体多面的关羽形象便呼之欲出，跃然纸间。再来看《太白：凡间游走的星宿》。该文借助"凡间""星宿"这一对原本包含着反差和张力的意象，先为李白奠定了浪漫、超然而又未免不合时宜的生命基调。以下"仙""游""醉""流"几个小节，既是结构作品的支点，又是透视人物的焦点，其腾挪跳跃的文字，承载着大量的历史信息和生命细节，并最终托举起太白其人悲喜交替、顺逆参半的一生。应当承认，如此这般的思维和结构方式，不仅有效地扩大了作品的历史容量，使每一篇区区两三千字的散文，都近乎一部言简意赅的人物列传；而且明显强化了当下历史文化散文所欠缺的文学元素，为这类作品增添了审美气质。

第二，在叙事方式上，历史文化散文作家习惯性和普遍性的选择是亦叙亦议、夹叙夹议。由于所"叙"所"议"的对象，是安卧于大量历史典籍之中的人物和事件，所以引经据典、辨伪存真便显得必不可少。在这种情况下，历史文化散文作家如何处理个人表述与资料引证的关系，便成了一个重要的却又是近乎两难的问题——时下见诸此类文本的趋于两极的取舍方式，即对于资料引证及其出处的全无节制或一概回避，无疑都有顾此失彼之嫌：前者强化了观点的依据，但妨碍了文气的贯通与酣畅；后者更接近文学的生动，却又忽视了说史的严谨和深入。令人欣喜和敬佩的是，面对同样的叙事难题，王芸明显选择了一种更为明智也更见苦心的行文策略，具体来说就是：用自己所感知和所认识的历史，即个人化的历史叙事构成作品的主干，任其做自由、流畅、无牵无挂的挥洒，而将必要的典籍史料浓缩为凝练精粹的短语，放在每一章节的最后，构成对正文的印证、说明和补充。我不知道王芸这样调动和排列她的文字方阵，是否从某些经典著作那里获得了灵感和启发——仅从形式上看，她在文末单放的史料，便让人联想起《史记》的"太史公曰"和《聊斋志异》的"异史氏曰"——但由此产生的直接的艺术效果，却尽显一石数鸟之妙：既避免了直接引用史料的壅塞、累赘和生硬；又远离了信口开河做虚浮无根之谈；同时还为作品可以直观的叙事形态注入了一种新鲜感与陌生感。关于这一点，我们赏读作家荆楚系列作品中的任何一篇，都不难有清晰的体认和深刻的印象。

第三，从散文语言的角度看，王芸的荆楚系列作品亦属个性盎然，颇见功力。这主要体现在两个方面：首先，在整体的语言取向上，王芸的散文注重向中国古代汉语汲取营养，善于将古汉语中富有生命力和表现力的东西，转化为自己的语言优势。反映到具体的散文叙事中，就是崇尚简约，注重意味；行文多用短句，遣词讲究弹性；变化自如的句式融入适度的对称和排比，优雅质实的语流包含着对诗家声韵的倚重与借鉴。这一番努力的结果，不仅成就了王芸笔下文字的节奏感和旋律感，而且为她的作品平添了一种简古而不失灵秀的色彩和气韵。其次，王芸的散文语言注重对传统的继承，但更追求向生命的切近。唯其如此，在她的作品表达中，性灵、智慧与感觉常常互为浸透；叙述、描写和议论亦不时混合登场，所有这些，最终化为一种新颖独特、魅力充盈的语言风度。你看，她这样讲述陈列于长沙博物馆里的马王堆女尸：

> 那个神秘女人的模样，让人不忍卒睹。远没有一件素纱蝉衣来得秀丽动人，眉目清爽。她古怪的表情，仿佛将累世的积怨都不加掩饰地抒发出来了。的确，有哪个女人愿意将自己裸露的身体，交付无尽的展示，接受无数目光的抚摸。一双双目光的热度，被厚厚的玻璃反射回去，只留她在异常冰寒的世界。即使欣赏，也是亵渎。
>
> 两千多年前，当诸多疾病缠上这个神秘女人的躯体，在她身体的迷宫里埋伏下疼痛的种子，永生的念头便开始以前所未有的速度滋长，否则，她不会将那么多的道具放入她的坟墓，让永生之梦拥有了华丽而臃肿的身躯……
>
> ——《辛追：关于一个神秘女人的数个时间切片》

她这样追溯陆羽和《茶经》：

茶在神农脚下生长。茶在《诗经》中生长。茶在《茶经》中生长。那时它是一种植物，根在地下延伸，枝叶向着天空蔓延。

……

羽，攀缘历史的绳索，摘取一片片浓缩的叶，浸泡成一盅幽香扑鼻的茶。他让茶，从日常饭蔬、瓜果杂饮中分离出来，端端正正摆上案几。

——《在茶香中安卧》

面对此类兴味叠加了意味、生趣搅拌了理趣的文字，你想不被吸引和打动都难。

第四，王芸的荆楚系列作品致力于从文体到语言的惨淡经营，推陈出新，但是却没有因此就忽略有关历史本身的精心打量和深入探照；事实上，作家对养育了自己，并被自己当成一卷大书的江汉大地、荆州古城，以及氤氲其间的荆楚历史与文化，同样给予了潜心研究和倾力发掘，并形成了若干独特的心得。《张居正：当命运朝向一个注定多义的人》《王昭君：与昭君无关的祭奠》《伍子胥：无可终结的仇》《杜甫：罹忧在唐朝的天空下》，等等，都是这种心得的艺术幻化，它们足以让读者感受到作家思想的火花和灵魂的颤动。

作为散文的编辑者和研究者，我曾是王芸荆楚文化系列散文最早的阅读者与喝彩者之一。大抵是因为这个缘故，当这个散文系列冠以《在楚地的褶皱间转还》的总标题，即将由东方出版中心付梓时，作家嘱我写一点意见和看法弁于卷首。我虽自知才疏学浅，但却很乐意为好作品的畅行于世聊尽绵薄，于是，我勉力写下以上文字，略陈一管之见，但愿它不要陷入郢书燕说的尴尬和佛头着粪的不堪。

原载《写作》2009 年第 1 期，《黄河文学》2009 年第 8 期，以及《湖北日报》2009 年底

《在楚地的褶皱间转还》已由东方出版中心出版

独对岁月的精神珍藏

——《在时光中流浪》代序

　　我一向认为，在叙事文学的疆界里，散文是一种更靠近生命主体，同时也更需要时光孕育的文体。在很多时候，优秀的散文篇章，总是承载着作家鲜明的精神印记和浓重的岁月光影。是他们在人生旅途上饱尝忧乐悲喜、尽观善恶美丑之后，挥之不去的由衷感喟；也是他们于一定的时空距离之外"却顾所来径"，进而破译生活密码、咀嚼生命要义时，情不自禁的心灵沉吟。辛稼轩词曰："众里寻他千百度，蓦然回首，那人却在灯火阑珊处。"其境界和意味庶几近之。

　　我不知道沈俊峰先生有着怎样的散文观念，不过，读他即将由合肥工业大学出版社出版的散文书稿《在时光中流浪》，却自有一种找到了知音的感觉。你看，收入该书的六十余篇散文作品，虽然展示了多样的社会场景和缤纷的生活画面，但贯穿其中的最基本的主题指向，却是作家对生命历程的深情回眸，对生活馈赠的欣悦收藏，对内心世界的精心打量，即一种穿越时光河流的诚挚的人生盘点和潜心的精神备忘。难怪作家在全书《后记》里自云，我的散文"就是我流浪的心情和足印。对于时光，我常常有一种恍惚，过去了的，像云烟散去，时常模糊，只有在这些文字中，我才会触摸到自己内心与情感的某些意绪和存在"。

　　作为当下文坛的"60后"，俊峰拥有比较丰富的工作经历和生活阅历：走出校园后，他在大别山区做过人民教师，在省城合肥当过政工干部，编过文化期刊，近十年来则定居北京，供职于中央机关权威媒体，编报纸的人物版或文艺版。在已经不算太短的人生跋涉里，在不止一次的举家迁徙和角色转换中，俊峰并非总是一帆风顺，水到渠成，他也遇到过困难与周折，也产生过纠结与困惑，只是所有这些，都不曾消解他几乎是与生俱来的那份正直和善良，更没有让他改变一向恪守的积极、热忱和健朗的生活态度。反映到散文创作中，便是其字里行间，总有一种春天的气韵，一种阳光的色调，一种清正、激扬和向上的力量。

不妨一读《我梦见的那个人》。其中的主人公、父亲的同事老杨头，只是一个普普通通的锻工，尽管文化程度不高，却有着天性般的勤劳、善良和憨厚，他以自己特有的对生活的乐观，对他人的关爱，播撒着生活的暖意和人性的美好。同样，在《难忘一件事》里，身为大型国企主要领导的王书记，因为是帮"我"——老同学的儿子——联系工作调转，属于私事，所以便坚决不乘公家的小车，而情愿去挤夏日的公交。事情虽然很小，但闪耀的精神光彩却委实令人难忘。还有《尘封的记忆》《心底的咏唱》《那一次故乡行》《永远的汇款单》等文，或缅怀革命先烈的高尚情操，或回味红色文艺的精华所在，或传递乡土的质朴，或讲述人性的亮色，均透过作家记忆的珍藏，弘扬了生活和时代的正能量。至于《子产这个人》《从文的善良和风骨》《默化成树》《日记及民间记忆》《也说"孝"》等偏重议论的文字，更是在历史品评或世相阐发中，直接敞开了作家的济世情怀与向善人格。

面对生存现实和记忆储藏，俊峰热爱并讴歌永不消失的真善美，但没有因此就回避和无视依然存在的假恶丑。在他笔下，发现生活缺失，直陈社会流弊，抨击人性暗角，呼唤公平正义，同样是一个重要的主题选项。譬如，一篇《生命之光》透过两条年轻生命的意外夭折，指出了医院里迄今并不少见的利益瓜葛和不负责任。《寂寞映山红》抓住家乡大别山区满山的映山红被挖走换钱的事实，无情鞭挞了某些人的自私与贪婪，严厉斥责了生活中一切向钱看的现象。《生活随想》拾取的是被许多人见怪不怪的小事件、小镜头，但敏锐地揭示了社会道德水准在某些方面的无形滑坡。《诗人的凋落》讲述了诗人朋友遭遇下岗的情况，其中包含的"文学性格"与"非文学环境"的龃龉，恰恰是对群体病灶的痛下针砭。此外，《乡村的疼痛》《一次失败的采访》《身体的滋味》等文，也都从不同的角度触及了当下每见的精神症结和社会问题。毫无疑问，诸如此类的作品，折映出俊峰内心始终"在场"的忧患和良知。

在俊峰的散文世界里，还有一种声音和话题值得关注，这就是：对于正在强势发展的现代社会和都市文明，作家给予了整体的欣赏与肯定，但同时又自觉保持了一种冷静的观察、仔细的回味和辩证的分析，从而呈现出历史进程中人所应有的清醒、睿智和超越的精神维度。请读《夜》。这篇作品写"我"晚间乘最后一班地铁回家，下车时忽遇停电，周遭的一切顿时陷入黑暗，无边的喧嚣也骤然远去，而"我"的内心却感到了少有的充实和豁朗，因为"我"终于发现，在很多时候，"黑暗"和静默，能让人更深刻地认识光明，也认识自己。应当承认，这样的表达足以触动很多现代人的生命体验。《看夕阳》讲述了作家由内蒙古返京的一段旅程：上高速、下国道，赶火车、改飞机，"我"一直在想方设法、争分夺秒地赶时间，然而，当"我"办好一切手续，坐在清静的候机大厅里面对夕阳时，突然觉得，慢慢观赏也是一种境界，且同样美妙无比！显然，这样的描写不啻留给所有现代人的心灵箴言：应该重新打量自己的生存方式乃至发展理念了。类似的篇章还有《雪花打灯》《静美的声音》《夜的心情》等，它们都有一种东西让人怦然心动或扪心自问。

近些年来，俊峰尽管本职工作繁忙，但始终坚持忙里偷闲、见缝插针地从事业余文学写作，从小说到报告文学再到散文，他进行了多方面的探索和尝试，也收获了堪称丰厚的艺术成果，如散文集《心灵的舞蹈》、报告文学集《梦如花开》、长篇报告文学《正义的温暖》等。与上述作品相比，散文新著《在时光中流浪》显然更接近俊峰的主体世界，因而也更能见出他的精神质地与艺术才情。愿它问世之后，能为文苑接受，也为读者喜欢。

原载《文艺报》2015 年 7 月 20 日，《民主》杂志 2016 年第 7 期
《在时光中流浪》已由合肥工业大学出版社于 2015 年 4 月出版

诗神：在散文大地上舞蹈

——《天边晨岚无语》序言

阅读李景林的散文新著《天边晨岚无语》，我思考最多的一个问题是：作为不同的文学样式，诗究竟能够在何种程度、哪些方面融入并有益于散文？换句话说，一个诗人从事散文创作，他会拥有怎样的潜在优势？而这种潜在优势在具体的文本建构中，又可以转化为怎样的艺术个性和审美特征？

如所周知，代表了新中国"十七年"散文创作高端成就的杨朔，是主张"把散文当诗一样写"（《东风第一枝·小跋》）的。这样的说法在学理和逻辑的层面，自然破绽多多：它那一"把"一"当"，不仅使原本比肩而立、不分轩轾的诗歌与散文，骤然间生出等级的差异和品质的高下，而且从根本上取消了散文所应有的艺术自性。而散文一旦丧失了艺术自性，又焉能在文学世界安身立命？但是，如果我们把这一说法仅仅看成作家创作经验或探索心得的一种表达，那么，它确实又不无合理的成分，这就是：既肯定了诗歌与散文的艺术相通，又强调了诗性在散文中的积极意义和能动作用。关于这点，诗文兼擅且学养丰厚的余光中先生，曾有若干严谨而不失生动的经验之谈。他明言："散文与诗，是我的双目，任缺其一，世界就不成立体。"（《记忆像铁轨一样长·自序》）他认为："在中国传统里，写诗、写散文，都是文人的当行本色；许多文人未必诗文双绝，至少也是双管并搦，不致偏行。"（《连环妙计·自序》）他指出："描写文和抒情文，尤其是抒情文，功用已经与诗相同，所不同的只是形式和技巧，可以称之为'诗质的散文'。""诗和散文的难以区分，正在散文的种类太杂，有些散文与诗泾渭分明，有些散文却比诗更像诗。"（《缪斯的左右手》）显然，诸如此类的表述，很可以帮助作家在诗与散文的交又地带，找到属于自己的立足点和突破口。

　　我不知道景林是否研究过诗与散文的区别以及诗在散文中的"越界发挥"，不过有一点是显而易见的：作为迄今依然激情沛然的诗人，景林的散文世界里分明较多地活跃着诗的元素，诗的优长。甚至可以这样说，景林的散文就是余光中所说的"诗质的"和比较"像诗"的散文；是诗神在散文大地上的歌唱和舞蹈。诗性高扬是景林散文创作最突出的艺术个性与审美标识。

　　景林散文的诗性高扬，首先表现在语言的使用和意境的营造上。

　　散文的语言千差万别，异态纷呈，只是倘就基本的审美向度与风度而言，仍可划分为两大类：返璞归真的和镂金错彩的；或者说是本色的和诗性的。在如此整体格局之中，景林散文的语言明显属于后者，即作家是把一种常见于诗歌的积极的表达方式和修辞策略，自觉移植到了散文写作中，以此强化其叙述层面可以直观的文学色彩与艺术气质。不妨一读《从缝隙里窥视生命》。这组作品写的是"我"忙里偷闲的生命自审，其激越而睿智的灵魂告白，与穿插跳跃于字里行间的诗家手段——飞动的想象、巧妙的喻比、神奇的通感，等等，既互为条件，又相得益彰，构成了一种摇曳跌宕的叙事风度，从而把现代人面对种种迫压所每见的焦虑而不失清醒的生存状态，表现得酣畅淋漓，跃然纸间。《在俄罗斯的边上》是作家以俄远东城市海参崴为观赏对象而写下的游记篇章，它最大的艺术亮点自然是一系列场景与风光的生动再现。你看，那草尖上挑起一抹夕阳的广袤而忧郁的荒原；那海风里都浸透着酒气的栈桥与港湾；那随处都有历史驻足、碑雕相望的大街小巷；还有那些大美大雅、活力四射而又风情万种的漂亮姑娘……无不是形神兼备，气场十足，神游其中，你自会感到诗情画意的力量。以《酒眼》为总标题的四篇作品，更是集中体现了诗性语言的魅力。它那经过提炼和调度的文字方阵，特别是其中那一再交替呈现的或排比，或复沓，或对称，或错落的句式，以及由此而生成的弛张有致的叙事节奏，无形中化为一种激情支撑下的旋律感，一种暗合着精神微醺状态的生命狂欢，于是，"酒眼"里的人生透显出迷惘里的清醒和逍遥中的悲苦。此外，还有《我把自己卡在一个痛处》《给梦想一个开花的机会》《让心灵每天去旅行》等，即使仅看标题，便可感受诗的风度与意味，让人联想到诗神的高蹈。显然，所有这些，都大大丰富了景林散文的艺术表现力和感染力。

在很多时候，诗性语言内敛、含蓄而富有弹性，是酿造艺术意境的理想材料，这一点在景林的散文中同样获得了证实与体现。你看，一篇《变矮的大山》，因为取景设境具有象征性，而行文走笔讲究包孕性，所以，母亲领我奋力攀山的经历和大山在我心目中由"高"变"矮"的感觉，立刻幻化为博大深远的人生境界，正如景林的内心独白："一座山峰的影子，总在我的脚步之外，伴我走过许多比我想象更长的路。"《美丽新娘》从"我"参加的一场婚礼写起，这在有些作家笔下，习惯纠缠于故事的追述或场面的描摹，但是，景林却将新娘的现场诗朗诵当作"文眼"，推向了前台，一时间，海子那"面朝大海，春暖花开"的浪漫诗句，不仅让新娘和婚礼别开生面，更重要的是，使通篇作品形成了一种形而上的意义指向：人应当超越世俗，寻求更具诗意的理想生存。

其实，对于散文语言来说，诗性也好，本色也罢，都是作家生命体验的外化，它们本身并不存在绝对的优劣高下。只是在后现代意趣空前泛滥的今天，散文语言的本色追求，正越来越严重地被误读为文字表达的口水化和粗鄙化，言之无文，蓬头垢面，几成许多散文作家与作品的通病。面对此情此境，像景林这样讲究一点散文语言的诗性，自然值得文坛予以肯定和倡导。

景林散文的诗性追求，还常常渗透到艺术构思和表现手法的层面。从本质上讲，诗是用形象化和意象化的语言系统，来传递诗人的思想与情感，以求达到象简意丰、言近旨远、以少总多的效果。正因为如此，诗人在创作过程中所采用的构思和手法，尽管千变万化，但最终离不开以形象设置和意象提炼为核心的基本路径：或者化"实"为"虚"，把生活视景抽象化或者象征化，借此让文学表达更具概括性和写意性；或者由"内"而"外"，把精神感受对象化乃至意象化，从而使文学表达更具直观性和辐射性。而这一切都被景林很自然也很娴熟地用之于散文创作，其结果是直接促成了笔下艺术世界新的气象与新的可能。

且以《欲望的花朵》为例。该篇写的是"我"与夜店小姐的一次邂逅。鉴于特定的道德背景，这样的内容在强调纪实的散文作品中，原本不容易表现。为此，景林拿来了诗家的抽象化手法——那一句"文中的'我'或许是我，或许不是"的题记；那一种省略细节、重在写"心"的文字调度；那一番贯穿全篇且不乏隐喻的有关人生与爱情的交流对话，不仅无形中改变了"我"和"她"的身份及相互关系，而且净化和升华了整个表现空间，使之发散出淡淡而幽邃的生命哲学的意味。与《欲望的花朵》相比，《绝版》《一顿饭的日子》《与死亡对视》等篇，虽然情境和意涵各各不同，但在手法和构思上仍然不乏异曲同工之妙——它们都试图透过斑驳繁纷的生活场景，走近人类的终极关怀。如果说以上作品主要是借鉴了诗家的化"实"为"虚"，那么，还有一些篇章则集中体现了诗中的由"内"而"外"。如《故乡的声音》写的是一种绵延已久的思乡之情。这种属于内心的东西如果直写，难免冗长而呆板，常常费力不讨好，于是，作家将其对象化和声响化了：那深藏在童年记忆里且始终萦绕耳畔的鸡的陡然高唱，驴的仰天长啸和火车汽笛的曼妙鸣奏，正好准确而传神地折映出作家对故乡的念兹在兹，一生难忘，诚可谓化无形为有形的佳构。同样，《远在我的身体之外》虽然让笔墨游走于"身体之外"，但说到底仍然是内心世界的外在化和意象化，它所选择的作为生命载体的那一滴水、一棵树、一朵花，均有着极大的包孕性和可开发性，结果使通篇作品灵动、摇曳而富有张力，贻人以"言有尽，意无穷"的美感。此外，《永远的大河》《大地背影》等作品，也在一定程度上具备了上述特征和品质。

　　景林的散文充盈着丰沛的诗意和浓郁的诗情，但是却不曾因此就滑向伪饰与浮华，以致忽视作品的社会投影和人性内涵，或者牺牲创作的现实精神与人间情怀。恰恰相反，在诗性、人性和人的社会性这一维度的把握上，景林的散文呈现出一种独特的形态与匠心，这就是：用诗人的勇敢、真诚和激情，以及诗的构思、手法和语言，直面人间的痛苦与人性的残缺，袒露生命的本相与生活的阴影，从而在巨大的审美反差中彰显悲剧的力量。譬如，《城市街头》四章，调动四个让人或沉思，或扼腕，或悲悯，或震惊的镜头，组成一种合力，将光怪陆离的现代都市生活撕开一道口子，就中揭示繁华和富裕之外的艰难挣扎与扭曲苟活，由此牵动读者的盛世忧思。《啼血天歌》五章，频频回首父亲的死亡。那一幕幕悲惨的往事，不仅昭示着命运的残酷与历史的苍凉，而且浸透了作家和他那一代人特有的深切的忏悔与自省，其动容的歌哭里，自有无法忽视的精神重量。一组《妩媚的芬芳》，让灵感和心智来叩问生命的终端——死亡，其中有对坟茔的感悟，也有对葬礼的回味；有对垂暮之态的静观，也有对自杀之谜的剖解；有通过描摹自然物种所展示的以身殉爱的壮烈，也有凭借直面人心世相所洞穿的司空见惯的虚伪……它们最终使生命词典里"死"的含义，获得了别具只眼而又启人心智的阐发。还有那篇"写给自己的日记"——《我拿什么告别》，竟然以锋利的雕刀给自己的灵魂做手术，其文字缝隙间喷发出的那种犀利、果敢和无情，是当下散文所鲜见、所久违的，因而足以引发人们的内心自省与震颤。应当承认，所有这些，自然而然地提升了景林散文的精神海拔，进而产生了一种超越世俗的精英指向。

《天边晨岚无语》即将由远方出版社付梓，景林从省城寄来校样，嘱我为之写序。虽然自知才疏学浅，难堪此任，但又实在不愿辜负作家的那一份信任和那一种真诚，更何况我对景林的散文还有一种由来已久的喜爱与称赏！于是，忙里偷闲，写下以上文字，权当对景林新书问世的由衷祝贺；同时也作为朋友间面对滚滚红尘依然坚持精神守望的真诚共勉！

原载《辽河》2012 年第 9 期，《中国武警》2012 年第 12 期
《天边晨岗无语》已由远方出版社出版